Tatjana Kruse

Finger, Hut und Teufelsbrut

Kriminalroman

Weltbild

Besuchen Sie uns im Internet:
www.weltbild.de

Genehmigte Lizenzausgabe für Verlagsgruppe Weltbild GmbH,
Steinerne Furt, 86167 Augsburg
Copyright der Originalausgabe © 2012 Tatjana Kruse / Knaur Taschenbuch
Ein Unternehmen der Droemerschen Verlagsanstalt
Th. Knaur Nachf. GmbH & Co. KG, München
Umschlaggestaltung: Atelier Seidel – Verlagsgrafik, Teising
Umschlagmotiv: www.istockphoto.com
(© Michael Henderson; © xyno; © Walter Quirtmair)
Gesamtherstellung: GGP Media GmbH, Pößneck
Printed in the EU
ISBN 978-3-86365-384-2

2018   2017   2016   2015
Die letzte Jahreszahl gibt die aktuelle Lizenzausgabe an.

Das Who is Who im Seifferheld-Universum

Die Familie

Siegfried Seifferheld	Kommissar im Unruhestand, leidenschaftlicher Sticker, Männerkochkursmitglied, Stammtischbruder, frischgebackener Opa und Großonkel
Aeonis vom Entenfall	Kurz »Onis«, Hovawart-Rüde mit Knickrute
Susanne Seifferheld	Tochter, Bausparkassenmanagerin, junge Mutter in der Krise
Karina Seifferheld	Nichte, Ex-Aktivistin, junge Mutter, ebenfalls in der Krise
Irmgard Seifferheld	seit neuestem Irmgard Seifferheld-Hölderlein, Schwester, Pfarrersgattin, die »Generalin«

Die Toyboys und -girls

MaC	Marianne Cramlowski, Journalistin, wechseljahresgeplagt
Olaf Schmüller	Physiotherapeut, Pferdeschwanzträger, Partner von Susanne, seit neuestem Vater

Fela Nneka	Fotograf, Partner von Karina, seit neuestem ebenfalls Vater
Helmerich Hölderlein	Pfarrer mit Reizmagen und Reizdarm und magischen Händen
Der rosa Teddy	Namenlos, aber glücklichmachend

Die Freunde

Kläuschen	liiert mit Gummipuppe Mimi
Bocuse	eigentlich François Arnaud, Franzose, Koch
Die VHS-Männerköche:	Arndt (Maschinengewehrklempner), Eduard (Buchhändler), Gotthelf (dominant verheiratet), Günther (Pfarrer), Horst (Mathelehrer), Schmälzle (Wanderführerautor)

Die Exekutive

Gesine Bauer	Polizeichefin
Mord-zwo-Stammtisch:	Van der Weyden (aus dem Geburtsland der Pommes), Wurster (der Bärenmarkenbär – wegen der Behaarung, nicht weil er sahnig schmeckt), Dombrowski (der von der Sitte), Bauer zwo (Assistent von Polizeichefin Bauer, Minipli-Dauerwelle, lila Motorradfahrerlederkombi)

Die Inder

Rani Chopra   betörend schöne Goethe-Institut-Sprachstudentin
Sunil Gupta   ebenfalls Sprachstudent, aber eigentlich Tenor
Mohandra Johar   Indischer Kulturattaché, »arbiter elegantiarum«

In tragenden Nebenrollen

Olga Pfleiderer   kasachische Nicht-Putzfrau
Otto   Kamerunziegenbock (nein, kein Schaf, eine Ziegenneuzüchtung!)

Gestatten: Die Leiche!

Tja, sie hatte immer gedacht, sie würde an ihrem 111. Geburtstag sterben, in ihrer Strandvilla an der Ostsee, und ihr vierter Ehemann wäre darüber so bestürzt, dass er die Uni schmeißen würde.

Aber nun lag sie hier, in eisiger Zugluft und auf kalten Holzdielen, mit froststeifen Fingern das Messer in ihrem Bauch umklammernd.

Positiv war nur zu vermerken, dass der Tod eines der wenigen Dinge war, die man auch bequem im Liegen erledigen konnte.

Und dass man als Leiche in Ruhe über all die Dinge meditieren konnte, die im eigenen Leben schiefgelaufen waren. Zum Beispiel, wie es sein konnte, dass man mit einem Schwarzafrikaner im biblischen Sinne »ein Fleisch« wurde, dann aber ein asiatisch-gelbes Baby mit Mandelaugen auf die Welt brachte. Sah so die Strafe des Himmels für vorehelichen Geschlechtsverkehr aus?

»Sie ist tot!« Tayfun Ünsel, der sich über sie beugte, flüsterte es mehr, als dass er es deklamierte. »Tot!«

Er schluchzte auf. Das war so nicht geprobt und einen Tick schmierenkomödiantisch.

Aber die Leiche sagte dazu nichts.

»Nur die Guten sterben jung«, murmelte er erschüttert.

»Lauter!«, rief eine Stimme von fern. »Man hört ja gar nichts!«

Das war jetzt doch des Guten zu viel: Karina Seifferheld schnaubte genervt.

»Pst!«, warnte El Presidente, der in diesem Agatha-Christie-Stück den biederen Colonel gab, und stellte sich vor sie, damit die Zuschauer in der ersten Reihe das zornige Augenbrauenwackeln der vermeintlichen Leiche nicht mitbekamen.

»NUR DIE JUNGEN STERBEN GUT!«, brüllte Tayfun Ünsel seine Textzeile erneut, wenn auch mit leicht sinnentfremdetem Inhalt.

Tayfun spielte die Frau des Colonels (ja, eine Frauenrolle, weswegen er kurz vor der Enterbung durch seinen konservativ-türkischen Vater stand).

»Eine verdammt unschöne Geschichte«, konstatierte der Colonel (alias El Presidente, den alle so nannten, weil er der Leiter des Theaterrings war) und richtete sich auf. Er zog eine Meerschaumpfeife aus seiner Jackentasche. Das heißt, er wollte sie herausziehen, aber sie hatte sich im Innenfutter der Jacke verfangen. El Presidente ruckelte und zerrte – jeder echte Schauspieler hätte längst aufgegeben und einfach weitergespielt, doch der Theaterleiter lernte seinen Text haptisch, konnte sich also ohne die dazugehörigen Bewegungen an keine einzige Textzeile erinnern, und für seinen anstehenden Monolog brauchte er nun mal die Pfeife. Also zog El Presidente unter Einsatz all seiner Kräfte weiter, bis die Jackentasche riss und die Hand mitsamt Pfeife herauskatapultiert wurde, nicht mehr rechtzeitig abbremsen konnte und schwungvoll gegen Tayfun Ünsels Stirn klatschte.

Tayfun torkelte nach hinten, stolperte, drehte sich im Kreis und ging mit dem Gesicht nach vorn zu Boden. Er landete unsanft auf Karina, die als echte Profi-Leiche keinen Mucks von sich gab. Dafür brummte Ünsel senior in Reihe sieben ungnädig, weil die Ünsels ein osmanisches Kriegergeschlecht waren und ein echter Ünsel zurückgeschlagen hätte, auch und gerade auf einer Theaterbühne.

Tayfun rührte sich nicht. Also, er als Gesamtheit rührte sich nicht, gewisse Teile seiner Anatomie aber schon. Er schwärmte bereits seit langem für die ausgeflippte, spontane, in keine Schublade zu steckende Karina, und dass sie ein Kind von einem anderen bekommen hatte, änderte nichts an seinen Gefühlen. Wie sehr hatte er sich immer gewünscht, einmal so auf ihr zum Liegen zu kommen – nicht unbedingt angezogen und nicht unbedingt vor fast 100 fremden Menschen, aber trotzdem ...

Jedenfalls blieb er einfach liegen.

Das Publikum verstand das miss. Ein Mann ganz außen rechts in der dritten Reihe sprang auf und rief: »Lassen Sie mich durch, ich bin Arzt!«

Das ging natürlich nicht.

Tayfun, dieser wackere Nachfahre wilder osmanischer Krieger, war zwar volljährig und ausgewachsen, aber auf seinen Wangen spross kein Bart, sondern nur Flaum, was ihn für Frauenrollen geradezu prädestinierte, ihn aber im wirklichen Leben seit neuestem dazu veranlasste, immer einen Tick zu testosteronlastig zu agieren, damit auch ja alle merkten, dass sie es mit einem echten Kerl (!) zu tun hatten. Er rappelte sich auf, zog das hochgerutschte, fluffige Blümchenkleid rasch über die verdächtige Ausbuchtung, stellte sich breitbeinig hin, stemmte die Hände in die Hüften und rief in sonorer Ben-Cartwright-Tonlage: »Nichts passiert,

Leute, nichts passiert.« Man meinte fast, von fern ein Wiehern zu hören. Gleich würden Hoss, Adam und Little Joe auf die Bühne geritten kommen. An seiner Frauenstimme musste Tayfun noch arbeiten, weswegen er ursprünglich auch keine Sprechrolle bekommen hatte.

El Presidente atmete dennoch erleichtert auf, der Arzt im Publikum kehrte an seinen Platz zurück.

Die Leiche rollte mit den Augen.

Die einzig echte Leiche war in diesem Moment der Theaterring, diese wunderbare Institution, die über Jahrzehnte in Schwäbisch Hall auch und gerade während der Wintersaison für kulturell hochwertige Theaterstücke gesorgt hatte. Ansonsten war die Stadt ja vor allem für ihr sommerliches Freilichttheater berühmt.

Man hatte diverse Landesbühnen verpflichtet, die in dem großen Neubausaal Goethe-, Schiller- oder Ionesco-Stücke zur Aufführung brachten. Aber der Zahn der Zeit hatte den Theaterring ausradiert, wie Karina immer zu sagen pflegte. Kaum Geld, wenig Zuschauer, dann noch weniger Geld und so gut wie keine Zuschauer mehr – und irgendwann war Sense.

Daraufhin hatten engagierte, junge Theaterringler selbst ein Ensemble gebildet. Sie besaßen zwar alle mehr Leidenschaft als Talent und hatten schon genug damit zu tun, ihre Texte auswendig zu lernen und nicht gegen die spärlichen Requisiten zu stoßen, aber dennoch war der vergleichsweise winzige Theaterkeller, in dem sie seitdem auftraten, immer gut besetzt.

So wie an diesem Abend.

Die Tote in der Bibliothek von Agatha Christie stand auf dem Programm.

Dank einer redaktionellen Vorankündigung im *Haller Tagblatt* – Anzeigen konnten sich die Theaterringler natürlich nicht leisten – war der Theaterkeller ausverkauft, und das nicht nur mit Hilfe von Verwandten und Freunden der Darsteller.

Karina, die erst vor kurzem Mutter geworden war, agierte als Leiche. Sie starb gleich im ersten Akt und ließ den Schlussapplaus aus, damit sie schnell wieder nach Hause zum Stillen konnte.

Manche suchten das Scheinwerferlicht ja regelrecht, waren zur Rampensau geboren und »meiselten« sich immer wieder ins Bild, will heißen an den vorderen Bühnenmittenrand (wie man es Inge Meisel nachgesagt hatte). Karina hingegen machte es nichts aus, früh zu sterben und im Programm nur unter »ferner lagen tot herum« genannt zu werden.

Als herumliegende Leiche konnte man sehr gut über das Leben im Allgemeinen und kleine, gelbe Babys im Besonderen nachdenken. Das Problem war nur, dass der Theaterkeller furchtbar kalt und feucht war und man am nächsten Tag entsetzlich steife Knochen hatte ...

Prolog:
Ein ... äh ... perfekter Tag

Aus dem Polizeibericht

Einbrecher verleihen sich Flügel
In einem Supermarkt in der Innenstadt wurde Sonntagnacht gegen zwei Uhr ein Einbruchsalarm ausgelöst. Im Rahmen der Ermittlungen stellte sich heraus, dass die Täter mit rund 1000 Dosen Red Bull verschwunden sind. Sie konnten unerkannt entfliehen. Oder entfliegen? Die Polizei sucht jedenfalls Zeugen: (0791) 4444.

Der frühe Vogel kann mich mal!

Fertig.

Siegfried Seifferheld, Kommissar im berufsunfallbedingten Vorruhestand, drückte auf die »Senden«-Taste seines Laptops. Wie immer hatte er im Morgengrauen – seit seinem 60. Geburtstag litt er unter seniler Bettflucht – in der Küche den Polizeibericht für das *Haller Tagblatt* geschrieben. Eine ungeliebte Aufgabe, die ihm Polizeichefin Gesine Bauer aufs Auge gedrückt hatte, weil sie glaubte, auf diese Weise würde er sich noch mit seinem alten Job verbunden fühlen und endlich aufhören, jedes Mal seine Nase schnüffelnd hineinzustecken, wenn es irgendwo in Schwäbisch Hall einen spektakulären Kriminalfall zu lösen gab. Doch Seifferheld hasste diese Aufgabe. Er bemühte sich nach Kräften, die Berichte so abzufassen, dass Frau Bauer die Redlichkeit der Polizeiarbeit in Gefahr gebracht sah und ihm den Job wieder entzog, aber bislang war ihm das nicht gelungen.

»Gleich gibt's Frühstück«, rief er unter die Tischplatte.

Hovawart Onis ließ seinen geliebten rosa Teddy aus dem Maul fallen und wedelte mit dem Schwanz. Besagter Schwanz war eine sogenannte »Knickrute«, weswegen Onis nicht zur Zucht zugelassen wurde, obwohl er mit seinem bernsteinfarbenen Fell ein ausnehmend hübsches Tier war.

Doch erst spitzten beide die Ohren, Herr und Hund. Es war halb sieben Uhr morgens. Noch fünf Sekunden ...

Um Schlag halb sieben Uhr setzten jeden Morgen die vollen Glocken der evangelischen Stadtkirche St. Michael zum Morgengeläut ein. Das wuchtige Dröhnen konnte Tote wecken, weshalb die weise vorausschauenden Stadtväter den hiesigen Friedhof auch weit vor die Tore der Stadt in den Wald gelegt hatten. Es pflegte stets genau so lange zu läuten, wie der Durchschnittsbeter brauchte, um ein Vaterunser aufzusagen, dann verstummten die Glocken, und nur die alten Fachwerkmauern der Innenstadt vibrierten noch eine Zeitlang nach.

Noch vier Sekunden ... drei ... zwei ... eins ...

Stille.

»Hm«, sagte Seifferheld.

Onis legte den Hundekopf schräg.

Nichts.

Kein Morgengeläut.

Wie sich später herausstellen sollte, hatte ein Fehler in der

Elektronik vorgelegen. Die Glocken läuteten erst zur Mittagszeit wieder.

Wäre Siegfried Seifferheld ein abergläubischer Mensch gewesen, er hätte darin ein Omen gesehen.

Und das vollkommen zu Recht.

Das ist kein Speck – das ist eine erotische Nutzfläche.

In circa neun Kilometern Entfernung schubste Seifferhelds Tochter Susanne ihren Lebensgefährten Olaf Schmüller zur gleichen Zeit aus dem gemeinsamen Bett.

Olaf hatte mit ihr zusammen eine wunderschöne Tochter gezeugt und das kleine Häuschen im Vorort Tullau mit eigenen Händen nach ihren Wünschen umgebaut. Außerdem massierte er von Berufs wegen die Hüfte ihres Vaters Siegfried, in der seit einem Banküberfall eine Kugel steckte. Lauter Dinge, die eigentlich für Olaf sprachen.

Und es war ja auch nicht seine Schuld, dass sie sich als frischgebackene Mutter so total unerotisch fühlte. Alles an ihr war fleischig und wabbelig ... Wie um alles in der Welt schafften es Promi-Mütter wie Heidi Klum, nach wenigen Wochen schon wieder ihren alten, straffen Körper zu haben? Susanne fand sich hässlich, und dass Olaf mit ihr schlafen wollte, erschien ihr demütigend. Dabei *konnte* es sich doch nur um eine reine Mitleidsnummer handeln, und Mitleid wollte sie nicht! Sie war kein süßes Frauchen, das man verhätschelte, wenn es Kummer hatte, sie war eine gestandene Karrierefrau, die sich nur mal kurz eine Auszeit genommen hatte, um den Fortbestand der Menschheit zu sichern (was sie im Übrigen wohl eher nicht aus freien Stücken getan hätte, aber Olaf hatte seinerzeit eine Packung defekter Kondome zum Einsatz gebracht).

»Olaf!«, warnte sie, und in null Komma nichts wurde aus Selbstmitleid ein leises Knurren im hinteren Rachenraum.

»Entschuldige, Liebes, ich wollte dich nur wach küssen, mehr nicht«, säuselte Olaf, der sich mit neuen blauen Flecken vom Teppich aufrappelte. Allmählich sah er aus wie der *Blaue Reiter* von Kandinsky, zumal mit seinem Pferdeschwanz, und seine Kollegen vom Reha-Zentrum spekulierten schon, ob er sich seit neuestem mitternächtliche Kneipenschlägereien angewöhnt hatte oder ob ihn seine Frau womöglich verprügelte. Dabei hatte er extra zwei zusätzliche Fleecedecken vor seiner Seite des Bettes ausgelegt, seit seine Susanne jedes Mal, wenn er im Bett zärtlich werden wollte, ihren Ellbogen ausfuhr und ihn mit gezielten Fußtritten von der Matratze hebelte.

»Du brauchst einfach noch mehr Zeit«, sagte er und streichelte den abstrakt gemusterten Nachthemdrücken von Susanne.

Es war ihm wirklich ernst. Seine Geduld kannte keine Grenzen. Er liebte seine Frau.

Die wiederum gab einen undefinierbaren Laut von sich und zog sich das Kissen über den Kopf. Dass Olaf so unglaublich verständnisvoll und geduldig war, machte alles nur noch schlimmer.

Im Nebenzimmer wachte klein Ola-Sanne auf und krähte munter. Sie war ein sonniges Kind, das so gut wie nie schrie, und wenn doch, so waren seine Lautäußerungen durchweg angenehm fürs Ohr. Opa Seifferheld antizipierte bereits eine Opernkarriere für die Kleine.

»Ich geh schon«, rief Olaf. »Mach ich gern.«

Susanne stöhnte.

Genervt.

Männer, die keinen Honig kaufen, sondern Bienen kauen

»So, wie wär's jetzt mit Frühstück, Hund?«, fragte Seifferheld und hinkte ohne Stock zur Küchentheke. Ein schmerzhaftes Unterfangen.

Seine Hüfte bockte. Seit sich seine Tochter Susanne und sein Physiotherapeut Schrägstrich Masseur Olaf in Liebe gefunden und wider alle Probabilität neues Leben gezeugt hatten, gab es für Siggi Seifferheld zwar umsonst Massagestunden, es blieb ja in der Familie, aber dafür fielen diese Stunden erschreckend unregelmäßig aus. Das rächte sich. Nicht nur bei den Schäferstündchen mit seiner Freundin Marianne, genannt MaC, nein, auch beim Gang vom Küchenstuhl zur Küchentheke. Alles tat ihm weh. Auch die Bereiche, wo gar keine Bankräuberkugeln saßen.

Onis kam mitsamt rosa Teddy unter dem Tisch hervor und setzte sich erwartungsvoll neben den Kühlschrank. Seine Knickrute führte mal wieder ein Eigenleben und tanzte den Mambo. Onis und sein Schwanz wussten um die Saitenwürstle im mittleren Regalfach. Pawlow dirigierte, Speichel tropfte auf den Teddy und am Teddy vorbei auf den Fliesenküchenboden.

Um diesen Teddy hatte es anfangs heftige Auseinandersetzungen gegeben. Seifferheld hatte es für einen gestandenen Männerhund unpassend gefunden, mit so einem rosa Teil im Maul herumzulaufen. Aber im Kampf Mann gegen Hund hatte – natürlich – der süße Schnuffel auf vier Beinen gewonnen. Onis war zwar mittlerweile ein ausgewachsener Hovawart, aber ihn umgab noch immer die Aura eines knuffigen Welpen. Und seine welpengleichen Augen sandten in diesem Moment unmissverständlich eine telepathische Botschaft an sein Herrchen: Saitenwürste! Jetzt! Sofort!

Aber Seifferheld schnitt sich erst einmal in Ruhe zwei Scheiben Brot ab, butterte sie reichlich und schraubte das Waldhonigglas auf. Das hatte er seinerzeit in der Hundeschule gelernt: Der Alphahund isst immer zuerst.

Und dass Siggi Seifferheld ein Alpharüde war, stand außer Frage. Mal abgesehen von seiner Hüfte fühlte er sich so prächtig wie lange nicht mehr, obwohl er kein junger Kerl mehr war. Wenn demnächst vorn eine Sechs stand, war er schlicht und einfach alt. Da biss die Maus keinen Faden ab. Doch egal, dies war die beste aller Zeiten, um 60 zu werden. Und er hatte noch einmal etwas völlig Neues gewagt: Er hatte sich geoutet.

Nein, nicht als schwul.

Als Sticker.

Zum letztjährigen Welttag des Stickens war er mit seinem heimlich angefertigten Wandbehang *Leda und der Schwan* zum Treffen der Schwäbisch Haller Stickgruppe gegangen (wobei man in der Leda unschwer seine Freundin MaC und in dem Schwan ihn selbst erkennen konnte. Ein äußerst gewagtes Unterfangen in einer Stadt von nicht einmal 40 000 Einwohnern, wo jeder jeden kannte und Spekulationen zum Thema »wer mit wem« als beliebter Freizeitspaß galten). Auf ihn als einzigen Mann unter einem guten Dutzend Frauen richtete sich fortan natürlich alle Aufmerksamkeit. Wenn er gewusst hätte, wie sehr ihn die Frauen umschwärmen und umgurren und betütteln würden, hätte er sich schon viel eher geoutet.

Allerdings waren leider nur die Fremdfrauen so überaus charmant zu ihm gewesen. Seine eigenen hatten auf sein Coming-out anders reagiert. Sie fanden sein Hobby furchtbar, und es erboste sie vor allem, dass er es ihnen so lange vorenthalten hatte:

»Warum hast du mir nie etwas davon gesagt?« Herzensdame Marianne (vorwurfsvoll)

»Willst du nicht etwas Sinnvolleres mit deiner Zeit anfangen?« Tochter Susanne (verständnislos)

»Wenn schon gestickte Kissensprüche, dann doch bitte was gesellschaftspolitisch Relevantes wie ›Nie wieder Krieg!‹ oder ›Für mich nur Ökostrom!‹.« Nichte Karina (kämpferisch)

»Leda und der Schwan? Siggi, also wirklich, pure Pornographie! Du solltest dich was schämen!« Seine ältere Schwester Irmgard (frisch verehelichte Pfarrersfrau und päpstlicher als der Papst, obwohl Lutheranerin)

Für Siegfried Seifferheld war es dennoch ein ganz besonderer Befreiungsschlag gewesen. Nie wieder heimlich sticken! Ein sagenhaft beglückendes Gefühl der Freiheit! Und heute wollte sogar eine SWR-Frau aus Heilbronn vorbeikommen und ihn zu seinem Hobby interviewen. Es hatte sich herumgesprochen, dass es in Schwäbisch Hall einen stickenden Mann gab.

Seifferheld biss beherzt in sein Honigbrot.

Hovawart Onis hob eine Augenbraue, schnaufte, drehte sich zur Seite und kratzte nachdrücklich an der Kühlschranktür. Wenn Telepathie nicht half, musste man eben die Pfoten zum Einsatz bringen.

Menschen.

So was von begriffsstutzig

> **Verschwende keine Gedanken an die Menschen aus deiner Vergangenheit –**
> **es hat einen Grund, warum sie es nicht in deine Zukunft geschafft haben!**

Tagebuch der Karina Seifferheld

Was ich brauche, sind zwei Eimer Mut, das Richtige zu tun! Ich weiß, dass ich meinen Fela nicht betrogen habe. Okay, ich habe mit einem elenden Schürzenjäger fremdgeknutscht, mit diesem dämlichen Bullen namens Viehoff, das stimmt. Aber vom Rumknutschen kriegt man keine Babys, auch wenn ich beim Knutschen durchaus mal tiefergerutscht sein könnte. Ich bin doch keine Boris Beckersche Wäschekammeraffäre! Und selbst wenn, wäre mein Baby weiß, also schweinchenrosa, und nicht gelb. Wie kann das angehen? Ist nächtens ein chinesischer Inkubus durch mein offenes Schlafzimmerfenster geflogen und hat mich im Schlaf geschwängert? Ehrlich, warum tut das Schicksal mir das an? Am liebsten würde ich das Diakoniekrankenhaus ver-

klagen, weil die ganz eindeutig mein Baby vertauscht haben müssen. Aber mein Fela war doch bei der Geburt dabei und hat alles im Bild festgehalten. Mein süßer, mandeläugiger Wonneproppen kam aus mir raus, da gibt es keinen Zweifel. Scheiße. SCHEISSE! Was soll ich nur tun? Fela redet kein Wort mehr mit mir. Meine Eltern können mir nicht mehr in die Augen schauen. Alle behandeln mich wie eine moralisch Aussätzige. Und ich weiß doch selbst nicht mal, was ich denken soll! Bin ich im falschen Film? Kann mich mal jemand kneifen?

Ich bin ja so unglücklich!!!

Karina schniefte ein wenig, wischte sich dann die Nase an ihrem Bigshirt-Ärmel ab und zog das Shirt nach oben. Darunter kam Fela junior zum Vorschein, der heiter nuckelnd an ihrer rechten Brust lag. Nackt, wie er war, sah er mit seinem dicken Babybäuchlein aus wie ein junger chinesischer Buddha.

Karina seufzte. Ihre Zukunft war alles andere als rosig. Es würde definitiv nicht leicht werden. Ihr Studium an der Fachhochschule hatte sie noch nicht beendet und als Alleinerziehende musste sie sehen, wie sie über die Runden kam.

Klein Fela saugte kräftig. Er war ein ziemlich großes Baby mit einem gewaltigen Appetit. Ein veritabler Felinator.

Karina musste – trotz allem – glücklich lächeln.

Und bekam gleich darauf Hunger. Wer stillte, brauchte Kraft! Darauf einen Lkw (für Nicht-Schwaben: ein »Leberkäsweckle«).

Mitsamt ihrem Baby an der Brust stapfte Karina die knarzenden Treppen des Seifferheld-Hauses hinunter zur Küche.

Das Wort »Vegetarier« kommt aus dem Indianischen und heißt »zu blöd zum Jagen«.

Mit der *Air France* von Réunion nach Paris (Bordmenü: Hummerterrine, Lachs Julienne und Gemüsepasta), mit der *Lufthansa* von Paris nach Frankfurt (hausgemachter Fleischsalat mit Käse im Einmachglas), mit dem ICE der *Deutschen Bahn* von Frankfurt nach Stuttgart (Sülze vom Gockel nach Alfons Schuhbeck im Bordbistro) und mit der vergleichsweise siffigen Bummelbahn, die hier »Murrbahn« hieß, weiter nach Schwäbisch Hall-Hessental (Sandwich mit Formfleischschinken in der Papphülle vom »mobilen Kaffeemann«).

François Arnaud, gelernter Koch, den Schwäbisch Haller Bürgern besser unter seinem Pseudonym »Bocuse« bekannt, sprang pappsatt und reisemüde aus dem überalterten Regionalzug, holte tief Luft und rief: »Ah, endlisch wiedèr zu Hausé!«

Als Gepäck hatte er nur einen Rucksack mit dem Allernotwendigsten dabei sowie das signierte Autogrammfoto von Starkoch Jamie Oliver, das er wie eine Reliquie verehrte. Mehr hatte er nicht einpacken können, als man ihm zutrug, dass die Polizei sein neueröffnetes, allerdings illegales Wettbüro auf der französischen Insel Réunion im Indischen Ozean stürmen wollte. Aber wenigstens hatte er es geschafft. Er war rechtzeitig geflohen und stand nun als (noch) freier Mann auf deutschem Boden.

Zu Fuß – seine finanziellen Verhältnisse waren mit Fug und Recht »klamm« zu nennen – marschierte er in Richtung Innenstadt zu dem Mann, an den er seit seiner überstürzten Abreise ununterbrochen gedacht hatte, dem Mann, der ihm einen Neuanfang ermöglichen konnte. Bocuse schwebte eine Kneipe vor, ein französisches Bistro, gewissermaßen Pariser Flair in der schwäbisch-hohenlohischen Provinz. Mit ihm, Bocuse, als »Patron«.

Eine Dreiviertelstunde später stand er vor dem leicht schiefen Fachwerkhaus im unteren Teil der Bahnhofstraße. Bocuse drückte vorfreudig lächelnd auf die Klingel. Gleich darauf summte ein Summer, und die Haustür sprang auf. Bocuse stieg in den zweiten Stock und stieß die angelehnte Wohnungstür auf.

»Vorsicht! Nicht hinauslassen!«, hörte er eine panische Männerstimme schreien.

»Was? Wen?« Bocuse sah nichts. Er hörte nur ein Summen, das er für den Nachhall des Türöffners hielt. Und dann war es auch schon zu spät.

»Verdammt, Bocuse«, murrte Klaus enttäuscht, der – nur karierte Boxershorts tragend – aus den Tiefen seines Lofts auftauchte, im Arm seine Lebensgefährtin Mimi, die ein weißes Spitzennachthemd trug.

»Quoi?« Bocuse verstand nur Bahnhof.

»Ich hatte es geschafft!« Klaus lächelte mannhaft seine Enttäuschung weg. »Sie haben es tatsächlich getan.«

»Wer hat was getan?« Bocuse drehte sich um, sah aber nichts.

»Meine Drosophilae!« Klaus strahlte über das ganze Gesicht. »Hast du sie denn nicht gesehen? Echt nicht? Ich habe ihnen den Formationsflug beigebracht! Meine Fruchtfliegen sind in einer eins a Pfeilformation an dir vorbei zur Tür hinausgeflogen! Eine Weltsensation!«

Klaus klopfte erst sich auf die Brust, dann Bocuse auf die Schulter. »Na, komm rein, darauf müssen wir einen trinken! Päuschen bei Kläuschen, wie in alten Zeiten!« Er legte Mimi auf die Corbusier-Liege neben dem Garderobenständer.

Mimi, seine langjährige Lebensgefährtin, war kein Weib aus Fleisch und Blut, sondern eine aufblasbare Gummipuppe. Klaus hatte so seine Probleme mit echten Frauen. Die er womöglich nicht hätte, wenn man ihm ansähe, wie reich er war. Aber das sah man ihm nicht an. Fehlanzeige. Bisweilen drückte ihm sogar ein altes Mütterlein verstohlen einen Euro in die Hand und säuselte: »Nicht für Schnaps, sondern fürs Sattessen, gell!«

Bocuse wollte die Tür schließen.

»Nein, lass auf«, bat Klaus. »Ich lasse immer ein paar faule Äpfel herumliegen. Dann kommen meine Kleinen wieder!«

Damit erklärte sich auch, warum im ganzen Loft Dutzende von Duftbäumchen wie kleine Mobiles von der Decke baumelten.

Wunder-Baum® Lufterfrischer Bergbrisearoma …

**Das Leben ist wie eine Ketchupflasche –
erst kommt nix und dann alles auf einmal.**

Während ein kleiner Franzose namens Bocuse aus dem Zug in Richtung Nürnberg stieg, hievte am Gleis gegenüber ein hagerer Geistlicher seinen Koffer in den Zug in Richtung Stuttgart. Dann wandte er sich an seine Pfarrersgattin. »Meine Liebe, wir sind alle in Gottes Hand. Mach dir keine

Sorgen um mich. Ich mache mir auch nicht die leisesten Sorgen um dich.«

Dass sich der Mann, den man von Herzen liebt, nicht die leisesten Sorgen um einen machte, war nicht unbedingt das, was man als liebende Frau hören wollte, aber Helmerich Hölderlein war nun einmal Pfarrer, und was konnte sie da anderes erwarten?

Irmgard Seifferheld-Hölderlein küsste ihren Ehemann dezent auf die Stirn. Bis vor kurzem war sie ein spätes Mädchen gewesen, eine alte Jungfer, ein Blaustrumpf, eine unverheiratete Anfangssechzigerin, doch dann war ihr die Liebe begegnet. In Form von Pfarrer Hölderlein. Das an sich hätte ausgereicht, um sie zur gläubigen Christin zu machen, wenn sie nicht vorher schon aktiv im Kirchenkaffeekomitee und in der Blumenschmuckgruppe von St. Michael gewesen wäre. Aber zwischen Christ und Christ gab es Unterschiede. Sie tat, was man in ihrer Familie seit Erbauung von St. Michael vor achthundert Jahren getan hatte, nämlich jeden Sonntag in die Kirche gehen und eine Münze und keinen Knopf in den Klingelbeutel werfen. Abgesehen davon beschränkte man sich auf ein moralisches Leben. Ihr Bruder Siegfried mochte hin und wieder beten, »Bitte, Herr, mach mich zu dem Menschen, für den mein Hund mich hält«, aber ansonsten war Familie Seifferheld eine glaubensfreie Zone.

Helmerich Hölderlein dagegen war zwar kein wiedergeborener Christus, aber verdammt nah dran. Für ihn war Jesus ein realer Bundesgenosse im widrigen Alltag, und seinem Kumpel Jesus hatte er, lange bevor ihn Amors Pfeil traf und er das Herz seiner Irmi erobert hatte, versprochen, für drei

Monate als Missionar dorthin zu gehen, wohin ihn der Herr – in Gestalt des Landesbischofs – schicken würde. Leider war dieses Versprechen im Hochzeitstrubel etwas untergegangen, und er hatte doch tatsächlich vergessen, seine Zukünftige davon in Kenntnis zu setzen.

Als Hölderlein dann vor einer Woche den schriftlichen Bescheid des Bischofs erhalten hatte und er seiner Irmi nachträglich von seinem Missionsversprechen erzählte, war sie ihrem Spitznamen »Die Generalin« mehr als gerecht geworden. In diesem Zusammenhang fielen einem die großen, blutigen Begebenheiten der Geschichte ein: Die Schlacht von Waterloo, mit Irmi als Admiral Nelson und Helmerich als Napoleon, oder die Schlacht bei Marathon, mit ihm als vernichtend geschlagenem Perser und Irmi als griechische Siegesgöttin. Man konnte es nicht wirklich ihren ersten Ehestreit nennen, denn zu einem Streit gehörten zwei Konfliktparteien. Bei Irmi und Helmerich handelte es sich dagegen eher um eine Gerölllawine und eine windschiefe Almhütte, und es war nicht schwer zu erraten, wer was war.

Aber Irmi war auch eine Frau, die sich mit Gegebenheiten abfinden konnte. Sie begriff, dass der Mann, den sie liebte, das Versprechen, das er seinem Herrn und Gott gegeben hatte, nicht brechen konnte.

Außerdem war es verdammt anstrengend, nach 60 Jahren als Single plötzlich eine bessere Hälfte zu haben, und offen gestanden freute sie sich schon auf die drei ehemannlosen Monate. Kein lästiges Hinterherräumen mehr (Helmerich war nicht gerade ein Ordnungsfanatiker, um es mit den Worten der Liebe zu sagen), kein schwieriges Zusammenstellen von Menüfolgen (Helmerich reagierte auf so gut wie alles allergisch und wogegen er nicht allergisch war, das aß er aus moralischen Erwägungen nicht). Natürlich auch keine zärtlichen Gutenachtküsse mehr. Aber Irmi hatte es ohnehin nicht so mit dem fleischlichen Aspekt der Ehe. Sie fand, dass die Libido etwas für junge Paare in der Fortpflanzungsphase war.

Alte Paare wie sie und Helmerich zogen ihr Entzücken schon aus der Tatsache, dass man abends neben jemand sitzen konnte, der einem bei der Antwort auf die Frage »zwölf waagerecht, Fluss in Asien« auszuhelfen vermochte. Die oft belächelte, aber sehr intensive Philemon-und-Baucis-Form der Liebe eben.

»Hast du deine Magentropfen eingepackt?«, fragte sie sicherheitshalber.

Die 12-Kräuter-Tropfen aus der Löwenapotheke waren das Einzige, was Helmerich Hölderleins Reizverdauungsapparat einigermaßen besänftigen konnte. Sein Magen und sein Darm reagierten hochsensibel auf jede noch so harmlose Gegebenheit: Hunde (er hatte eine Hundephobie), Spinnen (er litt unter Arachnophobie), Enten (Anatidaephobie), seinen Bischof (Angst vor Respektspersonen) und natürlich Nah-, Mittel- und Fernreisen. Andere Allergiker reisen nicht ohne ihren Inhalator, Helmerich reiste nie ohne seine Magentropfen. Zwei Kartons davon hatten sie bereits als Überseefracht zu seiner Missionsstation in Kenia geschickt.

»Ja, meine Liebe. Und auch eine Schachtel *Apothekers Magenmorsellen*. Ich fühle mich gewappnet.« Tapfer hauchte Helmerich seiner Frau einen Kuss auf die Wange. »Ich werde dich vermissen.«

»Ich dich auch«, log Irmi frech, aber zärtlich.

Rubbeldenhund

»Gott, der ist ja so süüüß!«, flötete Frau Söback vom SWR und rubbelte das beigefarbene Fell von Hovawart Onis. »Gell, das magst du? Ja, das magst du!«, gurrte sie in sein Ohr.

Onis schnurrte.

Noch so etwas, was Seifferheld einen Tick peinlich fand: ein schnurrender Rüde. Hatte dieser Vierbeiner denn keine Selbstachtung? Ein rosa Teddy und die Lautäußerungen einer Katze?

Seifferheld atmete resigniert aus.

Onis und Frau Söback lagen vor dem Küchentisch auf dem Fliesenboden und betrieben nun schon seit einer Viertelstunde etwas, das man als intensives Kraulen bezeichnen konnte. Oder als heavy Petting. Onis ignorierte sogar völlig seinen rosa Teddy, dem er normalerweise obsessiv verfallen war. Frau Söback war offenbar gut in dem, was sie da tat.

Siggi Seifferheld kam prompt auf dumme Gedanken. Zur Ablenkung räusperte er sich. Er fühlte sich wie das fünfte Rad am Wagen, aber immerhin waren es *sein* Hund und *seine* Küche, und er sah nicht ein, warum ausgerechnet er das Feld räumen sollte.

»Sie hatten Fragen zu meinem Stick-Hobby?«, fragte er schließlich plump.

»O ja.« Frau Söback vergrub ihr Gesicht tief im seidenweichen Hundefell. »Hmm, du riechst gut!«

Onis, der alte Tunichtgut, quittierte das mit neuerlichem Schnurren. Er hatte vor einiger Zeit eine Berner Sennenhündin besprungen, und aus dieser Verbindung war ein Wurf

Mischlingshündchen hervorgegangen. Wenn Seifferheld Frau Söback damals schon gekannt hätte, hätte er ihr zu gern einen davon abgegeben. Damit sie ihre olympiareife Streichelkür zu Hause bei ihrem eigenen Vierbeiner austurnen konnte.

Frau Söback seufzte und tauchte wieder aus dem Hundefell auf. Beigefarbene Haare hingen ihr am dunkelbraunen Pony, doch sie schien nichts davon zu merken.

»Wie sind Sie denn zum Sticken gekommen?«, wollte sie wissen, erhob sich, setzte sich Seifferheld gegenüber auf einen der Thonet-Stühle und schaltete ihr kleines, schwarzes Aufnahmegerät ein. Anschließend hielt sie Seifferheld ein Mikro vor den Mund.

»Nachdem ich seinerzeit durch einen tragisch zu nennenden Berufsunfall während eines Bankraubs zum Invaliden geschossen wurde ...«, setzte Seifferheld pompös an. Er hatte da einige Worte vorbereitet.

»Stimmt!«, unterbrach ihn Frau Söback. »Sie sind ein Held. Ihre Familie muss sehr stolz auf Sie sein.« Sie strahlte. Sie hatte sich aufgrund hoffnungsloser Überarbeitung null vorbereitet, konnte das aber – Vollprofi, der sie war – exzellent überspielen.

Seifferheld winkte ab. »Alles Teil des Jobs.« Er sammelte sich innerlich und versuchte, an der Stelle weiterzumachen, an der er aufgehört hatte. »... zum Invaliden geschossen wurde und nach dem künstlichen Koma im Krankenhaus aufwachte, wissend, dass ich nie wieder würde arbeiten können, da ...«

Im selben Tonfall hatte er früher in seiner Schulzeit am Gymnasium an St. Michael immer Homer deklamiert:

Schon zween Tage trieb er/und zwo entsetzliche Nächte/in dem Getümmel der Wogen/und ahnete stets sein Verderben. Und wie damals wurde er auch jetzt ständig unterbrochen, aber Gott sei Dank nur durch Frau Söback und nicht durch die Papierkugelgeschosse seiner Mitschüler, die verdammt gut zielen konnten und immer da trafen, wo es weh tat.

»Ja, ja, furchtbar, ganz furchtbar. Und in diesem Augenblick wurde Ihnen klar, dass es in Ihrem Leben nur noch eines geben konnte: das Sticken.« Frau Söback legte ihm die rechte Hand auf den Unterarm. Beim Sprechen wippte ihr dunkler Pony über den großen, gletscherblauen Augen. Und in dem Pony hingen immer noch die beigefarbenen Hundehaare von Schwerenöter Onis.

Seifferheld konnte seinen Blick kaum abwenden. Es war ein wenig wie bei Loriot und der Nudel. Ob er Frau Söback darauf aufmerksam machen sollte? Er zwang sich, wieder ans Sticken zu denken. Wie sehr er sein für einen Mann doch eher ungewöhnliches Hobby liebte, wie es ihn zutiefst befriedigte, wenn er einen bunten Schriftzug oder ein Motiv auf einen unifarbenen Kissenbezug zauberte und somit aus dem Nichts etwas Schönes, Bleibendes erschuf.

»Sie waren ein Held, die Menschen haben zu Ihnen aufgeschaut, junge Kollegen haben Sie bewundert, und die Bevölkerung hat Sie geliebt!«, deklamierte Frau Söback leidenschaftlich. »Aber dieses Leben der Gefahr war ein für alle Mal vorbei, und so furchtlos, wie Sie sich einst der Welt des Verbrechens gestellt hatten, so furchtlos stellen Sie sich nun Ihrer neuen Lebensaufgabe – dem Sticken!« Frau Söback redete sich richtig in Fahrt. Pony und Hundehaare wippten auf und ab.

Seifferheld hatte nun gänzlich den Faden seiner auswendig gelernten Rede verloren, aber da Frau Söback mindestens so pathetisch klang wie er, nickte er nur, obwohl in seinen fast 30 Dienstjahren kaum jemand je Notiz von ihm genommen hatte. Das Gefährlichste an seinem Job war wahrscheinlich der Kantinenfraß gewesen.

»Ich werde das Interview *Ein Mann und seine Mission* nennen«, fuhr Frau Söback fort, die immer genaue Vorstellungen davon hatte, wie ihre Sendungsbeiträge zu klingen hatten, und die sich von der tatsächlichen Faktenlage nur ungern beeinflussen ließ. »Das tönt nach James Bond und hat gleichzeitig den Touch der Innovation. Neue Männer braucht das Land. Und Sie sind einer von ihnen.«

Die Hand auf seinem Unterarm drückte fest zu.

Onis, der sich seiner Streicheleinheiten beraubt sah, stand auf und legte Frau Söback seinen riesigen Hundeschädel in den Schoß. Gleich darauf war Seifferhelds Unterarm wieder verwaist.

»So ein süßes Hundihundi«, flötete Frau Söback und rubbelte Onis' Fell erneut kraftvoll durch.

Hundihundi?

Das war ja wohl eher die passende Bezeichnung für diese knöchelhohen, haarlosen Ratten, die moderne It-Girls fälschlicherweise für Hunde hielten und in ihren Handtaschen herumschleppten. Hovawarts waren dagegen gestandene Gebrauchshunde, die Rüden mit einer durchschnittlichen Widerristhöhe von achtundsechzig Zentimetern und einem Gewicht von gut und gern vierzig Kilo. Da war jedwede Verniedlichungsform ungehörig. Fand Seifferheld. Sprach es aber nicht laut aus, weil sich die gletscherblauen

Augen von Frau Söback jetzt wieder scheinwerferartig auf ihn richteten.

»Besonders bewundernswert finde ich persönlich, dass Sie sich in einer Kleinstadt wie Schwäbisch Hall als Sticker geoutet haben. Männer von Ihrem Standing besticken hier doch keine Kissen, oder irre ich mich da? Haben Sie sich damit nicht wissentlich der Gefahr ausgesetzt, belächelt oder sogar ausgelacht zu werden?«

Seifferheld unterdrückte einen Seufzer. Es war ihm weiß Gott nicht leichtgefallen, mit seinem ungewöhnlichen Hobby an die Öffentlichkeit zu gehen. Monatelang hatte er selbst seiner Familie gegenüber so getan, als wäre er seit seiner Pensionierung ein begeisterter Hobbykoch. Er war sogar der Männerkochgruppe der Volkshochschule Schwäbisch Hall beigetreten, nur um diese Fassade aufrechtzuerhalten. Aber irgendwann hatte er einfach die Lüge nicht mehr leben wollen. Das Leben war zu kurz für Heimlichkeiten. Seit seinem Coming-out am Welttag des Stickens wachte er nachts nicht mehr schweißgebadet auf, weil er von Entdeckung und Überführung gealpträumt hatte. Und ehrlich gesagt hatte sich absolut niemand über ihn lustig gemacht, nicht einmal seine Ex-Kollegen vom Mord-zwo-Stammtisch. Okay, sein Harem aus Tochter, Schwester, Nichte und Herzensdame war nicht glücklich gewesen, aber wenigstens tolerierten die Frauen seine Marotte. Und sollte sich irgendjemand trauen, ihm komisch zu kommen, würde er ihm schon zeigen, was man – auch als invalider Senior – mit einem rotierenden Gehstock aus Edelstahl und Hartgummisohle alles bewerkstelligen konnte.

»Man muss das, wovor man sich fürchtet, einfach tun«,

zitierte er aus der Aphorismensammlung, in der er abends immer las, wenn er nicht einschlafen konnte.

»Viel mehr Männer sollten Ihrem Beispiel folgen!«, verkündete Frau Söback so vehement, dass Onis seinen Schädel aus ihrem Schoß zog.

Frau Söback beugte sich vor. »Oh, entschuldige, habe ich dich erschreckt? Ist ja alles wieder gut.« Sie drückte dem Hund einen Kuss auf die Stirn. Dann stockte sie plötzlich und richtete sich abrupt auf. »Herr Seifferheld, ich habe da eine geniale Idee!«, rief sie.

Seifferheld hatte jahrelang in einem Frauenhaushalt gelebt. Wenn eine Frau zu ihm sagte, sie habe eine geniale Idee, begannen sämtliche seiner Warnleuchten automatisch zu blinken.

»Ich habe Ihnen ja noch gar nicht erzählt, warum ich so gern sticke«, versuchte er, sie abzulenken. »Wobei ich eigentlich gar nicht so genau weiß, warum mir das Sticken so eine Freude bereitet. Früher habe ich meiner Großmutter dabei zugesehen, aber natürlich nie daran gedacht, es selbst zu versuchen. Aber es ist so ein befriedigendes Gefühl, wenn man ein besticktes Kissen ...« Er plapperte. Plappern war oft ein gutes Ablenkungsmanöver.

Doch Frau Söback ließ sich nicht ablenken.

»Ja, genau!«, rief sie und verkrallte sich wieder in seinem Unterarm. Dieses Mal mit beiden Händen.

Onis gab sich geschlagen und legte sich glücklichgerubbelt unter den Küchentisch.

»Herr Seifferheld, mehr Männer sollten den Mut finden, zu ihrem Hobby zu stehen! Ein einziges Interview bringt da nichts. Was wir brauchen ... was *Sie* brauchen ... ist eine Stick-Sendung im Radio. Auf SWR4. 15 Minuten pro Woche. *Tipps und Tricks für stickende Männer!* Interaktiv! Was sagen Sie dazu?«

Seifferheld sagte gar nichts dazu. Er war sprachlos. Bis vor wenigen Wochen noch ein heimlicher Sticker und jetzt gleich eine eigene Radiokolumne? Von null auf hundert in unter einem Monat?

Skeptisch schürzte er die Lippen.

Frau Söbacks Nägel bohrten sich tiefer in sein Unterarmfleisch. »Das ist gar kein großer Umstand für Sie. In Schwäbisch Hall gibt es schließlich ein SWR-Studio! Da können Sie bequem hinlaufen.«

Sie beugte sich weiter nach vorn. Ihre gletscherblauen Augen schienen ihn förmlich zu durchbohren. Die blonden Hundehaare in ihrem dunklen Pony wippten verführerisch.

Seifferheld konnte sich nicht länger in Zurückhaltung üben. Er war ein Mensch, kein Übermensch.

Also hob er seinen freien Arm und zupfte Frau Söback die Fremdhaare aus den Ponyfransen.

Sie kicherte.

Er kicherte.

Und das war – wie könnte es anders sein – *natürlich* der Moment, in dem die Küchentür aufging und Seifferhelds Freundin-Lebensgefährtin-Herzensdame Marianne Cramlowski auf der Schwelle erschien. Sonst eine österreichische Journalistin mit einer Vorliebe für süße Mehlspeisen im Allgemeinen und einen invaliden Ex-Kommissar im Besonderen. Jetzt aber eine dunkle Göttin des Zorns, der kleine Rauchwölkchen aus den Ohren zu steigen schienen.

Seifferheld schluckte.

Schwer.

**Wer Musik liebt, singt bei Liedern
auch die Instrumente mit.**

Die Luft war betäubend schwer vom Duft nach Kardamom, Kurkuma und Feinstaub. Exotische Sitar- und Tabla-Klänge schwebten über die Straße, dazu Händeklatschen und Autohupen. Wohlgerundete Hüften schwangen im Takt.

Der spontane Gig fand weder in Kerala noch in Mumbai statt, sondern vor dem Goethe-Institut in Schwäbisch Hall, auf der Grünfläche direkt neben der Bushaltestelle Spitalbach.

Das Goethe-Institut, immer noch internationaler Marktführer im Bereich Deutschunterricht, mit hochqualifizierten Lehrkräften und modernsten Unterrichtsmethoden, war zwar in allen deutschen Großstädten vertreten, aber nur in einer einzigen Kleinstadt: Schwäbisch Hall. Wer den Rummel einer Metropole suchte, meldete sich in Hamburg, Düsseldorf, Berlin oder München zum Deutschlernen an. Doch wer sich idyllisches Ambiente wünschte, persönliche Betreuung, authentische deutsche Gemütlichkeit und viel Natur, der war eindeutig in Schwäbisch Hall am besten aufgehoben.

Rani Chopra jedenfalls hatte sich ganz bewusst für das Goethe-Institut in Schwäbisch Hall entschieden. Seit nunmehr drei Wochen besuchte sie den Premium-Kleingruppenkurs *Intensiv 8 plus*.

Rani war schwer und doch wieder ganz leicht zu beschreiben. Wer die deutsch-italienisch-französische Film-Koproduktion *Der Tiger von Eschnapur* aus dem Jahr 1959 gesehen hatte, wusste genau, wie Rani Chopra aussah, nämlich exakt wie die amerikanische Schauspielerin Debra Paget als Tempeltänzerin Seetha. Also nicht wirklich indisch, aber doch dunkel genug, um als Inderin durchzugehen. Ihre Mutter war Isländerin und hatte den Kulturschock, von Reykjavik nach Neu-Dehli zu ziehen, nicht wirklich gut weggesteckt. Auch das Leben im Haus ihrer herrischen Schwiegermutter hatte ihr zugesetzt, weswegen sie sich relativ bald wieder hatte scheiden lassen und mit ihrer Tochter nach England gezogen war.

Rani war aber auch die Tochter ihres Vaters und ließ gelegentlich eine unbändige Sehnsucht nach Indien durchblicken. Heimweh nach einem Ort, an den sie alle Erinnerung verloren hatte und den sie nur aus Filmen, Büchern und Erzählungen kannte. So was gab's. Rani hatte gerade genug Geld, um sich ihre Sehnsucht nach dem Subkontinent einmal am Tag im *Indian Forum*, dem indischen Restaurant in der Gelbinger Gasse, wegzuessen.

Sie war nicht die einzige Inderin, die derzeit am Goethe-Institut studierte. Außer ihr hatten sich noch Joy Ambani aus dem westindischen Gujarat und Sunil Gupta aus dem nördlichen Punjab eingeschrieben. Beide durch und durch echte Inder, die ihr Heimatland jeweils seit über zwanzig Jahren hautnah erlebt hatten und sich ihrerseits nun nach etwas Neuem, etwas anderem sehnten.

Joy hatte sich in einen Deutschen verliebt, und Sunil war Tenor und wollte in Deutschland Gesang studieren. Zu dritt vergnügten sie sich bisweilen in der Mittagspause mit einem Spontan-Gig: im Innenhof des Goethe-Instituts, auf dem Rasen neben der Bushaltestelle oder auf dem Unterwöhrd. Joy spielte Sitar, Sunil sang und trommelte gekonnt die Tablas, und Rani tanzte. Mit ihrer bunten (in Manchester von pakistanischen Einwanderinnen schwarzgeschneiderten) Nationaltracht und dem geschmeidigen Körper, den sie – gegen alle Gesetze der Schwerkraft – in sämtliche Richtungen verbiegen konnte, war sie eine wahre Augenweide. Zur großen Freude der anderen Studierenden und der vorbeischlendernden Passanten.

Doch während ihre musikalischen Einlagen sonst immer enorm an Bollywood erinnerten, tanzte Rani an diesem Tag mit einer für sie untypischen Ernsthaftigkeit. Hin und wieder kullerte sogar eine Träne über ihre Wange. Ein bisschen wie ein Bollywoodmusical als Schwarz-Weiß-Film unter der Regie von Rainer Werner Fassbinder.

Joy und Sunil warfen sich fragende Blicke zu. Aber Rani redete nie über ihr Privatleben und würde das sicher auch an diesem Tag nicht tun. Sie tanzte nur ...

Wer nie im Zorn erglühte, kennt auch die Liebe nicht.
(Ernst Moritz Arndt)

Marianne Cramlowski, von den Kollegen in der Redaktion des *Haller Tagblatts* nur MaC genannt, weil sie mit diesem Kürzel ihre Artikel zu zeichnen pflegte, schleuderte ihre Perlenohrringe in den Samsonite-Trolley. Es waren falsche Perlen, sonst hätte sie sie natürlich sanft hineingebettet.

»Aber so war das doch gar nicht«, versuchte Seifferheld sich mit der Stimme der Vernunft zu verteidigen.

MaC pustete sich eine störrische Locke aus dem Gesicht und sah ihn wütend an. Sie knüllte ihre Lieblingsbluse in den Koffer. Leinen knitterte ja angeblich edel.

»Frau Söback hat mir vorgeschlagen, regelmäßig im Radio aufzutreten. Das war eine rein geschäftliche Unterredung.«

Aus Sicht von Siegfried Seifferheld übertrieb MaC maßlos. Zwei vollständig bekleidete Erwachsene hatten in einer Küche an einem Tisch gesessen. Und nur weil der männliche Erwachsene der weiblichen Erwachsenen ein paar Hundehaare aus dem Pony gefischt hatte, sollte das Anlass genug sein, um die Koffer zu packen und auszuziehen? Das war doch albern hoch drei!

»Marianne, ich bitte dich!«

Nachdem sie so plötzlich im Türrahmen erschienen war, hatte sie kein Wort gesagt. Nicht, als er Frau Söback mit einer halbherzigen Zusage für die Radiokolumne zur Tür begleitet hatte. Nicht, als er zu MaC zurückgehumpelt kam, um ihr die Sachlage zu erklären. Und auch jetzt gab sie keinen Ton von sich. Die große Schweigefolter.

»Das ist doch lächerlich.« Schwups, waren ihm die vier Worte herausgerutscht. Noch im Sprechen wurde ihm klar: GROSSER FEHLER!

Er erinnerte sich nur zu gut an die Kämpfe der letzten Monate, bevor sie bei ihm eingezogen war. Womöglich lag es wirklich an einem eklatanten Mangel an Männern mittleren Alters in Hall, aber seit kurzem schien er – ohne eigenes Zutun! – zum Frauenmagneten mutiert zu sein. Eine Blume der Nacht hatte ihn auf offener Straße geküsst, Usch Meck (Frauchen der Berner Sennenhündin, die Onis zum Vater gemacht hatte) war ihm spontan verfallen, und die Frauen der Stickgruppe suchten schon gar keinen Vorwand mehr, um ihn in die Backen zu kneifen (und zwar nicht immer in die im Gesicht).

»Lächerlich?« MaCs Stimme klirrte. Die Raumtemperatur fiel abrupt um zehn Grad. Onis, der einen ausgeprägten Selbsterhaltungstrieb besaß, schnappte sich seinen rosa Teddy und trabte zügig aus dem Schlafzimmer.

»Lächerlich?«

MaC schnaubte, während sie ihren Kulturbeutel in den Trolley knallte. Es klirrte, und gleich darauf waberte *Chanel No. 5* durch den Raum, aber dafür hatte MaC jetzt keinen Sinn. Allmählich beschlich sie das Gefühl, ihr Siggi würde seine Hormone nur unter Kontrolle halten können, wenn man ihm die Eier absäbelte. Was sie ja zu gern tun würde, nur dass sie auf die Schnelle keine geeignete Gartenschere zur Hand hatte.

»Weißt du, was ich denke, Siggi, mein Schatz? Ich denke, du fürchtest dich vor dem Altwerden. Du hast das Gefühl, womöglich etwas zu verpassen, und stürzt dich deswegen von einem Flirt in den nächsten, ungeachtet meiner Gefühle, ja, meiner Existenz!«, fauchte MaC.

In Seifferheld drängte sich alles danach, ihr zu widersprechen. Aber ... hatte sie möglicherweise recht?

Als er nicht antwortete, zuckte MaC ergeben mit den Schultern. »Ich kann das nicht. Wie du sehr wohl weißt, habe ich mit untreuen Männern meine Erfahrungen gemacht, und das brauche ich nun wirklich nicht noch einmal. Tut mir leid.« Sie schlug ihren Koffer zu, zog den Reißverschluss zu und sah Seifferheld jetzt endlich in die Augen.

»Gott hat Männern ein Gehirn und einen Penis gegeben, aber die Blutversorgung reicht offenbar immer nur für eins von beiden. Gut, dass ich meine Wohnung noch nicht gekündigt habe. Wir brauchen eine Auszeit.«

Damit rauschte sie davon.

Seifferheld hätte versuchen können, sie aufzuhalten. Wenigstens verbal. Ihr nachzulaufen war ja schon allein wegen seiner Hüfte ein Ding der Unmöglichkeit.

Aber er versuchte es nicht.

Er ließ sich schwer auf das Bett fallen und ging in sich.

Nach ein paar Minuten hörte er Schritte im Flur und das Geräusch eines Koffers, der schwer auf dem Steinboden abgestellt wurde.

»Marianne?«, hauchte er tonlos und überrascht. Freudig überrascht.

Er stand auf.

Die Schritte näherten sich der Schlafzimmertür, die Tür wurde aufgerissen und auf der Schwelle stand – Tusch! – seine Schwester Irmgard.

»Siggi, ich ziehe wieder bei dir ein! Freust du dich?«

Überbeschäftigung ist besser als Einsamkeit.
(Karl Lagerfeld)

MaC zog ihren Trolley durch die verwinkelten Straßen von Schwäbisch Hall. Auf den Pflastersteinen knatterte der Samsonite-Koffer besonders laut und weil er im Zorn und somit heftig gezogen wurde, erhöhte sich die Dezibelzahl um ein weiteres.

Der Weg vom Seifferheld-Haus in der Unteren Herrngasse zu ihrer Wohnung im Lindach war eigentlich kurz, führte quasi nur über drei Brücken und fertig, aber wenn MaC Kummer hatte, brauchte sie etwas zu essen, da war sie ganz Wienerin. Es durfte allerdings nichts sein, was allzu viele Kalorien hatte, da war sie ganz Frau. Also stapfte sie mitsamt Trolley quer durch die Stadt zur Metzgerei Hespelt, wo es leckere, fertig angerichtete Salate und perfekt vorgeschnittenen Obstsalat zum Mitnehmen gab.

Ihr Handy klingelte. Sie vermutete, dass Siggi sie um Verzeihung anflehen wollte.

»WAS!«, bellte sie demzufolge ungnädig in den Hörer.

»Frau Cramlowski?« Es war ihr Chefredakteur.

»Äh, ja bitte?«

»Frau Cramlowski, ich habe da einen Auftrag für Sie: Dieser Tage kommt doch der indische Kulturattaché zu Besuch nach Hall. Ich möchte, dass Sie dabei sind, wenn er sich im Rathaus ins Goldene Buch der Stadt einträgt und anschließend im *Indian Forum* speist. Und für die morgige Ausgabe schreiben Sie doch bitte schnell noch eine nette Ankündigung.«

»Der indische Kulturattaché ... für morgen«, wiederholte MaC, die eigentlich noch zwei Interviewtermine mit einem Unicorn-Spieler und einem Neurochirurgen am Diakoniekrankenhaus wahrnehmen musste und noch zwei weitere Artikel über das Freilandmuseum Wackershofen und die neue Aufführung des Theaterrings schreiben sollte und überhaupt gar keine Zeit für einen weiteren Auftrag hatte.

»Ich dachte dabei an Kommentare von bekannten Haller Bürgern zum deutsch-indischen Verhältnis«, schlug ihr Chef vor.

»Kommentare von Haller Bürgern zum deutsch-indischen Verhältnis«, wiederholte MaC. Im Umgang mit Vorgesetzten fand sie es nicht von Nachteil, zum Papageien zu mutieren.

»Und ein paar Zeilen über das *Indian Forum* und seine Geschichte«, fuhr ihr Chef fort. »Sie kümmern sich bitte sofort darum, nicht wahr?« Das war nicht wirklich eine Frage.

»Sofort, geht klar«, sagte MaC, obwohl ihr Chefredakteur schon längst aufgelegt hatte. Sie wusste zwar nicht, wie sie das alles noch in ihren ohnehin bereits übervollen Terminkalender einschieben sollte, aber besser zu viel zu tun als zu wenig. Sie durfte jetzt nicht ins Grübeln kommen.

Also auf zur Metzgerei, einen Salat geholt (oder besser zwei), den Trolley rasch nach Hause gebracht und dann in die Redaktion düsen. MaC stapfte schneller.

Doch sie schaffte es nicht bis zur Metzgerei.

»Entschuldigung, Sie sind doch die Journalistin, nicht wahr? Ich verfolge Ihre Artikel mit großem Interesse.«

MaC blieb stehen. Eine sehr hübsche, sehr junge Frau in einem leuchtend türkisfarbenen Sari war von hinten an sie herangetreten und sah sie nun aus tränenfeuchten Augen an.

Was jetzt? MaC war nicht in der Stimmung, von irgendjemandem angesprochen zu werden, schon gar nicht von Frauen, die halb so alt waren wie sie selbst und trotz verheultem Gesicht umwerfend schön aussahen. MaC hatte ihr Spiegelbild unterwegs in diversen Schaufenstern gesehen und sich vor sich selbst gegruselt: das heulende Elend. Ein vergleichsweise ziemlich faltiges, heulendes Elend. Wie der Grand Canyon während der Frühjahrsschmelze.

»Aha«, bellte sie daher unfreundlich.

»Ich konnte nicht anders, als eben mit anzuhören ... Sie schreiben über Indien ... über den indischen Kulturattaché ... weil nämlich ... Ich weiß nicht, was ich tun soll«, fing die junge Frau stockend an, dann brach ihr die Stimme.

Ungeduldig blickte MaC auf ihre Armbanduhr. Eine Männeruhr, von ihrem Vater geerbt. Sie wusste, dass sie kaltschnäuzig war, aber sie hatte genug Kummer in ihrem eigenen Leben und brauchte den von hübschen, jungen Inderinnen nicht auch noch. Und überhaupt: Was konnten hübsche, junge Frauen schon für Probleme haben? Egal, was es war, ihr Leben würde weitergehen. Wohingegen bei Marianne die Uhr tickte. Würde sie nach Siggi jemals wieder einen Mann für sich gewinnen können? Aber sollte sie nur aus Angst vor Einsamkeit bei einem Mann bleiben, der unablässig mit anderen flirtete und sie womöglich ohnehin demnächst für eine halb so Alte – noch dazu vom Radio! – sitzen lassen würde?

Erst jetzt merkte MaC, dass die junge Frau etwas zu ihr gesagt hatte. »Was? Könnten Sie das wiederholen?«

»Bitte«, flehte die junge Frau, die sehr gut Deutsch sprach, wenn auch mit einer ungewohnten, höchstwahrscheinlich indischen Sprachmelodie. »Bitte, Sie müssen mir helfen. Ich weiß mit absoluter Sicherheit, dass der indische Kulturattaché entführt werden soll. Aber niemand glaubt mir. Ich habe niemanden, an den ich mich wenden kann! Helfen Sie mir! Bitte!«

Es ist keine Lüge, wenn man selbst dran glaubt.

Rani Chopra hatte MaCs Neugier geweckt.

Sie war Journalistin aus Leidenschaft. Es gab keine langweiligen Themen, es gab nur langweilige Berichterstattungen. Über die Prachtsau auf dem Krämer- und Schweinemarkt in der Nachbargemeinde Braunsbach schrieb sie ebenso investigativ wie über die Stadtwerke Schwäbisch Hall, die ihre Gewinne mit riskanten Auslandsinvestitionen aufs Spiel setzten, statt sie in die Wartung ihrer eigenen Anlagen zu stecken, weswegen es in letzter Zeit vermutlich vermehrt zu Stromausfällen gekommen war.

MaC war zudem eine knallharte Journalistin ohne Angst vor heißen Eisen. Sie war eine Frau, die, ohne mit der Wimper zu zucken, einen ökumenischen Gottesdienst in Nordirland organisieren oder einem Rocker der Hells Angels statt eines Totenkopfs ein Herz mit der Inschrift *Bandidos forever* auf den kahlrasierten Schädel tätowieren würde.

Nun war MaC allerdings nicht nur eine leidenschaftliche Journalistin, sondern auch ein fehlbarer Mensch, noch dazu eine Frau, und ihre Achillesferse war – mal abgesehen von ihrer Unsicherheit in Bezug auf Männer – ihr Haushalt. Es gab Frauen, die gemäß der Devise lebten: Ein sauberer Haushalt ist Zeichen für ein unausgefülltes Leben. MaC fand, es müsse beides zu schaffen sein: ein ausgefülltes Leben und ein aufgeräumtes, porentief sauberes Heim. Da sie aber seit Wochen, ja Monaten, nicht zu Hause gewesen war, weil sie bei ihrem Siggi gewohnt hatte, war ihre Dreizimmerwohnung im Lindach eine Mischung aus Spinnweben, Staubmäusen und modriger Luft. Die mysteriöse Inderin wollte aber partout nicht in einem öffentlichen Café über das Komplott gegen den Kulturattaché sprechen, also hatte MaC sie mit zu sich genommen, auf die Gefahr hin, dass sie für eine miserable Hausfrau gehalten würde.

Ich hätte die Wohnung untervermieten sollen, schalt sich MaC innerlich. Aber dann hättest du jetzt nicht spontan zurückkehren können, wandte gleich darauf ihre innere Stimme ein. »Ruhe!«, befahl MaC.

»Wie bitte?« Rani Chopra zuckte zusammen.

»Oh, äh, Entschuldigung. Das ist mir so rausgerutscht. Bitte. Setzen Sie sich doch.« MaC führte Rani zu der Couch vor dem Panoramafenster mit Blick auf den Stadtpark – die sogenannten *Ackeranlagen* –, auf den träge dahinfließenden Kocher und auf die Minigolfanlage. »Tee?«

Rani setzte sich und nickte. »Danke schön, zu freundlich.«

Als MaC sich anschickte, in die Küche zu gehen, stand Rani wieder auf und folgte ihr. Sie konnte eindeutig nicht allein sein.

In der Spüle lag tatsächlich noch das Teesieb, in das MaC bei ihrem letzten Besuch ihren grünen Tee abgeseiht hatte. Wann war das doch gleich gewesen? Jedenfalls schien der Tee mittlerweile zu leben. MaC warf das Sieb mitsamt Inhalt in den Mülleimer.

»Kaffee?«, fragte sie.

Rani nickte. »Danke schön, zu freundlich.« Das war wohl der Standardspruch, den man Ausländern als Replik auf Getränkeangebote beibrachte.

»Bitte, die Zeit läuft uns davon.« Ein Sonnenstrahl fiel auf Ranis türkisfarbenen Sari und tauchte die Küche in ein türkis schimmerndes Licht.

Rani war wirklich ein Anblick für die Götter. Allerdings ein sichtlich gequälter Anblick. Kleine Schweißperlen klebten noch an ihrer Stirn – vielleicht vom Tanzen oder vor Angst oder weil es an diesem Tag wirklich heiß war.

»Erzählen Sie doch einfach«, bat MaC, schaltete den Wasserkocher ein und hob anschließend die Nase prüfend in die Schmuckdose mit dem Kaffee. Der Kaffee roch nach gar nichts mehr, aber immerhin lebten keine kleinen Tiere darin. Sie löffelte reichlich braunes Pulver in ihre Bodum-Kanne.

Rani hielt sich an einem der Küchenhocker fest. »Mein Vater arbeitet in verantwortlicher Position bei der indischen Botschaft in Berlin. Gestern Nachmittag habe ich eine Expresssendung von ihm erhalten. Einen USB-Stick mit hochbrisanten Gesprächsprotokollen. Gewisse Kräfte ...« Rani versagte die Stimme. Sie wischte sich eine Träne aus dem Augenwinkel, und natürlich verschmierte dabei nichts.

Als MaC sich hingegen im Spiegel über der Spüle entdeckte, fuhr sie erschrocken zurück. Die Tränen, die sie über Siggi vergossen hatte, hatten ihre Mascara in unschönen Schlieren quer über die Wangen laufen lassen. Mit ihrem Blusenärmel verwischte sie das Ganze zu einer einheitlich grauen Fläche.

Rani schien nichts zu bemerken. »In jedem Land, in jeder Regierung, überall, wo Menschen zusammenkommen, gibt es solche und solche. Gute und böse.« Sie sammelte sich kurz, schluckte schwer und verkündete dann: »Gewisse Subjekte wollen den Kulturattaché entführen, und zwar während seines anstehenden Besuchs in Schwäbisch Hall, das hat mein Vater herausgefunden. Ich habe versucht, meinen Vater zu erreichen, aber er ist wie vom Erdboden verschluckt. Ich weiß, dass ich ... um sein Leben bangen muss.« Noch mehr Tränen.

Da ihr Blusenärmel ohnehin schon eingesaut war, benutzte MaC ihn gleich noch, um unauffällig den Staub von der Küchentheke zu wischen. Das war keine Gefühlskälte ihrerseits, es war das zwanghafte Handeln einer Frau, die von Kindesbeinen an zu penibler Sauberkeit erzogen worden war. Wiewohl sie Rani tatsächlich für einen Tick zu theatralisch hielt. Aber vielleicht waren Inderinnen so?

Rani fuhr fort. »Mein Vater hat sich zuletzt in Berlin aufgehalten, wo auch der Kulturattaché weilt. Ich habe die dortige Polizei informiert. Man sucht bereits nach meinem Vater. Bislang erfolglos. In seiner Wohnung ist er nicht. Man weiß nur, dass er Deutschland nicht verlassen hat. Die Beamten sagten aber, sie könnten dem Entführungsvorwurf erst nachgehen, wenn sie konkrete Hinweise hätten, ich solle ihnen den USB-Stick schicken. Aber wenn ich ihn aus der Hand gebe, und er geht verloren ...«

MaC fielen mehrere Dinge gleichzeitig ein: dass man die Protokolle ausdrucken und verschicken könnte, dass man den Kulturattaché anrufen und direkt warnen könnte, dass das Wasser jetzt inzwischen kochte, aber enorm merkwürdig roch. Konnten Wasserkocher schimmeln? Egal, sie brühte den Kaffee auf. Wo war nur der Zucker? Ah, dort. Mist, klumpig!

»Außerdem habe ich den Stick nicht mehr.« Rani zog die Nase hoch. Auch das wirkte bei ihr nicht prollig, sondern bezaubernd. Als die Charme-Götter ihr Füllhorn mit Liebreiz und Anmut über der Menschheit ausgegossen hatten, hatte Rani offensichtlich einen Großteil davon abbekommen.

»Sie haben den Stick nicht mehr? Wo ist er jetzt?«, erkundigte sich MaC und fragte sich zeitgleich – man ist ja Frau und somit multitaskingfähig –, ob man Kaffee auch mit

Honig süßen konnte und wenn ja, wie lange der Honig in den kleinen Plastikdöschen, die man in Hotels bekam und gerne auch mal mitgehen ließ, haltbar war.

Rani wischte sich noch mehr Tränen aus den Augenwinkeln und fasste sich wieder. »Als der Umschlag mit dem USB-Stick eintraf, habe ich ihn zum Abendessen mitgenommen. Ins *Indian Forum*. Es gab ›Navaratan Shahi Khorma‹. Gemüse mit Nüssen und Früchten in Sahnesoße«, fügte sie hinzu, als sie MaCs Stirnrunzeln bemerkte und missdeutete, denn es hatte gar nichts mit dem indischen Gericht zu tun, sondern mit den kleinen Honigportionspackungen.

»Da wusste ich ja noch nicht, was sich in dem wattierten Umschlag befand. Mein Vater schickt mir hin und wieder kleine Geschenke, Ohrringe oder Ähnliches.« Rani fasste sich an ihr linkes Ohrläppchen, an dem eine schwarze Perle schimmerte. »Als ich seine handschriftliche Notiz dann gelesen hatte, war mir sofort klar, dass ich den Stick verstecken musste. Mein Zimmer im Wohnheim des Goethe-Instituts ist wunderbar, aber nicht einbruchsicher. Ich musste den Stick an einem Ort verstecken, an dem ihn keiner vermuten würde. Das war doch so wichtig! Ich konnte gar nicht mehr klar denken. Da habe ich den Stick in eine dieser Buddha-Figuren gesteckt, die im *Indian Forum* herumstehen und die innen hohl sind.«

»Kaffee?«, fragte MaC und schob Rani einen Becher hin. »Milch habe ich leider nicht.«

Ranis Schultern sackten nach unten. »Was soll ich denn jetzt nur tun?«

»Das ist doch gar kein Problem«, erklärte MaC, nahm

einen Schluck, verzog angewidert das Gesicht und schüttete den Inhalt beider Becher in die Spüle. Sie war Österreicherin, kam aus dem Land mit der vielfältigsten, edelsten Kaffeekultur, da konnte sie dieses Gesöff nun wirklich nicht guten Gewissens anbieten. Dieses Brackwasser verdiente es nicht, Kaffee genannt zu werden. Geschweige denn getrunken zu werden. Dann gab es eben nichts zu trinken. Ihr Ruf als Hausfrau und Gastgeberin war ohnehin ruiniert.

Sie drehte sich zu Rani um und klopfte ihr auf die Schulter. »Wir gehen ins *Indian Forum*, besorgen uns den Stick, drucken die Protokolle aus und wenden uns damit an die Polizei.«

Rani sah sie hoffnungsvoll an, schüttelte aber dann den Kopf. »Es gibt noch etwas, das ich Ihnen sagen muss. Als ich die Expresssendung erhalten habe, bemerkte ich einen Fremden, der dem Expressauslieferer offensichtlich gefolgt war. In dem Moment habe ich mir nichts dabei gedacht. Dieser Mann fiel mir aber auch später im *Indian Forum* auf, und da wusste ich natürlich gleich, dass etwas nicht stimmen konnte. Er hat nicht gesehen, wie ich den USB-Stick versteckt habe, da bin ich sicher, und den Umschlag habe ich ja auch behalten, so dass er bestimmt davon ausging, ich hätte den Stick noch. Er verfolgte mich bis zum Wohnheim. Heute Morgen, als ich zum Institut ging, war der Mann immer noch da. Und ich bezweifele nicht, dass er mittlerweile mein Zimmer aufgebrochen und gemerkt hat, dass der Umschlag leer ist.«

MaC dachte nach, was ihr so ganz ohne Kaffee irrsinnig schwerfiel. Sie war ein Kaffeejunkie. Ihr System funktionierte nur mit einem gewissen Koffeinpegel.

»Na schön, dann müssen Sie den Verfolger eben ablenken, während ich den USB-Stick besorge.«

Ranis Gesichtszüge wurden ganz weich. »Das würden Sie tun?«

»Aber selbstverständlich! Schon aus reiner Neugier.«

Rani strahlte. MaC strahlte auch.

Da klingelte MaCs Handy.

Es war ihr Chefredakteur. »Sagen Sie mal, Frau Cramlowski«, bellte er in den Hörer, »was genau verstehen Sie nicht an den Worten ›Kümmern Sie sich *sofort* darum!‹?«

**Ich habe durchaus meine Fehler;
mich zu irren ist keiner davon.
(Irmgard Seifferheld)**

»Wo sind denn die Kissen?« MaC betrachtete ungläubig die nackte Couch in Seifferhelds Wohnzimmer und schaute sich dann suchend um. Ihre Sammlung niedlicher Hummel-Figuren stand nicht mehr in der Vitrine. Das Foto von ihr und Siggi auf einem Boot der Kocherflotte hing auch nicht mehr an der Wand.

»Siegfried! Ich bin seit gerade mal einer Stunde ausgezogen!!« Noch eine winzige Kleinigkeit und MaC würde explodieren. Oder sich wie Rumpelstilzchen in den Parkettboden bohren.

Onis trabte schleunigst aus dem Wohnzimmer. Den rosa Teddy unter der Couch ließ er zurück. Das war einer dieser Momente, wo sich jeder selbst der Nächste war.

»Das bin ich nicht gewesen«, verteidigte sich Ex-Kommissar Seifferheld tapfer, aber schuldbewusst. Er hätte sich Irmi in den Weg stellen müssen, aber – ganz ehrlich – hätte er wirklich davon ausgehen können, dass MaC so schnell zurückkommen würde?

»*Ich* war das«, warf Irmgard ein, die in diesem Moment mit einem Tablett aus der Küche kam.

Exakt fünf Minuten hatte Irmgard es unbemannt in ihrer ehelichen Wohnung ausgehalten. Von wegen, es wäre herrlich, einmal allein zu sein. Ihr ganzes Leben lang hatte sie sich um andere gekümmert, schon als junge Frau. Erst um die kranken Eltern, dann um den angeschossenen Bruder und schließlich um ihren lebensuntauglichen Ehemann. Irmi hatte keine Ahnung, wie man allein lebte, was man mit sich anfangen sollte, wenn es sonst niemanden gab. Es machte ihr Angst. Es ging einfach nicht.

Also hatte sie ihre Reisetasche gepackt und war in ihr Elternhaus zurückgekehrt. Genau zum rechten Zeitpunkt, schließlich hatte diese Österreicherin ihren Bruder gerade schnöde verlassen. Und jetzt mimte diese Person auch noch die Aufgebrachte. Nun, das ließ Irmi kalt.

»Als ich hörte, dass du ausgezogen bist, dachte ich, es würde dich nicht weiter kümmern.«

»Es kümmert mich aber!« Man musste keine besonders stark ausgeprägte Phantasie besitzen, um die kleinen Dampfwölkchen zu sehen, die – schon wieder – aus MaCs Ohren quollen. Sie war ein veritables Dampfkraftwerk auf zwei Beinen. »Es kümmert mich sogar *sehr!* Du hast jetzt deinen eigenen Haushalt! Sorge doch bei dir daheim für Sterilität!«

»Helmerich missioniert die Afrikaner. Und nachdem du ja offensichtlich das Handtuch geworfen hast, sah ich es als meine Pflicht an, mich wieder um meinen Bruder zu kümmern.« Man konnte Irmgard allerhand nachsagen, aber nicht, dass sie die Kunst der Kriegsführung nicht verstand. In einem früheren Leben war sie zweifelsohne Dschingis Khan gewesen. Oder Wallenstein. Oder Cäsar. Oder alle drei. »Kaffee?«

MaC knickte kurz ein. Mit Kaffee konnte man sie immer locken. Vor allem in einem Moment, in dem sie seit gefühlten 100 Stunden – und realen drei Stunden – keine einzige Tasse mehr getrunken hatte. »Oh ... äh ... danke, gern.«

Aber als sie die Sammeltasse, die Irmgard ihr gereicht hatte, an die Lippen setzte und den ersten schwarzen Schluck nahm, fiel es ihr abrupt wieder ein: Irmgard konnte keinen Kaffee brühen. Selbst wenn sie nur den Hebel einer vollautomatischen, hochwertigen Kaffeemaschine (Direktimport aus Italien) betätigte, schmeckte das, was herauskam, so dick und zähflüssig wie Maschinenöl. Wohingegen MaC, die Kaffeevieltrinkerin, ihre Koffeinaufnahme nach der Methode der Engländer bevorzugte: dünn wie Plörre. So dünn, dass er wie Wasser schmeckte, das man aus einem nassen Ärmel herausgewrungen hatte. MaC spitzte die Lippen und ließ das Maschinenöl wieder aus dem Mund in die Tasse zurückfließen.

Irmgard hob eine Augenbraue. Eine Augenbraue, die nichts Gutes verhieß.

»Auch eine Tasse, Frau Chopra?«, wandte sich Irmgard an den indischen Gast.

Rani Chopra entstammte einer großen Familie, sie war Grabenkämpfe gewohnt und wusste, dass man als unbeteiligter Dritter nicht in die Schusslinie geraten durfte. Chamäleongleich hatte sie sich daher neben die bodenlangen, grünblauen Vorhänge gestellt und so getan, als bewundere sie den Ausblick auf den Unterwöhrd, auf dem in diesem Augenblick ein paar Goethe-Studenten im Gras picknickten. Jetzt drehte sie sich um.

»Danke, aber nein danke, ich bringe momentan nichts hinunter.« Bei einem IQ von über 130 konnte Rani das heftige Kopfschütteln von MaC und Seifferheld hinter Irmgards Rücken problemlos deuten.

MaC meinte, das ungeduldige Fingerknöcheltrommeln ihres Chefredakteurs auf seiner Mahagonischreibtischplatte zu hören.

»Nun, ich sehe, dass ich hier nicht mehr gebraucht werde. In keinerlei Hinsicht!«, verkündete sie mit vibrierendem Timbre und stand auf. »Und da du schönen Frauen ja nie widerstehen kannst, Siggi, wirst du einem Fräulein in Not ganz sicher deine helfende Hand reichen! Kümmere dich um Frau Chopra.« MaC marschierte mit hoch erhobenem Kopf davon.

Nur um zwei Sekunden später schon wieder im Wohnzimmer zu stehen. »Meine Umhängetasche«, murmelte sie, wütend, weil sie sich ihren Abgang verhunzt hatte.

»Bitte, Frau Cramlowski, bin ich hier wirklich richtig?« Rani wirkte unsicher.

»Keine Sorge.« MaC atmete tief durch. »Dieser Mann hier ist zwar ein Frauenheld und ein Idiot und ein feiges Schwestersöhnchen, aber als Ermittler können Sie hier in Hall keinen Besseren finden. Er wird Ihren USB-Stick auftreiben und die Entführung des Kulturattachés verhindern und Sie vor Ihrem Verfolger beschützen. Sie bleiben so lange hier im Gästezimmer, bis alles vorbei ist. Falls Ihr Verfolger etwas mit der Entführung zu tun hat, sind Sie auf sich allein gestellt nicht sicher. Es ist wirklich am besten, wenn Sie hierbleiben. Ich schaue morgen wieder vorbei.«

Unterm Strich war Seifferheld fast geneigt, das als Kompliment zu nehmen.

Und auch wenn es ihn Kopf und Kragen kosten und ihm eine dreimonatige Kratzbürstigkeitsfolter durch seine Schwester eintragen würde, er würde heute Nacht ins Wohnzimmer schleichen und alle Kissen an ihren Platz zurücklegen und das Foto von ihm und MaC wieder aufhängen. Nur die Hummel-Figuren konnten, wenn es nach ihm ging, in ihrem Pappkarton im Keller verrotten. Hässliche Knirpse, durch die Bank weg.

»Frau Chopra«, sagte er, »bitte erzählen Sie mir alles von Anfang an. Wir finden eine Lösung, das verspreche ich Ihnen!«

**Alkohol löst keine Probleme,
aber das tut Milch ja auch nicht!**

»Prost!«

Immer, wenn Klaus spürte, dass er hinter jedem südländischen Bart einen fanatischen, islamistischen Massenmörder vermutete, dann aß er beim Türken, um wieder runterzukommen. Und der beste Türke in Hall war nun mal das *Posthörnle* unter Leitung seines Kumpels Selami. Der im Übrigen keinen Bart trug. Klaus dagegen schon.

»Prost!«, erwiderten die anderen Jungs der VHS-Männerkochgruppe und kippten ihr Bier.

Klaus hatte den Notrundruf gestartet und sie alle zusammengetrommelt. Alle bis auf Siggi, der wegen irgendwas verhindert war. Klaus hatte nicht richtig zugehört. Es ging wohl um irgendeine Chinesin oder so.

Die Nachricht hatte wie eine Bombe eingeschlagen.

»Bocuse lebt!«, hatte Klaus jedes einzelne Mal ins Telefon gebrüllt. Das war in etwa so, als würde man sagen: »Elvis lebt!« Keiner hatte ihm geglaubt, aber die Aussicht auf Freibier zur Feier der angeblichen Rückkehr hatte sie dennoch alle ins *Posthörnle* getrieben. Bocuse selbst war nicht mitgekommen, ihn plagte ein Jetlag. Und eins der diversen Bordgerichte war wohl schlecht gewesen ...

»Der Bocuse stand also plötzlich bei dir in der Wohnung? Einfach so?«, schwäbelte Guido Schmälzle skeptisch.

Klaus hatte gewusst, dass ihm die anderen ohne Beweisfoto keinen Glauben schenken würden, also hatte er bei sich zu Hause eine Polaroidaufnahme vom schlafenden Bocuse auf seiner Couch gemacht. Mit Mimi im Arm, damit es authentischer wirkte. Wenn man genau hinsah, konnte man auch zwei der Fruchtfliegen erkennen, die ihren Weg zu Klaus zurückgefunden hatten. Wenn noch eine kam, ließ sich die Pfeilformation wieder üben!

»Einfach so soll der Bocuse zurück sein?« Schmälzle blieb trotz Foto misstrauisch. Er war ein bekannter Wanderführerautor, und zehn Exemplare seines neuesten Buches *Let's go Hohenlohe – Beherztes Wandern zwischen Kocher und Jagst* lagen vor ihm auf dem Tisch, zusammen mit seinen druckfrischen Autogrammkarten (auf denen man ihn im feschen Wanderdress in einem Fluss stehen sah, in der Rechten eine tote Kocherforelle haltend). Allzeit bereit für die Fangruppe, die sich ja jederzeit sekündlich einstellen konnte, wie Schmälzle immer zu sagen pflegte. »Und er hat nicht vorher angerufen oder geschrieben, sondern sich einfach so bei dir im Loft materialisiert?«

Man merkte Schmälzle die Skepsis an. Ihr ehemaliger Volkshochschulkochkursleiter galt als verschollen, vermutlich tot. Und zwar seit jenem denkwürdigen Abend, an dem die Männerkochkursjungs beim baden-württembergischen Amateurwettkochen ihren Herrn und Meister bis auf die Knochen blamiert hatten, weil sie, statt ein Gericht zuzubereiten (was sie nicht konnten, noch nie gekonnt hatten und auch nie können würden), vor laufenden SWR-Kameras eine kulinarische Stripeinlage mit Fertigpizza hingelegt hatten. Daraufhin war Bocuse untergetaucht.

»Ja. Einfach so. Wahrscheinlich Inselkoller.« Klaus hatte Schwäbisch Hall noch nie verlassen. Er war ein reicher Erbe und hätte sich ohne Probleme neben einer Villa in der Karibik auch ein Stadthaus in London und ein Schloss in Vorpommern leisten können. Aber Klaus war eben Klaus, und so einen wie ihn verpflanzte man nicht. Schon die alljährlichen Busausflüge seines Kegelvereins nach Rothenburg ob der Tauber waren eine Fernreise für ihn.

»Er will, dass ich ihm ein Bistro finanziere.« Klaus sezierte seine gefüllten Weinblätter. Er sezierte mit Hingabe, die Zungenspitze züngelte zwischen seinen Lippen. Er sah aus, als wolle er etwas zum Spielen finden. Am liebsten einen Spielzeugschnellbausatz wie bei einem Kinder Überraschungsei. Aber die Innereien der Weinblätter bestanden dann doch nur aus einer Hackmischung mit Reis.

»Ein Bistro?« Klempner Arndt klang erstaunt. Er hatte

eigentlich Bereitschaftsdienst, weswegen ihm auch sein hochmodernes Handy blau im Ohr blinkte, aber er trank dennoch in aller Seelenruhe ein Bier. Bei seiner Statur war ein Bier ja auch gar nichts. Das schwitzte er binnen einer Viertelstunde locker im Sitzen wieder aus.

»Die französische Küche ist in Hall unterrepräsentiert. Das könnte sich eventuell sogar lohnen«, dozierte Mathelehrer Horst.

Buchhändler Eduard nickte dazu, sagen konnte er nichts, sein Mund war randvoll mit Bulgursalat gefüllt. Im Grunde war sein Mund nicht nur zum Sprechen zu voll, sondern auch zum Kauen. Wäre Eduard zu Hause gewesen, hätte er einen Teil wieder auf den Teller gespuckt, aber hier, im Restaurant, verbot ihm das die gute Erziehung seiner Mutter, Gott hab' sie selig. Eine vertrackte Situation. Hamsterbackig starrte er stur geradeaus. Vielleicht würde sein Speichel den Bulgursalat in seinem Mund allmählich auflösen, wenn er nur lange genug wartete.

»Aber wieso bittet er *dich* um Geld und nicht seine Bank?«, fragte Schmälzle.

Allen anderen war die Antwort klar. Banken wollten so Sachen wie Sicherheiten, Unternehmenskonzepte, Referenzen. Klaus wollte nur Spaß. Und da Klaus, wie schon gesagt, ein reicher Erbe war – ein sehr reicher Erbe! –, musste man als sein Freund schon ein großer Idiot sein, wenn man nicht ihn, sondern eine Bank um Geld anging.

»Und? Wirst du ihm helfen?«, fragte Gotthelf, ein weiterer Kochkumpan.

»Bocuse hat mir vorgeschlagen, sein Bistro *Chez Klaus* zu nennen.« Klaus strahlte, was die anderen als ein Ja auf Gotthelfs Frage interpretierten. »Es gibt doch diverse freistehende Lokalitäten im Innenstadtbereich. *Chez Klaus* könnte unsere neue Stammkneipe werden.«

Klaus, der keine Familie mehr hatte und dessen einzige Bezugsperson seine aufblasbare Gummipuppe Mimi war, erging sich in Vistavisionsvisionen von allabendlichen, geselligen Runden mit seinen Kochkollegen Schrägstrich Freunden. Nie mehr allein sein! Fruchtfliegen waren bei aller Liebe kein wirklich adäquater Ersatz für zweibeinige Biertrinkerkumpels.

»Und? Wirst du es machen?«, hakte Klempner Arndt nach, nur um ganz auf Nummer sicher zu gehen. Er wollte Bescheid wissen, bevor er weggerufen wurde.

»Ich denke schon.« Klaus nickte. »Warum auch nicht? Ist doch eine einmalige Chance!«

In genau diesem Moment beschloss Erna K. (64) aus der Schwatzbühlgasse 59, dass sie lieber die Abendzulage für den Notdienstklempner zahlte, als sich bis morgen früh den Toilettengang zu verkneifen. Kurzum: Sie wählte die Klempnernotdienstnummer.

Nun muss man wissen, dass Klempner Arndt beim Bereitschaftsdienst gern einmal einzuschlummern pflegte, und da brauchte er einen Handyklingelton, der ihn selbst aus Tiefschlafphasen zu wecken vermochte. Arndt hatte sich daher für die Maschinengewehrsalve aus einem Eminem-Song entschieden.

Als im *Posthörnle* um exakt 21:02 Uhr das Maschinengewehr losballerte, kauten Klaus und Guido Schmälzle ungerührt weiter. Eduard allerdings, der immer noch das Dilemma des übervollen Mundes zu lösen trachtete, wurde von dem Geballere direkt neben seiner linken Gehörmuschel so überrascht, dass er drei Viertel des Bulgursalates in hohem Bogen auf den Nebentisch spuckte, was zwar sein unmittelbares Problem löste, aber neue Probleme schuf, da der Nebentisch von drei stämmigen Russlanddeutschen belegt war. Im Gegensatz zu den restlichen Gästen, die angesichts des scheinbar brutalen Maschinengewehrüberfalls ausnahmslos zitternd unter den Tischen kauerten, blieben die drei Herren, die auch im Restaurant ihre Sonnenbrillen nicht ablegten, ungerührt sitzen.

Ungerührt, aber Bulgursalat-verziert.

Sie fanden das nicht lustig.

Gar nicht lustig.

Mitternacht

> **Seht meinen Schatten,**
> **In schöner Koinzidenz**
> **Trinkt er auf mein Wohl.**

Schmälzle, Gotthelf und Eduard sangen mit Igor, Boris und Pjotr schon zum wiederholten Mal *Kalinka, Kalinka, Kalinka, maja*. Der Bulgursalatzwischenfall war vergessen. Nach vier Flaschen Wodka war so gut wie alles vergessen. Igor, Boris und Pjotr waren wieder gut drauf. Sogar sehr gut drauf. Aber noch weitgehend nüchtern. Eine Flasche pro Kopf stellte für sie nach einem leckeren Essen das normale Digestifquantum dar. Klaus war schon nach dem zweiten Glas Wodka vom Stuhl gerutscht und lag schnarchend unter dem Tisch. Gotthelf, Schmälzle und Eduard hielten wacker mit den Russen mit, mussten allerdings im Laufe der Nacht vom Notarzt mit Verdacht auf Alkoholvergiftung behandelt werden.

> **Love is in the air.**

Olaf robbte sich vorsichtig an seine schlafende Frau heran. Momentan war er so ausgehungert nach ein wenig körperlicher Zuwendung, dass er nicht davor zurückschreckte, im heimischen Bett die *Geschichte der O* nachzuspielen.

Dummerweise war Susanne wach.

»Was machst du denn da?!«

Olaf küsste ihren Oberarm. »Ich liebe dich«, hauchte er.

»Hä?« Susanne hatte die Bettdecke über ihren Kopf mit den Papilloten gezogen und hörte nichts.

»Ich liebe dich«, rief Olaf mit seiner ganzen, inbrünstigen Manneskraft.

Woraufhin Ola-Sanne im Nebenzimmer wach wurde und krähte.

»Nur ein Quickie, was meinst du?«, raunte Olaf und flog gleich darauf auch schon wieder in hohem Bogen aus dem Bett. Er hätte nicht nur den Boden, sondern auch die Wand polstern sollen. So knallte er ungeschützt gegen die Rauhfasertapete.

Er konnte von Glück reden, dass er nur mit einer Quetschverletzung an der Schläfe und zwei Veilchen davongekommen war.

Afrika – dunkel lockender Kontinent ...

Die KLM-Maschine aus Amsterdam setzte um ein Uhr Ortszeit am Flughafen Jomo Kenyatta International in Nairobi auf. Ungewöhnlich schnell rollte sie zur Unit 1 für internationale Flüge.

Die Stewardessen rissen die Türen auf, und es sprach für das gute Training des KLM-Bordpersonals, dass es nicht einfach nach draußen stürzte, sondern den Passagieren den Vortritt ließ, die aus dem Flugzeug quollen, als sei ein beutejagender Tyrannosaurus Rex hinter ihnen her. Männer ließen ihre Frauen zurück, Mütter ihre Kinder. Alle wollten nur raus, raus, raus.

Dem Chef der Flughafensicherheit entging das Durcheinander nicht, und er ließ beim Piloten anfragen, ob ein Verdacht auf Terroraktivitäten bestünde.

Der Pilot (er trug zu diesem Zeitpunkt eine Sauerstoffmaske und war der Einzige an Bord, der frei durchatmen konnte) verneinte.

Es handelte sich lediglich um den Reizmagen, besser gesagt den Reizdarm, von Pfarrer Hölderlein. Beziehungsweise um die wahlweise halbverdauten, halbflüssigen sowie schwefeligen, gasförmigen Folgen besagten Reizverdauungsorgans. Das gesamte Flugzeug stank nach Fürzen und Erbrochenem. Unglaublich, dass all das dem Körperinneren eines einzigen Menschen entstammen sollte.

Kapitän Van der Aeckeren empfand in diesem Moment großes Mitleid mit den von Pfarrer Hölderlein zu missionierenden Afrikanern. Diese armen Menschen. Das müsste man doch irgendwem melden können.

Vielleicht Amnesty International?

**Der Himmel will mich nicht.
Und die Hölle hat Angst,
ich könnte das Kommando übernehmen ...**

So endete der Tag, der ohne Glockengeläut begonnen hatte.

Fast alle schliefen friedlich. Manche schnarchten, andere nicht. Manche jagten im Traum mit zuckenden Gliedmaßen fluffigen Kaninchen hinterher, andere kuschelten sich an ihre Gummipuppe und flüsterten im Schlaf: »Mimi, oh, Mimi«.

Einer zog eine tote Ratte aus einer Toilette in der Schwatzbühlgasse.

Und irgendjemand polierte in aller Seelenruhe die Waffe, mit der wenige Tage später der indische Kulturattaché ermordet werden sollte ...

Es wird ernst

Aus dem Polizeibericht

Flotter Renner
Da war ein echter Könner am Werk: Das frisierte Mofa eines 15-Jährigen aus dem Schwäbisch Haller Vorort Steinbach hat es auf ein Tempo von 115 Sachen gebracht. Erlaubt sind 25. Für die Renntauglichkeit seines Mofas hatte er auf »Ballast« verzichtet und Blinker, Rückspiegel sowie Tacho abmontiert. Fahrwerk und Lenkung waren manipuliert. Gemäß dem Motto »Wer bremst, verliert« hatte er auch kurzerhand die vordere Bremsanlage entfernt.

Liebe ist nichts weiter als ein unzureichender Ersatz für Schokolade.

Tagebuch der Karina Seifferheld

Ich musste auf die harte Tour lernen, dass man niemand dazu zwingen kann, einen zu lieben. Man kann nichts weiter tun, als ihn zu stalken und zu hoffen, dass er irgendwann in Panik gerät und klein beigibt.

Habe heute Nacht fünf Mal auf Felas Anrufbeantworter gesprochen. Okay, vielleicht war das zu heftig, aber wir haben zusammen ein Kind und je eher er das begreift, desto besser. Und okay, unser Kind sieht uns nicht ähnlich, aber diese Bürde müssen wir gemeinsam schultern. Er kann mich jetzt nicht einfach sitzen lassen. Warum weigert er sich, einen Vaterschaftstest machen zu lassen? »Jeder Idiot kann doch sehen, dass das Balg nicht von mir ist«, waren Felas letzte Worte an mich. Wenn er mich wirklich lieben würde, hätte er das nicht gesagt. Er hätte vielleicht kurz gezweifelt, aber dann hätte er mich in seine Arme gerissen, und alles, alles wäre gut gewesen. Also, in der Hollywoodverfilmung unserer Liebe – mit Aldis Hodge als Fela und mit mir als Angelina Jolie – wäre das so gewesen. Aber das Leben ist nun mal kein Hollywoodfilm. Das Leben ist grausam. Homo homini lupus und so weiter. Ich habe beschlossen, dass ich Fela zum Vaterschaftstest zwingen werde. Und ist er nicht willig, so brauch ich Gewalt!

Blöder Idiot, blöder!

Karina warf sich eine weitere Trüffelpraline aus dem *Café Ableitner* ein. Es war in diesen sehr frühen Morgenstunden bereits ihre siebte. Aber im Gegensatz zu ihrer Cousine Susanne hatte Karina längst wieder ihre Vorgeburtsfigur. Hätte sie einmal darüber nachgedacht, wäre ihr aufgefallen, dass das der Grund sein mochte, warum Susanne in letzter Zeit nicht mehr mit ihr sprach, sondern allenfalls genervt schnaubte, wenn sie sich sahen. Aber Karina dachte nicht darüber nach. Und wenn doch, sah sie darin nur den Beweis, dass Susanne sie wegen ihrer vermeintlichen Untreue offenbar verachtete. Die Welt ist eben immer genau so, wie wir sie wahrnehmen.

Karina googelte im Internet, was sie tun musste, um Fela

zu einem Vaterschaftstest zu zwingen oder, wie sie gleich darauf herausfand, die Einwilligung in eine genetische Abstammungsuntersuchung zur Klärung der leiblichen Vaterschaft gemäß § 1598a Abs. 1 des BGB zu erwirken.

Sie warf sich noch eine Trüffelpraline ein.

Lecker!

> **Versuchungen sollte man nachgeben!**
> **Wer weiß, ob sie wiederkommen.**
> **(Oscar Wilde)**

»Sapperment! Bocuse! Lebt?« Seifferheld pfiff lautlos.

Klaus nickte. »Ich werde ihm ein Bistro finanzieren. Der Bocuse braucht jetzt unsere volle Unterstützung. Frisch geschieden, ohne Job, dem muss man unter die Arme greifen.« Klaus spürte, wie eine Berufung in ihm heranwuchs. Und das hatte rein gar nichts damit zu tun, dass Bocuses Laden *Chez Klaus* heißen würde. »Wir haben auch schon eine frisch verwaiste Lokalität entdeckt, die was für unser Bistro wäre«, sinnierte er verträumt.

»*Unser* Bistro? Du hast doch keine Ahnung von Gastronomie! Und Bocuse auch nicht wirklich. Wollt ihr das nicht lieber doch noch mal überdenken?« Seifferheld gab den Bedenkenträger, und das nicht zu Unrecht.

Klaus winkte ab. »Wie schwer kann das schon sein? Pastis ausschenken, Baguettes bestreichen, eine CD mit französischen Chansons auflegen ... fertig.«

Das allein bestätigte Seifferhelds schlimmste Befürchtungen, aber er sagte nichts, denn Klaus war immerhin sein

Freund, auch wenn er 15 Jahre jünger und ein Idiot war. Stattdessen konzentrierte er sich auf die anstehende Mission.

Seifferheld und Klaus standen vor der Informationstafel des *Indian Forum*, die sich neben dem Eingang befand. Da Seifferheld den Vorabend mit Rani Chopra verbracht hatte, hatte Klaus ihn auf dem Weg durch die Marktstraße und die Gelbinger Gasse auf den neuesten Informationsstand gebracht. Klaus hatte sich ein wenig geziert, als Seifferheld ihn für diesen Sondereinsatz rekrutieren wollte, denn sein Schädel pochte und strafte das Sprichwort Lügen, dass man von Wodka keinen Kater bekommen konnte. Schon gar nicht von nur zwei Schnapsgläsern voll. In ihm miaute es kräftig.

»Na schön, darüber reden wir wann anders. Mal sehen, mit welcher Tarnung könnten wir uns am besten einschleichen?« Seifferheld studierte die Informationstafel. »Ayurveda-Massage unter fachkundiger Anleitung der Doktoren Reji und Jagadish. Willst du dich massieren lassen, Klaus?«

Klaus wollte. Und visualisierte zwei ganzkörpereingeölte, vollbusige Inderinnen mit Doktortitel, die wie Kali je acht Arme hatten und ihn somit sechzehnhändig klopfen, kneten, streicheln und drücken konnten. Ein wohliges Seufzen entrang sich seiner Männerkehle.

»Aha, heute fängt hier ein Kochkurs an: *Ayurvedisch kochen – leicht gemacht*. Na also, da melde ich mich an. Perfekt.« Seifferheld strich sich die eisengraue Kurzhaarfrisur glatt. »Und vergiss nicht: Wann immer du eine Buddha-Figur siehst, drehst du sie in einem unbeobachteten Moment um und schaust nach, ob ein USB-Stick darin versteckt ist! Klar?«

»Klar.«

So klar war das leider gar nicht. Rani konnte sich – aus Angst oder in zunehmender Panik, weil auch an diesem Morgen noch kein Lebenszeichen von ihrem Vater eingegangen war – beim besten Willen nicht daran erinnern, in welchem Buddha sie den USB-Stick versteckt hatte.

Aber wie viele Buddha-Figuren konnte es im *Indian Forum* schon geben? Das waren doch Hindus!

Sie betraten das Forum. Gleich rechts an der Anmeldetheke wurden sie von einer freundlichen Frau empfangen. Schwäbin, somit gab es keinerlei Verständigungsprobleme.

»Kennen Sie sich denn mit Ayurveda aus?«, fragte sie, kaum dass die Männer ihr Begehr geäußert hatten.

Seifferheld und Klaus schüttelten unisono die Köpfe.

»Der Begriff ›Ayurveda‹ stammt aus dem altindischen Sanskrit und bedeutet ganzheitliches Wissen. ›Vedi‹, also ›vom Leben‹ und ›ayus‹, ›die Wissenschaft‹«, fing die Empfangsdame an, aber Seifferheld winkte ab.

»Ich finde, es ist immer am besten, wenn man unvoreingenommen an Neues herangeht. Mein Freund hier will einfach nur massiert werden, und ich möchte mich zum Kochkurs anmelden, wenn das so kurzfristig noch geht.«

Es ging noch.

Während Klaus einen ausliegenden Flyer studierte und bei dem Punkt »Vaginaler Öl-Einlauf, 30 Minuten, 50 Euro« beinahe in Ohnmacht gefallen wäre, buchte Seifferheld für ihn eine Massage aller Vitalpunkte für 90 Euro.

Die Dame vom Empfang läutete eine Glocke, und eine unglaublich grazile, junge Inderin in einem weißen Sari und mit einem ebenholzschwarzen Zopf, der fast bis zum Boden zu reichen schien, kam förmlich angeschwebt. Klaus schöpfte Hoffnung.

»Aber keine Einläufe!«, erklärte er, nur zur Sicherheit. Sie schüttelte stumm lächelnd den Kopf und entführte ihn nach oben in die Massageräume.

Als Seifferheld gleich darauf Klausens panische Stimme brüllen hörte: »Wie? Dr. Jagadish ist ein Mann? Und Dr. Reji auch? Die beiden wollen mich massieren? Und ich soll mich ausziehen? Ganz? Nackt?«, ignorierte er das einfach.

Sorgen Sie dafür, dass das Verbrechen sich für Sie auszahlt – werden Sie Anwalt!

Karina betrat hoch erhobenen Hauptes die Redaktion des *Haller Tagblatts*, Fela junior in ein quietschebuntes Tragetuch vor dem Bauch gewickelt. Hinter ihr kam ein junger Mann herein, der trotz der mörderischen Hitze einen Fischgrätanzug und eine Krawatte trug.

Karina sah sich suchend um, aber noch bevor sie Fela an seinem Schreibtisch in der hinteren rechten Ecke des Großraumbüros entdeckt hatte, hörte sie ihn schon verächtlich fragen: »Ist das dein neuer Lover?«

Da der Fischgrätjüngling noch unter Pubertätsakne litt, definitiv nach Schweiß roch (wobei nicht ganz klar war, ob es Hitzeschweiß war oder der Angstschweiß angesichts seines ersten Vor-Ort-Einsatzes als Anwalt) und ganz generell eine Aura von unerotischer Bubenhaftigkeit verströmte, war diese Frage eine Beleidigung ihrer Auswahlkriterien und somit ihrer Weiblichkeit. Doch Karina sagte nichts.

»Sind Sie Herr Fela Nneka?«, fragte der junge Pickeljurist.

Fela beachtete ihn gar nicht weiter. Im Gegensatz zu sämtlichen anderen anwesenden Journalisten. Sie waren im Begriff, einer Tragödie altgriechischen Ausmaßes beizuwohnen, und das wollte keiner von ihnen verpassen. Neugier war für den Reporterberuf schließlich zwingend notwendig. Sie zogen, je nach Persönlichkeit, Softgetränke und Schnittchen beziehungsweise Fotoapparate und Aufnahmegeräte aus ihren Schubladen und machten es sich bequem. Die Telefone wurden auf den Praktikanten umgestellt.

Mehrheitlich galt ihre Aufmerksamkeit allerdings Karina und Fela. Der Anwalt hatte es als Nebendarsteller sichtlich schwer. In den Originalfolgen von *Raumschiff Enterprise* wäre er schon längst als entbehrlicher Statist von einer außerirdischen Lebensform verspeist oder atomisiert worden.

»Weißt du eigentlich, wie verdammt stinksauer ich war? Ich hätte mir ja gern jeden Chinesen der Stadt vorgenommen und ihn grün und blau geprügelt, aber das war es mir dann doch nicht wert.« Fela guckte grimmig. Verletzter Männerstolz. Getroffen bis ins Mark.

Aber auch frech gelogen, denn natürlich war es ihm das wert gewesen.

Fela hatte extra vorgeschlagen, den allwöchentlichen Redaktionsumtrunk im *Yangtse* durchzuführen, um die Kellner aufzumischen, die sich dann jedoch leider als Mongolen herausgestellt hatten. Und er war auf Chinesen fixiert. Darum hatte er sich an jenem Abend eine Keilerei mit einem nur auf der Durchreise befindlichen Austauschstudenten aus Shanghai geliefert, weil dieser auf Felas pampige Frage, ob er mit seiner Freundin geschlafen habe, keck gezwinkert hatte. Erst später, als Redaktionskollegen den armen Chinesen vor Felas Fäusten in Sicherheit gebracht hatten, stellte sich heraus, dass der junge Asiate unter einem nervösen Zucken litt und quasi immer zwinkerte, wenn man ihn ansprach.

Bei dem Gerangel hatte allerdings eine von Felas hochpreisigen Kameras einen Kratzer abbekommen, und seitdem sah er von Handgreiflichkeiten gegenüber Asiaten ab. Der Kollegenmittagstisch im *Wokman* fand jedoch seitdem ohne ihn statt.

Fela war zum privaten Wutbürger mutiert.

Karina schwieg immer noch.

»Herr Nneka, ich habe eine gerichtliche Verfügung für Sie.« Der junge Jurist hielt Fela den Umschlag unter die Nase. Seine Eltern hatten ihn seinerzeit gezwungen, Jura zu studieren. Sie kannten ihren Sohn und wussten, dass man für ein Jurastudium nicht brillant sein musste, es reichten dafür eine überschaubare Portion gesunden Menschenverstandes und saubere Fingernägel. Das trauten sie ihm zu. Gerade so.

»Wie bitte?« Endlich nahm Fela ihn wahr.

Seine beiden Kollegen aus der Sportredaktion, die damals auch bei der Chinamann-Attacke dabei gewesen waren, rollten die Ärmel hoch, um gegebenenfalls eingreifen zu können.

»Wir verlangen einen Vaterschaftstest.«

»Redest du mit mir, du Wicht? Redest du mit mir?« Fela trat auf den Anwalt zu.

Der wich zurück. »Ich muss Sie warnen. Körperliche Gewalt bringe ich unverzüglich zur Anzeige.«

Fela bohrte ihm seinen Zeigefinger in die Fischgrätbrust. »Ich tu dir nichts, Kleiner. Ich werde so zuvorkommend zu dir sein, wie es mir dein Mundgeruch erlaubt. Aber sprich mich nie wieder an, kapiert?!«

Der Junganwalt war beleidigt. Er putzte seine Zähne dreimal täglich. Und verwendete Zahnseide. Allerdings verzichtete er auf Deodorant. Ebenso wie Russell Crowe. Ein Mann musste nach Mann duften, das nannte man animalischen Magnetismus.

Fela spürte den Drang, zu brüllen, zu treten, etwas zu zerschlagen, gern die Pickelnase dieses Anzugträgers, aber er fühlte sich beobachtet. Es waren jedoch nicht die Blicke der Kollegen, die ihn störten, es waren die kleinen Knopfaugen in Mandelformat, die ihm aus Karinas Tragetuch entgegenblickten. Er hatte immer gedacht, dass so kleine Knirpse noch gar nicht konzentriert gucken konnten. Aber es ließ sich nicht leugnen, dieser buddhagleiche Wonneproppen schaute ihn an. Fixierte ihn förmlich. Bohrte seinen Buddha-Blick tief in seine Seele.

Fela horchte in sich hinein. Regte sich da etwas Warmes? Etwa Vatergefühle?

Nein, er hörte nur das Knurren seines Magens.

»Ihr könnt mich mal!«, schrie er, stürmte zur Tür hinaus und knallte sie hinter sich zu.

Karina seufzte. Mit diesem Idioten würde sie nun bis ans Ende ihrer Tage gewissermaßen wie durch eine unsichtbare Nabelschnur verbunden sein, weil sie ein gemeinsames Kind hatten. Ehrlich, wenn sie sich das vorher klargemacht hätte, hätte sie beim Thema Verhütung definitiv stringenter durchgegriffen.

**Ich weigere mich, intelligentes Leben zu essen.
Also ist es für mich kein Problem, einen Politiker zu verspeisen.**
(Marty Feldman)

Der kleine indische Koch mit dem Schnauzbart und dem fröhlichen Funkeln in den Augen begrüßte die sieben tapferen Schwaben, die sich in der Küche des *Indian Forums* eingefunden hatten, um ayurvedisch kochen zu lernen.

»Ayurvedisch Kochen belebt und nährt Körper und Geist. Unsere Küche ist natürlich vegetarisch«, dozierte er, »und ihren Charakter, ihre Persönlichkeit, bekommt sie durch das richtige Würzen. Wir fangen daher mit einer kleinen Gewürzkunde an.«

Er führte die fünf Frauen und zwei Männer an einen Tisch, auf dem sich unzählige kleine Metallschalen mit bunten Inhalten befanden. »Das hier ist ›Pippali‹, langer Pfeffer, und das hier ist ...«

Er wurde unterbrochen. Seifferheld hob die Hand, wie damals in der Schule, und sagte: »Ich müsste mal.«

Alle starrten ihn an.

»Nötig«, setzte er noch eins drauf.

»Hier vor und dann links. Wir warten so lange.« Der kleine, braune Koch, der in seinem persilweißen Kochkittel und der turmhohen, weißen Kochmütze nachgerade entzückend aussah, deutete ihm den Weg.

»Aber nein, bitte nicht, nur keine Umstände.« Seifferheld winkte ab. »Ich beeile mich. Und hole das Versäumte nach.«

Der Koch war nicht überzeugt, willigte aber ein, denn er kannte die Deutschen mittlerweile, und unter den übrigen Teilnehmern waren bestimmt welche, die den Ausfall kostbarer Unterrichtsminuten später geltend machen und auf anteilige Rückzahlung der Kochkursgebühr drängen würden. Also setzte er seine Ausführungen fort. »Dieses Gewürz hier nennen wir ›Hingu‹, sehr scharf und bitter ... nein, der Herr, nicht kosten, nicht ...«

Während sich der graumelierte Cordanzugträger – neben Seifferheld der einzige Mann im Kurs – abrupt die Hand an den Mund presste und Schmerzenslaute von sich gab, hinkte Seifferheld in Richtung Herrentoilette.

Und tatsächlich, als er um die letzte Ecke bog, sah er einen mittelgroßen, goldenen Buddha auf einer Anrichte thronen ...

**Schönheit liegt im Auge des Betrachters –
und im Dunkeln sind wir alle schön.**

Susanne Seifferheld fühlte sich hässlich.

Dauerlaufend trabte sie von Tullau in Richtung Innenstadt, den Sportbuggy mit der zufrieden glucksenden Ola-Sanne vor sich herschiebend.

Kalorien verbrennen, so lautete Susannes Devise. Kalorien, diese vermaledeiten Kleinstlebewesen, die einem nachts die Kleider enger nähten!

Ihr Körper wollte nach der Geburt einfach nicht abnehmen, im Gegenteil. Selbst ihre Schwangerschaftssachen wurden ihr zu eng. Na ja, das war vielleicht übertrieben, aber dennoch ... Sie fühlte sich abgrundtief hässlich, wie eine Figur in einer Massenszene von Hieronymus Bosch. Wenn sie etwas *nicht* mehr war, dann begehrenswert. Und das nagte an ihr. Sehr sogar.

So sehr, dass sie sich schon seit Tagen immer wieder in ihr Elternhaus schlich, um mit Ola-Sanne heimlich, still und leise in ihrem alten Kinderzimmer im Zwischengeschoss zu sitzen, das als Speicher und Bühne diente, seit das Dachgeschoss ausgebaut worden war. Ein dunkles Refugium der Ruhe und Kontemplation. Wo sie nachdenken konnte. Darüber, wie sie ihr altes Selbstbewusstsein wiedererlangen konnte. Wenn es denn überhaupt ginge.

Sie wollte schön sein. Für Olaf.

Und ja, auch schön für ihre Kollegen von der Bausparkasse, denen sie nächste Woche wieder gegenübertreten musste. Da lief nämlich ihr Mutterschaftsurlaub aus. Bis nächste Woche musste sie einfach zehn Kilo abnehmen!

Mindestens.

Egal wie.

Und sei es durch eine Gehirnamputation.

Aber erst mal durch Joggen auf Teufel komm raus ...

Reizblasenblues

»Für den ›Vata‹-Konstitutionstyp empfehlen sich daher Anis, Fenchel, Kreuzkümmel oder Bohnenkraut, die ihn erden und wärmen und Blähungen lindern. ›Pitta‹-Typen dagegen ...«

Seifferheld hob die Hand.

»Nicht schon wieder, Herr Seifferheld!«, rief der kleine indische Koch besorgt. »Das ist schon das dritte Mal in der letzten halben Stunde. Sie essen ganz sicher zu viel Kardamom, Ingwer und Senfkörner, ja? Das fördert das Verdauungsfeuer und ist für Ihre Konstitution ganz falsch.«

Seifferheld hatte den goldenen Buddha vor der Herrentoilette gründlich inspiziert (innen hohl, aber leer). Ihm war nach dem zweiten Klogang schmerzlich bewusstgeworden, dass das *Indian Forum* um einiges weitläufiger war, als er gedacht hatte. Und da die hier lebenden Inder Hindus und keine Buddhisten waren, herrschte eine eklatante Unterversorgung an Buddha-Figuren. Er hätte Rani um eine genauere Auffindanweisung bitten sollen.

Auf die Gefahr hin, dass ihn von nun an sechs Schwäbisch Haller und ein indischer Koch für inkontinent hielten, wollte er sich jetzt auf den Weg zum Empfang machen, um nach weiteren Figuren zu suchen. Vielleicht gab es welche im Shop.

»Der Körper will, was er will.« Mit diesen Worten hinkte Seifferheld in den Flur hinaus. Er spürte, wie sich die Blicke der anderen in seinen Rücken bohrten. Im Hinausgehen meinte er noch, eine Brise heftigen Kopfschüttelns hinter sich zu spüren.

Der Empfang war verwaist. Seifferheld hörte die Empfangsdame draußen vor dem Eingang mit dem Postboten plaudern. Sehr gut!

Ein absichernder kurzer Blick die Treppe nach oben.

Niemand zu sehen.

Seifferheld hinkte geräuschlos zur Theke, streckte den Arm aus und ...

»Ein wunderschönes Stück, nicht wahr?« Ein blonder, blauäugiger Mann, der ein wenig wie ein Wikinger aussah, erhob sich hinter der Theke aus der Hocke und lächelte künstlich. Er trug die typisch indische Männertracht, die aussah wie eine Mischung aus Tunika und Schlafanzughose.

Es war nicht nur ein künstliches, sondern auch ein misstrauisches Lächeln. Der Buddha, nach dem Seifferheld so begehrlich die Hand ausgestreckt hatte, war nämlich nicht besonders groß und würde problemlos in Seifferhelds Jackentasche passen.

Seifferheld knurrte innerlich. Jetzt hielt man ihn also auch noch für einen Dieb. Für einen inkontinenten Dieb.

»Ja, ein ausnehmend schönes Stück. Frühbuddhistisch?«

»Ah, Sie kennen sich aus!« Der blonde Inder trat näher.

»Auskennen« konnte man es nicht wirklich nennen. Seifferheld besaß einfach noch ein perfektes Sehvermögen und hatte die kleine Karte mühelos entziffern können, die halb unter der Buddha-Figur hervorragte. *Frühbuddhistischer Buddha, exakte Nachbildung, Made in Taiwan.*

»Ja, frühbuddhistisch, in der für diese Periode typischen Lotussitzhaltung. Sie können die Figur kaufen. Nur 30 Euro 25.« Der Mann streckte ihm die Hand entgegen. »Bertram Schöll, Student der Indologie an der Uni Göttingen. Ich absolviere hier ein Praktikum.«

Seifferheld wollte einschlagen und merkte gerade noch rechtzeitig, dass ihm Herr Schöll nicht die Rechte zur Begrüßung reichte, sondern ihm einen Zettel mit einer Übersicht der käuflich zu erwerbenden Gegenstände im *Indian Forum* Shop entgegenhielt. »Wenn Sie zwei Buddhas erstehen, bekommen Sie eine Packung Räucherstäbchen gratis dazu!«

Seifferheld vermutete, dass Schöll am Umsatz beteiligt war. Wenn er jetzt kniff, würde der junge Mann vermutlich misstrauisch jeden seiner Schritte durchs Haus verfolgen.

»Wie viele Buddha-Figuren gibt es denn hier im *Indian Forum?*«, fragte Seifferheld betont beiläufig, während er seinen Geldbeutel aus der hinteren Hosentasche zog.

Schöll sah ihn mit ausdruckslosem Gesicht an. »Hier im Shop haben wir insgesamt noch ... Moment ... drei Buddhas.«

»Und sonst im Haus? Als Dekogegenstände?«

»Die sind unverkäuflich.«

»Ja, natürlich, aber rein aus Interesse gefragt: wie viele Buddhas?« Seifferheld blieb hartnäckig.

»Die meisten Angestellten sind Hindus. Die Buddhas sind für die Kundschaft. Die erwartet das.«

So weit war Seifferheld auch schon gewesen. »Wie viele?«, wiederholte er ungeduldig.

Schöll legte die Stirn kraus. »Zwei große draußen im Garten, einen hier im Erdgeschoss vor den Toiletten und noch einen ausnehmend seltenen Buntglas-Buddha aus der Mogulperiode oben im ersten Stock. Also insgesamt vier.«

In diesem Moment hörte man aus dem ersten Stock ein infernalisches Poltern und gleich darauf das hässliche Geräusch von Glas, das in tausend Scherben zersprang.

»O je!«, tönte die Stimme von Klaus. »Das war ein Unfall! Ein Versehen! Tut mir leid! Mea culpa! Sack und Asche!«

»Drei«, korrigierte Seifferheld seufzend nach unten.

»Wie bitte?« Schöll sah zur Treppe. Glasscherben purzelten herunter.

»Ich nehme alle drei Buddhas aus dem Shop«, erklärte Seifferheld rasch.

Schöll lächelte.

»Und könnten Sie sie mir bitte einzeln als Geschenk einpacken?«

Das Lächeln erlosch. »Selbstverständlich, der Herr.«

Während Schöll nach draußen lief, um die Empfangsdame zu holen, damit sie die sperrigen Buddhas verpackte, zückte Seifferheld sein Handy und wählte Ranis Nummer.

»Wir sind nicht fündig geworden«, flüsterte er in die Sprechmuschel. »Sagten Sie nicht, Sie hätten den USB-Stick in einem der Buddhas im Erdgeschoss versteckt?«

»Ja, im Erdgeschoss.«

»Und wo?«

»Ich ... ich weiß es nicht mehr.«

Man hörte ein Aufschluchzen.

»Ist ja gut, ganz ruhig. Versetzen Sie sich zurück an jenen Abend. Sie haben den Stick in der Hand, sehen sich nach einem Buddha um ...« Seifferheld versuchte, hypnotisch zu klingen, doch auf dem Flur hörte er schon Schritte, die sich näherten.

»Sie entdecken einen Buddha ... und er befindet sich ... er befindet sich ...«

Rani jauchzte auf. »Es ist ein roter Keramikbuddha! Und er befindet sich auf einem Podest im Flur.«

Seifferheld konnte sein Handy gerade noch rechtzeitig wegstecken. Schöll und die Empfangsdame kamen lächelnd auf ihn zu. Ersterer verschwand hinter einer Tür mit der Aufschrift *Privat*, Letztere fragte: »Wir haben Geschenkpapier für den Herrn und für die Dame. Was darf es für Sie sein?«

»Dreimal Dame«, sagte Seifferheld. Und: »Ich warte im Flur.«

»Macht dann 90 Euro 75.« Sie lächelte verbindlich.

Seifferheld seufzte und löhnte. Dann ging er in den Flur.

Weit und breit kein Podest und natürlich auch kein roter Buddha. Dafür der Herr im Cordanzug aus der Kochtruppe, der ihm hinter einer mannshohen Topfpflanze verstohlen zuwinkte. »Pst«, machte der Cordanzugträger, »pst, hier drüben. Ich habe mich aus dem Kurs geschlichen. Bin ohnehin nur wegen meiner Frau dabei. Hier, nehmen Sie, das ist für Sie.«

Verstohlen drückte er Seifferheld eine weiße Schachtel in die Hand, nachdem er sich zuvor mehrmals umgesehen hatte. »Ich leide auch unter häufigem Harndrang. Man wird eben nicht jünger.« Er lachte unfroh. »Prostasenol plus. Kapseln gegen Blasenschwäche beim Mann. Eine Extraktkombination aus Sägepalme und Brennnessel. Nehmen Sie es dreimal täglich. Es wirkt Wunder! Damit *Sie* Ihr Leben bestimmen und nicht Ihre Blase. Ich schwöre darauf.«

In diesem Moment kam Klaus schwer atmend die Treppe heruntergepoltert. »Ich lasse keinen Vaginaleinlauf an mir machen!«, gellte er panisch und verschwand durch die Eingangstür auf Nimmerwiedersehen.

Der Cordsamtanzug zog sich diskret wieder in Richtung Küche zurück.

Ein schmalhüftiger Inder kam die Treppe heruntergeeilt. »Gehören Sie und der schreiende Herr zusammen?«, fragte er Seifferheld. »Wir wollten ihm zum Abschluss der Massage etwas Öl auf die Stirn träufeln, aber er scheint da etwas missverstanden zu haben.«

Seifferheld seufzte und improvisierte. »Was sein Gesicht betrifft, reagiert er leicht über. Eine Phobie. Seit Generationen in männlicher Linie vererbt.«

Der Inder musterte ihn kritisch.

Die Empfangsdame tauchte mit den drei aufwendig verpackten Buddhas auf. »Können Sie die denn allein tragen?«, erkundigte sie sich, nachdem sie ihm die Buddhas in die Arme gedrückt hatte.

»Wird schon gehen«, log Seifferheld, denn die Rundbäuche waren verdammt schwer. Nie und nimmer waren die innen hohl.

Doch wie so oft erwies sich, dass Schwerlasttransporte zwar zu einem Achsenbruch führen können, aber auch zu Erkenntnissen. Keine drei Meter von der Haustür des *Indian Forums* entfernt, plumpste ihm der oberste Buddha auf den Boden, was der Geschenkverpackung nicht wirklich zuträglich war, den Plastikbuddha selbst aber nicht weiter störte. Als Seifferheld sich unter Ächzen bückte, um ihn aufzuheben, sah er vor einer der Mülltonnen des *Indian Forums* etwas liegen.

Scherben.
Keramikscherben.
Rote Keramikscherben.
Heureka!

**Ich respektiere die Wahrheit viel zu sehr, um sie bei jeder noch so banalen Gelegenheit zu bemüßigen.
(Mark Twain)**

»Großer Gott, wie siehst du denn aus?« Silke Genschweins Linke, in der sie ihr Handy hielt, schoss ebenso nach oben wie ihre Rechte, aber Gott sei Dank schlug sie sich nur mit der Rechten vor den Mund, sonst hätte es eine aufgeplatzte Lippe gegeben.

Olaf Schmüller sagte nichts, sondern ging direkt auf den Wasserkocher zu und goss sich heißes Wasser über seinen Grünteebeutel. Im Reha-Zentrum war Kaffee verpönt.

»Ich seh aus wie immer«, brummte er und zog den Beutel nach geschätzten drei Sekunden wieder aus der Tasse.

Seine Aussage war leider nicht gänzlich zutreffend: Da seine Augen von exakt zwei knallvioletten, an den Rändern ins Rosafarbene changierenden Veilchen geschmückt wurden, sah er eben nicht aus wie immer, sondern eher wie ein schwuler Zorro.

»Sieh dich nur an!« Silke, eine elfengleiche Rothaarige, schaute von ihrer tiefergelegten Warte aus zu ihm auf. (Genau das war der Grund, warum Männer sich die Nasenhaare kürzten. Damit kleine Frauen, wenn sie von unten zu ihnen aufblickten, nicht in struppiges Gebüsch schauten.)

Silke Genschwein hatte schon immer für den hageren Pferdeschwanzträger geschwärmt, aber er sah in ihr nur die geschätzte Kollegin, allenfalls eine gute Freundin, mit der man hin und wieder im Reformhauscafé ein Glas Sauerkrautsaft trinken gehen konnte. »Olaf, du hast eine klaffende Wunde an der Schläfe!«

Olaf sah sich im Spiegel an seiner Spindwandtür an. Dass Frauen aber auch immer so übertreiben mussten! Er hatte einen kleinen, roten Kratzer an der Stirn, der bis zum Haaransatz reichte und farblich gut zu seinen beiden lila Veilchen passte. Überhaupt gar kein Thema.

Hinter ihm wetterleuchtete es. Er drehte sich um.

»Bist du in eine Schlägerei geraten?«, fragte sie, nur halb im Unernst, und senkte die Linke mit dem Handy.

»Ja, ich habe mich mit einer Tür geprügelt. Kennst mich doch, ich bin ein Grobmotoriker.«

»Du siehst aber so aus, als seist du verprügelt worden.«

»Du solltest mal die Tür sehen«, scherzte Olaf.

Silke steckte die Linke mit dem Handy in ihre Hosentasche und legte ihre zarte, sommersprossige Rechte auf seine Schulter.

Olaf zuckte zurück.

»Was ist?« Sie ahnte Schlimmes.

»Nichts. Absolut gar nichts. Ich habe mir nur die Schulter gestoßen. Silke, ehrlich, mach' dir keinen Kopf. Es ist alles in Ordnung. Ich fahr' dann mal zu meinem nächsten Massagekunden. Man sieht sich.«

»Es ist keine Schande, wenn man als Mann Opfer von Gewalt wird!«, rief Silke seinem entschwindenden gelbgrünen Batikhemdrücken hinterher.

Doch Olaf war schon durch die Glastür auf den Parkplatz entschwunden.

»Oh, Olaf«, seufzte Silke. »Ich helfe dir. Ehrenwort!«

Sie zog ihr Fotohandy wieder aus der Hosentasche und klappte es auf.

Wenn sich eine Tür schließt, klemmt mit Sicherheit die andere.
(Schule des Lebens)

Unglaublich, wie nachhaltig ein einziges Räucherstäbchen die Luft in einem Zwanzig-Quadratmeter-Zimmer mit ranzigem Moschusduft schwängern konnte. Gab es in diesen vier Wänden überhaupt noch Sauerstoff zum Atmen? Minenarbeiter hatten in alter Zeit immer einen Kanarienvogel mit ins Bergwerk genommen. Wenn der tot von der Stange fiel, wusste man, dass es galt, schleunigst ins Freie zu kommen. Aber Siegfried Seifferheld hatte keinen Kanarienvogel. Nur einen Hovawart. Und der lag schlafend unter dem Tisch. Oder schlief er gar nicht? Hob und senkte sich seine Brust noch? War er gar schon tot?

»Siggi!«

Seifferheld schrak zusammen. »Was?«

Zwölf Augen starrten ihn an. Sechs davon gehörten seinen frisch erworbenen Buddha-Figuren, die anderen von links nach rechts: einer in Tränen aufgelösten Rani Chopra, seiner böse funkelnden Schwester Irmgard und seiner geliebten, aber in diesem Augenblick ungnädig wirkenden Herzensdame MaC.

»Was?«, wiederholte er.

»Hast du uns denn gar nicht zugehört?«, fauchte MaC.

Schnell, Ablenkung schaffen.

»Onis!«, rief Seifferheld lockend. »Hundetier! Hierher!«

Onis hob das linke Auge, schloss es gleich darauf wieder und fing an zu schnarchen. Er war ein kluger Vierbeiner und wusste, wann er als Ablenkung für anderer Leute Zwecke missbraucht werden sollte. Immerhin war dank der Augenbraue klar, dass der Hund noch lebte.

»Es tut mir leid«, sagte Seifferheld, weil er fand, dass dies im Gespräch mit wütenden Frauen immer eine passende Aussage war.

Und es tat ihm wirklich leid, obwohl er nichts dafürkonnte. Eine geschlagene halbe Stunde hatte er die Mülltonnen des *Indian Forums* durchwühlt, aber den USB-Stick nicht gefunden. Dafür hatte ihn, als er bis zur Taille in der mittleren Tonne steckte, ein Streifenwagen entdeckt. Wenn der Beamte in Seifferheld nicht den ehemaligen Kollegen erkannt hätte, wäre die Angelegenheit bestimmt unschön ausgegangen. So aber sagte der Ex-Kollege von der Streife zu Seifferheld: »Da reißt man sich für diesen Staat ein Leben lang den Arsch auf, und wie dankt es einem Vater Staat? Mit einer Rente, die nicht mal zum Essen reicht.« Woraufhin er Seifferheld einen Fünfer zugesteckt hatte.

Seifferheld seufzte angesichts dieser Erinnerung.

»Ohne den Stick glaubt mir doch niemand! Wir werden die Entführung nicht verhindern können!«, schluchzte Rani in sein Seufzen hinein. Die Tränen liefen ihr haltlos über das Gesicht. »Ich werde meinen Vater niemals wiedersehen. Und ...« Sie hickste. »Und ich habe meinen Verfolger heute draußen auf der Gasse gesehen. Und er mich. Er weiß, wo ich bin.«

MaC nahm sie in den Arm. »Keine Sorge, wir finden einen Ausweg aus diesem Dilemma.«

Rani schüttelte den Kopf. »Es ist zwecklos.«

MaC fand die junge Inderin zunehmend theatralisch. Andererseits hatte sie gut reden: Ihr Vater war ja nicht verschwunden, sondern kümmerte sich auf seinem kleinen Weingut im Burgenland um die Reben.

»Unsinn!«, sagte Irmi, der Gefühlsduseleien jedweder Art noch viel mehr auf den Geist gingen. »Nichts ist jemals zwecklos. Es gibt immer einen Weg. Bauch rein, Brust raus, Kinn vor! Man kneift nicht vor dem Schicksal, man tritt ihm aufrecht entgegen!«

Im Hintergrund hätte jetzt ein Sousa-Marsch ertönen

müssen, stattdessen spielte der CD-Spieler *East meets West – Ravi Shankar meets Daniel Hope*.

Es war MaCs Idee gewesen, den Seifferheld-Haushalt in ein Klein-Indien zu verwandeln. Damit sich Rani wohler fühlte. Zumal Seifferheld ja ohnehin mit einem Arm voller Buddhas nach Hause gekommen war. Für MaC war es eine Frage der Ehre gewesen, für ein stimmiges Gesamtbild zu sorgen, das alle Sinne ansprach.

»Jawohl, es gibt immer einen Weg!«

Siggi staunte. MaC gab Irmgard recht? Sie, auf einer Wellenlänge mit seiner Schwester? Das musste am Sauerstoffmangel in ihrem Gehirn liegen.

»Wir kapitulieren nicht, jetzt erst recht nicht! Siggi wird die Entführung zu verhindern wissen. Und er wird Ihren Vater finden.«

Die drei Frauen sahen ihn auffordernd an.

»Aber ja.« Seifferheld lächelte huldvoll und glaubte dieses *Aber ja* in diesem Moment sogar selbst. Sein Vertrauen in die ehemaligen Kollegen und in den deutschen Polizeiapparat war nahezu unbegrenzt. Er würde mit den richtigen Leuten reden, und alles würde seinen geordneten Gang nehmen.

Wenn er ehrlich sein sollte – so ganz glaubte er Rani Chopra nicht. Bestimmt war sie von allem überzeugt, was sie sagte, er besaß genug Menschenkenntnis, um mit Gewissheit davon auszugehen, dass sie nicht log. Aber ihm schien, dass sie viel zu viel Phantasie besaß und demzufolge auch viel zu viel in die Sache hineininterpretierte.

Seifferheld war ziemlich sicher, dass sich alles in Wohlgefallen auflösen würde. »Ich regele das. Kein Problem«, erklärte er vollmundig.

Es sollte sich zeigen, dass diese Aussage in der Liste der fehlgeleitetsten letzten Worte aller Zeiten auf Platz drei landen würde, gleich hinter den letzten Worten des Gourmets (»Diese Pilzsorte ist mir neu.«) und des Bergsteigers (»Der Haken hält.«).

Mitternacht

Ich hatte eine Farm in Afrika ...
(Tanja Blixen)

Erzbischof Desmond Tutu hatte einmal gesagt: »Als die weißen Missionare nach Afrika kamen, hatten sie die Bibel und wir das Land. Sie sagten, ›lasst uns beten‹. Wir schlossen die Augen. Als wir sie wieder öffneten, hatten wir die Bibel, und sie hatten das Land.«

Die Afrikaner, die in den letzten vierundzwanzig Stunden in Kontakt mit Pfarrer Hölderlein gekommen waren, fanden, dass ihre Vorfahren noch von Glück reden konnten. Schließlich waren sie damals nur bekehrt und geplündert worden, nicht olfaktorisch gefoltert.

Schwester Mary und Schwester Ruth von der evangelischen Missionsstation, zu der Hölderlein befohlen worden war, sahen sich in ihrem Glauben schwer, sehr schwer geprüft. Als ob sie ins Visier eines zornigen, alttestamentarischen Gottes geraten wären. Ja, schon klar, der arme Herr Pfarrer konnte nichts dafür, dass er als Prüfung in seinem Erdenleben mit einer enorm sensiblen Reizverdauung ausgestattet worden war. Aber diese infernalischen Ausdünstungen! Und es stimmte nur bedingt, dass man die schwefeligen Winde irgendwann nicht mehr wahrnahm, weil der Geruchssinn die Waffen streckte und sich aus dem Reigen der Sinne verabschiedete. O nein, jedes Mal, wenn man nur kurz den Raum verließ und dann wiederkam, erschlug einen der Gestank von neuem. Wie sollten sie das nur drei Monate aushalten? Beten half da nur bedingt.

Pfarrer Hölderlein seinerseits haderte ebenfalls mit seinem Schicksal. So schlimm war es noch nie gewesen. Hatte er sich mit diesem Auftrag überfordert? Er wollte ja gute Werke tun, aber alles war so fremd, alles jagte ihm Angst ein, und immer war es so heiß! Die ganze letzte Nacht hatte er sich entweder schlaflos-schwitzend im Bett gewälzt oder furchtbar gealpträumt. Das hier war zwar nicht die Hölle, aber dieser Ort hatte ganz sicher dieselbe Postleitzahl wie Luzifers Wohnstatt.

»Jesus«, betete er zu seinem Kumpel, dem Heiland. »Jesus, willst du mich wirklich hier an diesem Ort haben? Diene ich dir am besten, wenn ich hierbleibe?«

Hölderlein hoffte auf eine Stimme aus dem Off – irgendwo links hinter dem Andromedanebel und von jenseits der Milchstraße –, die zu ihm sagte: »Nee, Alter, fahr nach Hause.«

Aber die Nacht blieb stumm.

Also, bis auf die Geräusche aus dem Dschungel, das Kreischen der Affen, das Brüllen der Löwen, das Zirpen der Grillen und das markante Trommel-Solo im Zimmer seines schwarzen Amtsbruders (nicht der Amtsbruder trommelte, sondern Charlie Watts. Pfarrer Mwangi war ein eingefleischter Rolling-Stones-Fan).

Vorhin, bei der Abendandacht, hatte Helmerich Hölderlein beim stillen Gebet einen der zehn peinlichsten Momente seines Lebens durchstehen müssen, wenn nicht gar *den* peinlichsten Moment. Genüge es zu sagen, dass die Hauptakteure dieses Zwischenfalls ein resignierender Mastdarm und eine entweichende Methangaswolke gewesen waren. Hätte einer der Andachtler ein Streichholz entzündet, sie wären allesamt in die Luft geflogen. Eine ältere Frau, die daraufhin verbissen die Luft angehalten hatte, war sogar in Ohnmacht gefallen.

Und dabei hatte Hölderlein an diesem Tag nichts gegessen außer ein wenig Reis (trocken, ohne Beilage) und drei Stück Toastbrot (ohne Butter, aber mit kleingeschnittener Banane als Belag). Noch nie hatte sich ein stilles Gebet scheinbar so endlos hingezogen. Den Anwesenden war zum ersten Mal bewusstgeworden, was die Ewigkeit bedeutete und dass sie diese auf gar keinen Fall in der Hölle verbringen wollten, denn da würde es aller Wahrscheinlichkeit nach genauso schwefelig riechen wie in Gegenwart von Pfarrer Hölderlein, »der mit dem Flatulenzfluch«, wie sie ihn alle heimlich nannten.

Pfarrer Hölderlein sollte es nie erfahren, aber ein 17-jähriger, mehrfach vorbestrafter Gewalttäter, der zufällig bei diesem Gottesdienst zugegen war, weil er im Anschluss die Opferkästen hatte aufbrechen wollen, fand angesichts dieser höllischen Ausdünstungen und aus Angst, die Ewigkeit in solchen Dämpfen verbringen zu müssen, sofort zum rechten Weg zurück und führte fortan ein moralisch einwandfreies, gottgefälliges Leben. Allein für diese gerettete Seele hatte sich Helmerichs Afrikaaufenthalt also schon gelohnt. Jede Wette, dass sein Kumpel Jesus angesichts der Methanmissionsmethode fröhlich schmunzeln musste.

Hölderlein ahnte davon, wie gesagt, nichts. Ihm war nur elend zumute. Natürlich war ihm bewusst, dass weder Afrika noch die Afrikaner Schuld an seinem Zustand hatten. Er war einfach nicht aus dem Holz geschnitzt, aus dem man als Missionar geschnitzt sein musste. Kein Tropenholz, nur Spannbrett.

Er war kein Reisender. Eher der Stubenhockertyp, der idealerweise bei stets gleichbleibenden Umweltkonditionen über Predigttexten sinnierte. Er hatte sich mit diesem Auftrag definitiv übernommen.

Hölderlein wollte wieder nach Hause zu seiner Irmgard und den Schäfchen seiner Gemeinde. In diesem seinem Begehren war er eins mit Schwester Mary und Schwester Ruth, die sich ihn ebenfalls wieder nach Hause ins ferne Deutschland wünschten. So fern, dass selbst starke Winde seine Ausdünstungen nicht zu ihnen tragen konnten ...

Die Frage war nur: Würde der Herr ein Einsehen haben und ihren Wunsch erfüllen?

Der Tag der Wahrheiten

Aus dem Polizeibericht

Doktorspiele
Ein Autoknacker ist in der Zeit zwischen Montagabend 21 Uhr und Dienstagmorgen 9 Uhr in einen in der Alten Reifensteige abgestellten Porsche Cayenne eingedrungen. Der Unbekannte hatte eine Scheibe eingeschlagen und dann eine im Fußraum abgestellte Arzttasche entwendet, in der sich medizinische Notfallgeräte, Medikamente und Verbandszeug befanden. Der Täter kann sich nunmehr auf Doktorspiele mit professionellen Utensilien freuen. Wie hoch der entstandene Schaden ist, muss noch geklärt werden.

> **Wenn die Wellen über mir zusammenschlagen,
> tauche ich hinab, nach Perlen zu fischen.
> (Mascha Kaléko)**

Olaf betrachtete seine schlafende Frau.

Susanne war wunderschön. Er liebte sie für unzählig viele Dinge: für ihre Durchsetzungskraft, die sie mit jeder Pore ausströmte, wenn sie in ihrem Chanel-Kostüm aus der Vorstandsetage der Bausparkasse nach Hause kam; für ihre Sicherheit in den Alltagsfragen des Lebens; für ihr Lachen; ihre Adlernase; die sanfte Rundung ihrer Hüfte.

Zugegeben, nach Schwangerschaft und Geburt fiel die

Hüftrundung etwas üppiger aus, aber sie schien ihm auf botticellinische Art venusgleich, und es war ganz ehrlich kein Klischee, wenn er fand, dass es nun umso mehr von ihr gab, das er lieben konnte. Warum nur glaubte sie ihm das nicht?

Olaf konnte sich schon gar nicht mehr erinnern, wann sie das letzte Mal miteinander geschlafen hatten. Und dabei hatten sie es immer so schön miteinander gehabt. Gemeinsam hatten sie Dinge ausprobiert, die er nie für möglich gehalten hätte. Kamasutrastellungen. Tantrasitzungen. Rollenspiele. Bevor er Susanne kennenlernte, war ihm die Antarktis vertrauter gewesen als sein eigener Körper. Das hatte sie geändert.

»O Susanne«, wisperte er verlangend.

Sie rührte sich. Olaf krallte sich in das Bettgestell, um nicht wieder in hohem Bogen durch das Schlafzimmer zu segeln. Seine Schulter schmerzte immer noch.

Doch Susanne drehte sich nur um und sah ihn an.

Das dunstige Morgenlicht tauchte ihre Körper in milchige Verschwommenheit, wie die Softfocus-Funktion in einem Photoshop-Programm. Olaf lächelte. Susanne lächelte auch. Sie fühlte sich geliebt, geborgen, begehrt. Und in diesem diffusen Licht auch halbwegs ansehnlich. Alles war wieder gut.

»Komm her, du«, raunte sie Olaf zu und zog ihn auf sich.

Olaf stöhnte beseelt, bedeckte das Gesicht seiner Frau mit Küssen und tauchte, immer noch küssend, entlang ihres Körpers in dunkel lockende Tiefen ab.

Susanne stöhnte verzückt.

Die Glückseligkeit, diese paradiesische Glückseligkeit, wenn zwei Menschen, die füreinander bestimmt waren, kurz davorstanden, ein Fleisch zu werden.

Doch plötzlich ...

Lärm!

Nein, es war nicht Ola-Sanne. Die schlief friedlich in ihrem Bettchen. Dafür klingelte es ohne Unterlass an der Haustür. Der Paketbote? Ein Zeuge Jehovas? Die Feuerwehr, weil ihr Haus in Flammen stand?

Olaf war das völlig egal. »Der geht schon wieder«, murmelte er unter der Decke.

»Geh nachsehen«, verlangte Susanne und schob ihn liebevoll, aber nachdrücklich von sich.

Olaf tat wie ihm geheißen, doch innerlich kochte er. Ja, Olaf war Pazifist. Er war nicht zum Vegetarier geworden, weil er den Tieren eins auswischen und ihnen das Futter wegessen wollte, sondern weil er aus tiefstem Herzen mit allen Lebewesen auf der Erde mitfühlte. Er hasste Gewalt in jedweder Form. Aus tiefster Seele.

Es muss aber gesagt werden, dass er – als er gleich darauf in Susannes weißem Flauschemorgenmantel zur Tür stapfte – böse, ja blutrünstige Gedanken hegte. Einen Pazifisten mitten im Liebesakt zu stören ist gewissermaßen der Litmus-Test seiner Friedfertigkeit. Und Olaf hätte ihn zweifelsohne nicht bestanden. Die Linke zur Faust geballt, riss er die Haustür auf. »WAS?«, verlangte er donnernd zu wissen und kühlte auch dann nicht ab, als er sah, dass zwei Polizisten in Uniform vor ihm standen.

»Herr Schmüller?«

»JA! WAS IST?«

Die Polizisten warfen sich einen bedeutungsschweren Blick zu.

»Wer ist es, Schatz?«, rief Susanne aus dem Schlafzimmer.

Der ältere Beamte streckte Olaf ein Foto entgegen, auf dem ein Pferdeschwanzträger zu sehen war, mit Doppel-Veilchen und offener Stirnwunde.

»Das Bild ist grobkörnig, es wurde mit einem Handy aufgenommen, aber Sie sind zweifelsfrei zu erkennen. Wir wurden darauf aufmerksam gemacht, dass womöglich ein Fall von häuslicher Gewalt vorliegt. Herr Schmüller, wir wollen Ihnen helfen. Dürfen wir hereinkommen?«

Susanne erschien im Flur. Sie hatte sich eine Jogginghose und ein Top übergestreift und sah mit ihrem zerstrubbelten Haar unglaublich süß und harmlos aus.

»Guten Morgen, meine Herren. Ist etwas passiert?«

Der jüngere Beamte räusperte sich. »Frau Seifferheld? Gegen Sie wurde Anzeige wegen Körperverletzung erstattet. Sie sollen Ihren Mann schlagen.«

»Ich mache *was?*« Aus Susannes süßem Strubbelhaar wurden schlagartig die zischelnden Schlangen auf dem Haupt der Medusa.

Olaf schloss die Augen. Das war natürlich Silke Genschweins Werk. Susanne würde darüber nicht glücklich sein, ganz und gar nicht glücklich.

Er seufzte resigniert.

In diesem Leben würde er keinen Sex mehr bekommen.

Ich kann allem widerstehen, nur einer Versuchung nicht.
(Oscar Wilde)

»Oh, Herr Seifferheld, das tut mir aber leid, habe ich Sie geweckt?«

Ja.

Seifferheld berappelte sich und versuchte, seine Gedanken zu ordnen. Er hatte geträumt, dass er »Sticken für Kerle« schrieb, den ultimativen Ratgeber für den stickenden Mann, Bestseller und unentbehrlicher Klassiker der Handarbeitsliteratur, übersetzt in siebenundsiebzig Sprachen und Dialekte. Die Bundespräsidentin war gerade dabei gewesen, ihm das Verdienstkreuz am Bande zu verleihen, für den selbstlosen Einsatz zum Wohle stickender Männer allüberall.

Und dann hatte das Telefon geklingelt.

Mit offenem Mund und wirrem Blick, den Hörer am Ohr, setzte er sich im Bett auf.

Es war leider ein Fakt, dass einen das Alter zwar weiser, gelassener und glücklicher machte, aber nicht unbedingt schöner. Schon gar nicht am frühen Morgen, kurz nach dem Aufwachen.

Gott sei Dank konnte sich Seifferheld in diesem Moment nicht sehen. Ein Sabberfaden lief ihm aus dem Mund, in seinen Augenwinkeln klebten Sandkörner (die Vorstellung, dass es sich dabei um Staubpartikel, Zellreste und getrocknete Sekrete handelte, fand er eklig, weswegen er bis zum heutigen Tag an den Sandmann glaubte) und über seine linke Gesichtshälfte zogen sich Knautschfalten so tief wie der Marianengraben.

»Was? Wer?« Er hustete etwas Schleim ab.

»Ich bin's, Undine Söback. Vom SWR. Sie erinnern sich?«

Schlagartig war Seifferheld hellwach und zog sich die Decke bis ans Kinn, weil er im Sommer nämlich nackt zu schlafen pflegte. »Frau Söback!«

»Ja, ich weiß, es ist sehr früh.«

Es war mitnichten früh. Ein Blick auf den Wecker zeigte: Es war halb acht. Seifferheld hatte tierisch verpennt.

Neben dem Bett saß Hund Onis mit randvoller Blase und starrte ihn finster, sehr finster an.

Abrupt lehnte sich Seifferheld im Bett vor. »Frau Söback! Wie nett, von Ihnen zu hören. Und keine Sorge: Ich bin wach.«

Jetzt schon, fügte er in Gedanken hinzu.

»Herr Seifferheld, wir hatten doch darüber gesprochen, ob Sie sich vorstellen könnten, einmal wöchentlich eine Viertelstunde über das Sticken zu reden. Jetzt hat sich durch einen unerwarteten Krankheitsfall ein Zeitfenster aufgetan. *Bärbels Basteltipps* entfallen vorübergehend, weil unserem Bärbele der Blinddarm geplatzt ist. Es geht ihr mittlerweile wieder gut, aber die Rekonvaleszenz wird dauern. Wir brauchen dringend Ersatz und haben dabei an Sie gedacht. Übermorgen im SWR-Studio bei Ihnen in der Gelbinger Gasse, na, was sagen Sie?«

»Was? Ich soll wirklich ins Radio?« Vor Überraschung rutschte ihm die Decke nach unten. Aber er musste nicht lange überlegen. Seifferheld war jahrelang ein heimlicher Sticker gewesen. Und jetzt, wo er sich geoutet hatte, ging es ihm wie vielen anderen, die endlich zu ihrem wahren Ich standen: Es konnte ihm gar nicht öffentlich genug sein.

»Aber gerne doch!«, rief er tollkühn.

»Herrlich. Ich freue mich auf Sie!« Undine Söback legte auf.

Seifferheld strampelte sich die Decke von den Beinen und sah zu Onis. »Dein Herrchen wird ein Radiostar! Was sagst du jetzt?«

»Ich sagen, Sie seien sähr schöner Mann, oho!«

Onis hatte nicht plötzlich sprechen gelernt (und wenn doch, hätte er wahrscheinlich so was wie »Komm in die Hufe, Alter, und zwar hurtig, mir platzt gleich die Blase!« gesagt).

Nein, es war die kasachische Putzfrau Olga Pfleiderer, die zweimal die Woche zur Kehrwoche im Seifferheldschen Haushalt vorbeikam. Wobei sie nicht wirklich putzte. Sie rauchte nur Kette und trank Kaffee und gab zu allem und jedem ihren Kommentar ab. Insbesondere zu Seifferhelds Physiognomie, die sie sehr schätzte.

Seifferheld hätte sie zu gerne gefeuert, aber sie arbeitete schon längst nicht mehr für ihn, weil sie nach ihrer neuerlichen Verehelichung von sich aus gekündigt hatte. Nur aus alter Verbundenheit kam sie immer noch regelmäßig vorbei, um nach dem Rechten zu sehen. Sie hatte ihren Hausschlüssel nie abgegeben und tauchte gern voranmeldungslos auf. So wie jetzt.

»Wann Sie kommen in Radio? Ich wollen hören!«, sagte Olga lächelnd, und ihr Blick wanderte dabei genüsslich nach unten.

Erst da realisierte Seifferheld, dass er ja die Decke abgestreift hatte. Rasch zog er sie wieder bis ans Kinn.

»Und wer ist fremde Frau in Gästezimmer?« Olga blies

ungnädig einen Schwall Zigarettenrauch in sein Schlafzimmer. »Sie jetzt haben Zweitfrau? Warum nehmen indisches Hupferchen und nicht gestandene Kasachin, warum?«

Seifferheld schloss die Augen und sank wieder aufs Bett. Das konnte ja heiter werden!

Fand auch Onis, der sich in diesem Moment mit beiden Vorderpfoten auf Siggis Bett abstützte und wie ein Wolf zu heulen anfing. Er sang den Blasenblues.

Olga nickte. »Sie nehmen Hund mit in Radio. Herr und Hund singen Duett, ja?«

Alles, was früher als Sünde galt, ist heute eine Krankheit.

»Runter von mir!«, gellte Susanne. Polizeiobermeister Viehoff war ein mehrfach ausgezeichneter Kampfsportler, aber gegen Susannes in vielen Wochen perfektionierte Hebeltechnik kam er nicht an. In hohem Bogen flog er gegen die Hauswand.

»Susanne, Liebes, mach dich nicht unglücklich!«, flehte Olaf.

»Frau Seifferheld, kommen Sie doch zur Vernunft!«, mahnte Polizeiobermeister Roll.

Viehoff landete als Häuflein Elend auf den Dielenbrettern. Er hatte mal kurzzeitig was mit Karina Seifferheld gehabt, wobei »gehabt« zu viel gesagt war. Ein bisschen Flirten, ein bisschen Knutschen und fertig. Doch er kannte sich dadurch mit den Seifferheld-Frauen aus. Durch die Bank weg schwer gestörte Gewalttäterinnen. Er hatte dieser Furie Susanne nur beruhigend die Hand auf die Schulter legen wollen, da hatte sie sich auch schon auf ihn gestürzt und zu Boden gerissen.

»Ich schlage meinen Mann nicht!«, brüllte Susanne und sprang auf die Beine. Die Unterstellung machte sie fuchsteufelswild.

Aus dem Kinderzimmer hörte man nun auch die Schreie von Ola-Sanne. Für ein ungeübtes Ohr war es das ängstliche Wehklagen eines Neugeborenen, aber Ola-Sanne war eine Seifferheld, und PO Viehoff war sich absolut sicher, dass es sich in Wirklichkeit um wilde Anfeuerungsrufe für die Mutter handelte. Schließlich war das Kind auch eine Seifferheld.

Viehoff blieb erst mal liegen. Es kostete ihn sämtliche Kraftreserven, nicht zu stöhnen. Natürlich war so ein Schrank von einem Mann wie er nicht schon ausgeknockt, nur weil eine junge Mutter sich erst auf ihn gestürzt, dann zu Boden gerissen und ihn schließlich mit einer den offiziellen Kampfsportarten unbekannten Beinhebeltechnik an die Wand geschleudert hatte. Aber er hatte sich vor einigen Wochen beim Sporteln die Schulter ausgerenkt und war mit voller Wucht auf der immer noch schmerzempfindlichen Stelle gelandet.

»Alles in Ordnung?« Roll trat neben seinen jungen Kollegen. *Oh, diese Schmach!* »Ja doch!«, fauchte Viehoff.

In amerikanischen Vorabendserien hätten die beiden schon längst ihre Knarren gezogen und Susanne oder wahlweise Olaf oder gleich die ganze Reihenhaussiedlung umgenietet. Aber hier in Schwäbisch Hall, Vorort Tullau, drehte sich Roll nur zu Susanne um und machte »ts, ts, ts«.

»Ich habe meinen Mann noch nie geschlagen!«, kreischte sie.

»Waaaaaaaah!«, kreischte ihre Tochter.

»Es waren alles nur Unfälle«, erklärte Olaf, was aber in diesem Zusammenhang nicht so besonders überzeugend rüberkam.

»Ich bin eine friedfertige Frau!«, brüllte Susanne noch ein paar Dezibel lauter. Draußen auf der Straße liefen die ersten Nachbarn zusammen.

Olaf schloss die Haustür.

Roll war vierfacher Vater und wusste, wie der Hase lief. »Frau Seifferheld, ist ja gut. Die Anschuldigung ist haltlos, das ist doch klar.« Es sprach für seine überaus große Menschenkenntnis, dass er der tobenden Frau mit den wirren Haaren und dem irren Blick Harmlosigkeit attestierte. Und das, obwohl sein Kollege immer noch reglos auf dem Flurboden lag.

»Sie verstehen aber doch sicher, dass wir der Anzeige nachgehen mussten, nicht wahr?«, fuhr er mit ruhiger Stimme fort.

»Wagen Sie es ja nicht noch einmal, Hand an mich zu legen!«, kreischte Susanne, als endlich wieder Leben in Viehoff kam und er sich im Zeitlupentempo aufrappelte.

Ola-Sanne kreischte ebenfalls.

Roll unterdrückte den Impuls, sich die Ohren zuzuhalten. Falls Olaf und Susanne noch ein paar Kinder bekommen sollten, konnten sie ohne Probleme einen auf *Kelly Family goes heavy metal* machen. Was war eigentlich aus denen allen geworden?

Roll schüttelte den Gedanken ab und konzentrierte sich wieder. »Ist ja gut, Frau Seifferheld, niemand wird mehr Hand an Sie legen.«

Olaf zitterte. Er war keine Memme. Wie oft hatte er sich schon an die Gleise vor den Atommüll-Endlagerungsstätten gekettet? Das konnte er gar nicht mehr zählen, so oft. Und bei der Demo damals gegen Stuttgart 21, als die Bullen plötzlich Pfefferspray zum Einsatz brachten, da hatte er wie eine Eins in vorderster Reihe gestanden. Blind und tränend, aber wie eine Eins. Doch daheim bei Susanne kam ihm sein Rückgrat regelmäßig abhanden, und das hatte einen Grund: Er wollte sie einfach nur glücklich sehen. Susanne spürte das und liebte ihn gerade deswegen abgöttisch.

»Wissen Sie, Frau Seifferheld, dass Sie momentan so aufbrausend sind, könnte eine hormonelle Ursache haben. Vielleicht leiden Sie an einer postnatalen Depression«, schlug Roll vor.

Susanne verstummte.

Ola-Sanne verstummte ebenfalls.

Olafs Zittern hörte abrupt auf.

Ein Hormonungleichgewicht? Hm, damit konnte Susanne leben. Warum hatte sie nicht gleich daran gedacht? Natürlich, deswegen war sie in letzter Zeit so unzufrieden mit sich selbst. Das kannte sie von sich gar nicht. Ihrer Meinung nach waren die meisten Menschen, die an Unsicherheit litten, völlig zu Recht unsicher. Sie dagegen hatte sich immer stark und unbesiegbar gefühlt. Ihr Spiegel hatte zwar keine Knutschflecke, aber – ohne übertrieben selbstbewusst zu sein – war sie sich ihrer Einzigartigkeit doch immer bewusst gewesen. Bis zur Geburt ihrer Tochter. Ola-Sanne war wie ein Anruf von Galileo Galilei, der ihr mitteilte, dass sie doch nicht der Mittelpunkt des Universums war.

Also ja ... postnatale Depression, das musste es sein!

Susanne lächelte.

Plötzlich war alles wieder gut. Sie würde irgendwelche bunten Pillen einwerfen und wieder ganz die Alte sein. Und Galileo Galilei würde einknicken, wie damals vor dem Papst, und alles widerrufen, und sie würde wieder zum starken Mittelpunkt ihrer Welt werden. Mit Olaf und Ola-Sanne und dem Rest ihrer Familie als liebenswerten Trabanten.

Auf einmal war Susanne wie verwandelt, war wieder die coole, rationale Managerin, die mit jeder noch so unerwarteten Situation souverän fertigwurde. Olaf hatte sich noch nie so angetörnt gefühlt wie gerade jetzt.

»Sie haben vollkommen recht, Herr Polizeiobermeister«, sagte Susanne mit dieser kühlen Stimme, die sonst für Vorstandspräsentationen reserviert war. »Ich werde mich sofort in medizinische Behandlung begeben. Bitte entschuldigen Sie meine ungebührliche Reaktion. Was jedoch die Anzeige angeht, so verlange ich, dass sie zurückgezogen wird.«

»Wir sprechen mit der betreffenden Person«, versprach Roll.

Olaf seufzte auf. Sollte nun alles gut werden?

Nee, natürlich nicht!

Verhütung ist Männersache!

Dass der Plastikstuhl unbequem war, kümmerte Fela Nneka an diesem Morgen nicht. Ihn bekümmerte das Leben an sich und seine prekäre Lage im Besonderen. Es sollte die Pille für den Mann geben. Ja, wirklich. Verhütung musste dringend Männersache werden! Es war doch viel sicherer, die Kugeln aus der Knarre zu nehmen, als eine schusssichere Weste zu tragen.

Aus den Augenwinkeln nahm er eine Bewegung wahr.

Nie und nimmer war dieses Balg von ihm. Dieser ... Chinesenbastard!

Karina schaute aus dem Fenster, während der Knirps auf ihrem Schoß thronte und sein Babyfäustchen gen Decke reckte, wo die Sonne Schattenspiele veranstaltete.

Die Luft im Raum war zum Schneiden.

Da ging die Tür auf. Ein Arzt trat ein. Ein Arzt mit Mandelaugen. Fela stockte der Atem.

Der Mediziner trug einen ehemals weißen Kittel mit Flecken in undefinierbarer Farbe darauf. Rot würde auf einen Chirurgen hinweisen, gelbliches Braun auf einen Urologen, Dunkelbraun auf Kaffee. Diese hier waren dagegen Lila. Aber Fela hatte andere Sorgen als eine simple Fleckendiagnose.

»Guten Tag, mein Name ist Dr. Wong. Sehr erfreut.« Der Arzt reichte ihnen die Hand.

Felas Stirn legte sich in Falten. Er gehörte nicht zu denen, die an die große Weltverschwörung glaubten. Aber ganz ehrlich: Ein Asiate hatte den Vaterschaftstest durchgeführt? In Fela kochte die Ursuppe verletzter Männlichkeit hoch. Wollte dieses Schlitzauge ihm *seinen* Bastard unterschieben? Steckten Wong und Karina unter einer Decke? Bildlich und buchstäblich? Für wie blöd hielten die ihn eigentlich?

Fela verschränkte die Arme und guckte grimmig. Und wenn ein sehr großer, sehr schwarzer Mann grimmig guckte, dann war das schon Furcht einflößend, weswegen Prominente ja mit Vorliebe sehr große, sehr schwarze Männer als

Bodyguards anheuerten. Ja, ein beängstigender Anblick. Auch wenn dieser spezielle sehr große, sehr schwarze Mann ein niedliches gelbes Teletubby-T-Shirt trug.

Dr. Wong schien von alledem nichts zu bemerken. »Also gut, was haben wir denn hier?«, sagte er und summte leise in seinen nicht vorhandenen Bart. *Chasing Pavements* von Adele. Oder *Back to Black* von Amy Winehouse. Oder was ganz anderes. Summen zählte eindeutig nicht zu Dr. Wongs Fähigkeiten. Karina hoffte doch sehr, dass er wenigstens das Vaterschaftsbestimmen beherrsche.

Karina und Fela hielten den Atem an.

Baby Fela krähte fröhlich.

Eine Fliege summte.

»Wo ist denn gleich wieder meine Brille?« Der Arzt tastete seinen Kittel ab, zog eine altmodische Nickelbrille hervor, setzte sie sich umständlich auf die Nase, schlug die Akte auf, die er mitgebracht hatte, sah prüfend hinein und fischte dann einen Laborbericht aus einer Plastikschale mit der Aufschrift EINGANGSPOST. Auf die sich gleich darauf die Fliege niederließ und ungeniert Insektenkörperhygiene betrieb.

»Aha«, konstatierte Dr. Wong. »Ein Vaterschaftstest.«

Fela brummte. Was war dieser Wong: Koreaner? Japaner? Chinese? Und wie komisch er redete! Dem sollte er glauben? Er würde das Ergebnis auf jeden Fall anfechten.

»Woher kommen Sie eigentlich?«, verlangte Fela ungehalten zu wissen. »Sie sprechen so seltsam.«

Die Fliege flog auf.

»Fela!«, sagte Karina vorwurfsvoll.

Dr. Wong sah auf. »Ich? Aus Dohna bei Dresden. Ich bin Sachse.«

»Hm.« Ja, jetzt hörte Fela es auch. Sächsisch. Dennoch witterte er immer noch ein Komplott. Andererseits wusste er auch, was Karina von der sächsischen Sprache hielt. Sie musste immer kichern. Allmählich kamen Fela Zweifel, ob sie wirklich mit diesem Wong geschlafen hatte. Man kann nicht dauerkichern und gleichzeitig Liebe machen. Verdammt, das war alles so kompliziert!

Fela wollte keine Kinder. Jetzt jedenfalls noch nicht. Wenn er Lust auf ein Kind verspürte, spielte er mit seinem kleinen Bruder Mozes, einem Nachzüglergeschwisterchen von gerade mal zehn Jahren, Cowboy und Indianer oder Marsmensch und Venusianer. Bloß kein eigenes Kind! Mein Gott, Fela hatte weiße Sitze in seinem Vintage-Käfer, die würden durch so ein Balg doch sofort ruiniert!

»Herr Nneka und Frau Seifferheld ...«, las Dr. Wong ab und raschelte mit Papier. »Ah ja, und Baby Fela junior. Dutzi, dutzi, dutzi ...« Er winkte dem gelben Wonneproppen quer über den Schreibtisch zu.

Fela junior gurgelte, strampelte glücklich mit seinen dicken Beinchen, verzog das Gesicht zu einem breiten Lächeln und gab »A-A-A«-Laute von sich.

Karina schluckte schwer.

Fela auch.

Die Fliege summte.

Dr. Wong nickte bedächtig. »Nun ja, schon die optische Erstdiagnose ist eindeutig, nicht wahr? Herr Nneka, der Test zeigte, dass Sie nicht der Vater dieses Kindes sein können.«

»Ich wusste es!« Fela sprang auf, hob beide Arme und hüpfte wie Rumpelstilzchen durch das Büro.

Die Fliege suchte Schutz auf der Vorhangschiene über dem Fenster.

Karina schüttelte ungläubig den Kopf. »Aber ... aber ...« Weiter kam sie nicht.

Der Arzt hob eine Hand. »Einen Moment, bitte.«

Eine Träne kullerte aus Karinas rechtem Auge.

Fela hielt im Triumphhüpfen inne.

»Der Test zeigt auch, dass das Kind mit 100-prozentiger Sicherheit nicht von Ihnen sein kann, Frau Seifferheld.« Der Mediziner schürzte die Lippen. »Da kann es zu meinem Bedauern nur eine einzige Erklärung geben: Das Baby muss bei der Geburt vertauscht worden sein.«

Karina und Fela starrten ihn an.

Dr. Wong zuckte mit den Schultern.

»Quatsch«, erklärte Fela. »Ich hab's doch mit eigenen Augen rausschlüpfen sehen, und da war es schon gelb und mandeläugig. Also, eigentlich nicht gelb, sondern voll farbloser Schmiermasse, aber definitiv mandeläugig. Das ist auf jeden Fall Karinas Kind.«

Der Arzt runzelte die Stirn und blätterte durch die Papiere in der Akte. »Sind Sie sicher?«

»Natürlich ist er sicher. Fela junior ist mein Sohn. Aber seiner auch!«, bekräftigte Karina.

Sie klang trotz allem ruhig und gefasst. Das war nicht mehr die stürmische Karina aus alten Aktivistentagen. Sie färbte sich die Haare nicht länger in fluoreszierenden Farben, die die Natur nicht für menschliches Haupthaar vorgesehen hatte, weil sie nämlich Angst hatte, dass Farbpigmente in die Muttermilch geraten und ihr Baby vergiften könnten. Und sie brüllte auch nicht mehr wütend herum, wenn ihr etwas nicht passte, so wie jetzt, weil sie dadurch Klein Fela erschrecken könnte, und das durfte nicht passieren. Also bewahrte sie eine Karina-untypische, ja fast schon übermenschliche Contenance und wiederholte nur noch einmal: »Glauben Sie mir, Dr. Wong, dieses Baby hier ist unser beider Kind, also das von Fela und mir.«

Fela war von dem ganzen Durcheinander so genervt, dass er nicht widersprach.

»Hoppla«, meinte der Mediziner und hob die Augenbrauen. »Stimmt, ich habe da tatsächlich etwas durcheinandergebracht. Der Laborbericht gehört gar nicht zu Ihrer Akte. Na, das werden wir gleich haben. Einen Moment.«

Dr. Wong lief aus dem Zimmer und kam ewig nicht wieder.

Karina und Fela sahen sich an und rollten mit den Augen. Ein seltener Augenblick der Einigkeit.

Baby Fela gluckste.

Das Insektensummen war nicht mehr zu hören, wahrscheinlich war die Fliege auf Dr. Wongs Schulter aus dem Zimmer gesurft.

Deutschlands bekanntestes Drei-Gänge-Menü:
Bratwurst
Brötchen
Senf

Der Mord-zwo-Stammtisch, dem Seifferheld trotz seines berufsunfallbedingten Vorruhestandes die Treue hielt, traf sich normalerweise immer abends in der *Sonne* zu Kutteln und

Bier. Aber es lag ein Notfall vor. Seifferheld hatte seine Ex-Kollegen von der Mordkommission daher spontan zum Mittagessen eingeladen. Und zwar am besten Imbissstand von ganz Hall: *Merz* am Haalplatz.

Vor Jahren – ach was, Jahrzehnten – hatte man bei *Merz* Pommes und Würste noch aus einer Art Wohnwagen mit Herdplatte heraus verkauft. Zumindest in der Erinnerung von Siegfried Seifferheld. Mittlerweile gab es ein hochmodernes Imbisshäuschen mit viel Glas, einem Schrägdach und einladenden Tischen an der Seite, an denen man sich niederlassen konnte.

Der Mord-zwo-Stammtisch setzte sich jedoch geschlossen auf die Haalmauer mit Blick auf den Kocher, wie zu Pubertätszeiten, nur dass sie nicht wie damals kifften und Asbach Uralt mit Cola tranken, sondern ihre diversen Fleischwaren aßen und alkoholfreies Bier dazu tranken. Sie mussten ja alle noch arbeiten.

Kulinarisch hatten sich die Jungs für die markig-männlichen Klassiker entschieden: Currywurst mit Brötchen, Schaschlik mit Brötchen und Steak mit Brötchen. Nur Bauer zwo wählte ein Frauengericht: drei Reibekuchen mit Apfelmus. Aber Bauer zwo hatte ja auch eine Minipli-Dauerwelle. Es ging das Gerücht, dass er sich sogar einmal die Woche die schwielige Hornhaut von den Füßen raspelte. Bauer zwo war einfach kein richtiger Kerl. Aber er war der Assistent der Chefin und mithin eine zu duldende Notwendigkeit.

»Jungs, ich brauche eure Hilfe«, fing Seifferheld an.

Hovawart Onis saß in Habachtstellung zu seinen Füßen. Er hoffte auf gelegentliche Fleischhappen.

»Siggi, ich fühle mich von dir missbraucht. Du scheinst

nur zum Mord-zwo-Stammtisch zu kommen, wenn du was brauchst«, jammerte Dombrowski mit übertriebenem Tremolo in der Stimme.

»Sagt einer, der gar nicht richtig zum Mord-zwo-Stammtisch gehört«, wandte Wurster ein. Nicht ganz zu Unrecht, weil Dombrowski eigentlich für die Sitte tätig war, aber wenn man nur oft genug uneingeladen bei einem Stammtisch auftauchte, gehörte man irgendwann eben doch dazu. Vor allem, wenn man regelmäßig eine Runde Bier ausgab, und das tat Dombrowski. An diesem Mittag hatte er für das *Haller Löwenbräu Meistergold Alkoholfrei* gelöhnt, das sie alle gerade tranken. Nun ja, alle außer Bauer zwo, der trank ein Gläschen Holundersekt.

Was sich liebt, das neckt sich, das wusste Seifferheld. Darum ging er gar nicht weiter auf Dombrowskis Zwischenruf ein, sondern warf Onis ein Currywursträdchen zu und erzählte seinen Ex-Kollegen von Rani Chopra, dem verschwundenen USB-Stick und der geplanten Entführung des Kulturattachés.

Als er geendet hatte, herrschte erst mal Schweigen.

Man hörte nur das Kauen von Bauer zwo, der wie immer mit offenem Mund aß. Womöglich brauchte er die Abkühlung durch den geöffneten Mundraum, weil er auch an diesem heißen Tag seine obligatorische lila Motorradlederkluft trug. Zog er die überhaupt jemals aus? Zum Schlafen? Zum Duschen?

»Habt ihr bezüglich des Besuchs von Kulturattaché Johar irgendetwas von den Kollegen gehört? Gibt es besondere Sicherheitsvorkehrungen wegen einer möglichen Entführung?«, fragte Seifferheld.

Alle schüttelten die Köpfe, auch Onis, allerdings nicht verneinend, sondern spekulierend, aus welcher Richtung der nächste Fleischhappen angeflogen kommen könnte. »Allzeit bereit!« lautete das Motto der Pfadfinder und hungriger Hovawarts.

»Über den Schreibtisch der Chefin ging nichts, von wegen Entführung«, sagte Bauer zwo und warf Onis ein Stück Reibekuchen zu. Aber als Gourmethund war man ja nicht verpflichtet, alles zu fressen. Der Reibekuchenhappen fiel zu Boden, wo sich gleich darauf zwei vorwitzige Spatzen auf ihn stürzten.

»Ähem, Siggi«, fing Van der Weyden zögernd an und kratzte sich seinen Dreitagebart am Kinn. Rogier war im Rahmen eines europäischen Austauschprogramms nach Hall gekommen und der Liebe wegen geblieben. »Nichts für ungut, aber hast du einen umfassenden Backgroundcheck von Frau Chopra gemacht? Ich meine, da kann ja jeder kommen und behaupten, es sei eine ganz große Kiste geplant. Wenn sie das den Kollegen in Berlin gemeldet hat, und die haben nichts weiter unternommen, werden die schon ihre Gründe gehabt haben.«

Backgroundcheck.

Hm.

Seifferheld kam sich auf einmal sehr alt und unfähig vor. Früher wäre das sein erster Gedanke gewesen, aber irgendwie hatte er angenommen, dass seine Marianne – investigative Journalistin, die sie war – das schon erledigt hatte und gewissermaßen für Rani Chopra bürgte.

»Genau, diese Frau Chopra könnte irgendeine dahergelaufene Verrückte sein«, warf Bauer zwo ein. »Vielleicht will sie nur von sich ablenken und plant selbst die Entführung des Kulturattachés!«

Kollege Wurster, wegen seiner durchgängig roten Körperbehaarung auch der »Bärenmarkenbär« genannt, schüttelte den Kopf. »Leute, wir lassen unseren Siggi nicht im Stich. Wenn er glaubt, dass begründete Verdachtsmomente vorliegen, dann stehen wir wie ein Mann hinter ihm. Okay, der Kulturattaché soll morgen Mittag einfliegen. Wir passen auf ihn auf. Wer von euch kann sich freinehmen?«

»Ich bin morgen nach Stuttgart beordert. Dauerthema Stuttgart 21.« Rogier Van der Weyden zuckte entschuldigend mit den Schultern und weil er fand, dass ihn die Schutzwesten in letzter Zeit dick aussehen ließen, überließ er Onis den Rest seines Steaks.

Ein Hund im Glück.

»Mist!«, rief Dombrowski entsetzt, nachdem er einen Blick auf den Terminkalender in seinem Smartphone geworfen hatte. »Morgen ist mein zwanzigster Hochzeitstag. Mein zwanzigster! Völlig vergessen. So eine Scheiße! Ich hab nix vorbereitet. Ich hab auch kein Geschenk. Scheiße, verdammte! Was jetzt?« Er starrte seine Kollegen mit weit aufgerissenen Augen an, warf einen Blick auf seine Armbanduhr, sah wieder hoch und rief: »Schmuck von *Druckenmüller?* Und ein Tisch für zwei im *Schlosshotel Friedrichsruhe?* Das ist doch gut, oder? Ja, das ist gut!« Mit diesen Worten sprang er von der Mauer und lief, ohne sich noch einmal umzudrehen, hektisch in Richtung Innenstadt davon.

Die anderen sahen ihm nach. Man musste sich bei ihm nicht fragen, wie es kam, dass sich ein einfacher Beamter von der Sitte Schmuck vom feinsten Juwelier der Stadt und ein Abendessen in einem mehrfach gesternten Gourmettempel leisten konnte. Dombrowski gehörte mütterlicherseits zu einer der ältesten Familien von Schwäbisch Hall und schwamm im Geld. Was man nicht glauben würde, wenn man ihn in seinen zerschlissenen Jeans und seinen gelben Genscher-Gedächtnis-Pullundern sah.

Seifferhelds schnelle Eingreiftruppe schrumpfte. Flehentlich sah er Wurster an. »Und?«, fragte er schließlich.

Wurster schnitt eine Grimasse. »Das ist mir jetzt peinlich, aber ...« Er starrte sehr angestrengt seine leere Pappschale an, in der sich nur noch ein paar Ketchupschlieren befanden. »Ich habe morgen einen Termin im Diak. Ein Eingriff ...« Sein Adamsapfel hüpfte.

Das war ein Schock. Seifferheld legte ihm die Hand auf die Schulter. »Nichts Besorgniserregendes, hoffe ich?« Er erinnerte sich noch gut daran, wie hilflos man sich fühlte, wenn man in die Hände der Schulmedizin geriet und Teil einer stetig voluminöser werdenden Krankenakte wurde. Und wie zutiefst frustrierend es war, dass die Kassen die teure Apparatemedizin bezahlten, nicht aber die menschliche Arbeit, also etwa ein langes Diagnosegespräch. Man wurde in irgendeine Monstermaschine geschoben und durchleuchtet und kartographiert. Krankenhäuser erinnerten mittlerweile an eine Automechanikerwerkstatt, in der an einem herumgeschraubt wurde, jedoch nicht von echten Heilern, sondern allenfalls von gut geschulten Behandlern.

Wurster schluckte schwer und sah über seine Schulter auf den Kocher, der an diesem Tag träge in der Hitze dahinfloss. »Also ...«

Onis stupste Wursters Bein mit der Schnauze an. Nein,

nicht die mitfühlende Geste eines sensiblen Tieres, das spürte, wenn ein Mensch seelische Pein litt. Vielmehr ein ungeduldiges Stupsen, das besagte: »Jetzt reich mir endlich deine Pappschale, Alter, damit ich sie ausschlecken kann.«

»Du bist unter Freunden, uns kannst du alles sagen«, ermunterte Seifferheld seinen Ex-Kollegen Wurster. Er kannte den Mann nun schon seit zehn Jahren, war bei der Taufe seines Sohnes Denis gewesen. Wursters Gesicht war eines der ersten gewesen, die er nach dem künstlichen Koma, in das man ihn nach der Schussverletzung versetzt hatte, gesehen hatte. Gleich nach dem des Chefarzts, seiner Tochter, seiner Schwester, seiner Chefin, der Oberschwester, des Assistenzarzts, seines Bruders, seiner Schwägerin und ... hm ... jedenfalls stand Wurster ihm nahe.

»Wenn wir irgendetwas für dich tun können, jederzeit!« Seifferheld blickte ihn besorgt an.

Wurster kam langsam in das Alter, wo alles möglich war, allerdings im negativen Sinne: Altersdiabetes? Hämorrhoiden-Thrombose? Prostatakrebs? Früh einsetzende Alzheimer-Demenz?

Wurster leckte sich über die trockenen Lippen. Er rutschte von der Haalmauer und straffte die Schultern. »Ich lasse mir die Ohren anlegen.«

Bauer zwo kicherte.

»Sei du bloß ruhig, wir wissen doch alle, dass du dir die Lippen hast aufspritzen lassen!«, fauchte Wurster. »Es ist nie zu spät, um das Beste aus sich herauszuholen!«, erklärte er und stapfte wütend davon.

Seifferheld sah ihm nach.

Bauer zwo hörte auf zu kichern und schlug Seifferheld

kräftig auf die Schulter. Da er seine Reibekuchen mit der Hand gegessen hatte und die Hand seitdem nicht in Berührung mit einer Serviette gekommen war, zierte daraufhin ein fettiger Handabdruck den Rücken von Seifferhelds gutem Sommerhemd. Typisch für den Minipli-Mann im Lederdress.

»Keine Sorge, Siggi. Ich bin dabei!«, gelobte Bauer zwo. »Morgen retten wir zwei beide den indischen Kulturattaché!«

Seifferheld zwang sich zu einem dankbaren Lächeln.

Zeit ist relativ.

Wann immer man das Gefühl hat, die Welt drehe sich zu rasch und die Zeit vergehe wie im Flug und überhaupt werde alles immer schneller und schneller, muss man sich nur in das Wartezimmer eines Arztes begeben. Wartezimmerwarten heißt, den Begriff der Endlosigkeit wahrhaft begreifen lernen.

Dr. Wong, der eigentlich nur schnell das richtige Laborergebnis zur Akte Seifferheld/Nneka hatte holen wollen, kam nicht wieder. Dafür kam seine Sprechstundenhilfe, eine echte Diakonisse, die Karina und Fela ins Wartezimmer geleitete und um etwas Geduld bat.

»Ein unvorhergesehenes Ereignis, es kann aber nicht sehr lange dauern«, meinte sie.

Fela und Karina dachten spontan an eine Problemgeburt oder einen Herzstillstand oder etwas in der Art und gelobten sich innerlich, geduldig zu warten.

»Der Kaffeeautomat ist im Flur. Da kann man sich auch heiße Schokolade und Bouillon ziehen«, fügte die Schwester, mit Blick auf die stillende Karina, noch hinzu.

Das Wartezimmer war leer. Will heißen, es waren keine anderen Menschen zugegen. Nur orangefarbene Plastikstühle, ein weißer Beistelltisch mit zerfledderten Magazinen aus dem vorigen Jahrhundert und in der Ecke eine Kiste mit Kinderspielzeug. Die Aussicht aus dem vorhanglosen Fenster war nicht berauschend, obwohl dieses Stockwerk des Diakoniekrankenhauses einen wunderschönen Blick auf das Kochertal freigab, nur leider nicht von dieser Seite des Gebäudes aus. Karina und Fela blickten also nur auf einen relativ kahlen Baumwipfel. Fela junior blickte nirgendwohin, er war selig weggeschlummert.

Wenn eine Frau mit einem Neugeborenen im selben Zimmer sitzt wie der Mann, in dem sie den Vater ihres Kindes sieht, er selbst aber nicht, so ist das nicht die beste Ausgangslage für heiteren Smalltalk. Schwester Franziska, altgedient und problemerfahren, hatte aus diesem Grund auch die Tür zum Wartezimmer offen gelassen, und ihre Hand lag direkt neben dem Knopf, mit dem sie umgehend den Sicherheitsdienst alarmieren konnte.

Aber aus dem Wartezimmer drang anfangs nur Schweigen.

Eisiges Schweigen.

»Wenn du wirklich glaubst, dass ich dich betrogen habe und dann auch noch versuche, dir das Kind eines anderen unterzuschieben, dann hast du mich nie richtig gekannt. Und schon gar nicht geliebt«, sagte Karina schließlich. Sie blickte stur geradeaus.

Fela erwiderte nichts.

»Ich habe mich immer von dir verstanden gefühlt, aber das war dann wohl ein Irrtum.« Karina schniefte.

Fela schwieg.

»Weißt du, es ist nicht leicht für mich. Ich könnte deine Unterstützung wirklich brauchen. Ein Baby zu haben, das ist, als hätte man urplötzlich den schlimmsten WG-Mitbewohner der Welt, eine Art Janis Joplin, die entweder atonal singt oder wahlweise mit bösem Kater und PMS herumläuft. Was bei einem Baby vorn rauskommt, ist laut, und was hinten rauskommt, stinkt.« Karina jammerte sich in Rage.

Fela sagte nichts, riskierte aber einen Blick auf Fela junior, der in diesem Moment friedlich schlummerte und höchst entzückend nach Babypuder duftete.

»Ich hätte nie gedacht, dass mein Kind einen Vater haben würde, der nur bei der Zeugung zugegen ist und sich dann aus dem Staub macht.«

Jetzt wollte Fela etwas sagen, zum Beispiel, dass er ihr neun Schwangerschaftsmonate lang unermüdlich den Rücken gestärkt (wahlweise massiert) und zu jeder Tages- und Nachtzeit Gurken mit Gsälz besorgt hatte, aber genau in diesem Moment trat Dr. Wong ins Wartezimmer und sächselte: »Tut mir leid, tut mir wirklich sehr leid, mir ist jemand gegen meinen Porsche gefahren. Mein normaler Stellplatz ist wegen Bauarbeiten vorübergehend nicht benutzbar, und deswegen musste ich im Parkhaus parken, an einer ganz blöden Ecke ...« Dr. Wong sah die beiden an. »Aber das interessiert Sie gar nicht, richtig? Wenn Sie dann bitte wieder mit in mein Büro kommen wollen ... Lassen Sie uns das mit der Vaterschaft klären.«

Karina und Fela folgten Dr. Wong, wie zwei Lämmer ihrem Schlächter.

»Setzen Sie sich doch bitte. Hier ist also nun der korrekte Laborbericht zu Ihrer Akte.« Dr. Wong nahm hinter seinem Schreibtisch Platz, räusperte sich, zog ein Stofftaschentuch aus einer der Schreibtischschubladen, schneuzte sich, steckte das Taschentuch wieder in die Hosentasche, inspizierte den Bericht, lächelte und sah auf.

Karina krallte sich in den Armlehnen ihres Stuhles fest.

Fela schwitzte sein Teletubby-Shirt durch.

Baby Fela schlief immer noch. Ein kleines Sabberbläschen zerplatzte gerade in seinem Mundwinkel.

»Frau Seifferheld, Herr Nneka, ich gratuliere: Sie sind die Eltern eines entzückenden, gesunden kleinen Jungen!«

»Wie jetzt?« Fela schnappte nach Luft.

»Herr Nneka, Sie sind mit 99-prozentiger Sicherheit der Vater dieses Kindes.« Dr. Wong lächelte breit.

Fela fand ja immer noch, dass sich Wongs Lächeln und das Lächeln des Babys verdammt ähnlich waren.

»99 Prozent? Das heißt doch, dass es immer noch ein sattes Prozent Unsicherheit gibt!«, erklärte Fela.

Karina sah ihn finster an.

Dr. Wong schüttelte den Kopf. »99 Prozent heißt, wenn Sie es nicht waren, kommt nur noch Ihr eineiiger Zwilling in Frage.«

»Fela hat keinen Zwilling.« Das wusste Karina genau.

»Nu denn ...« Dr. Wong stand auf. »Gratuliere!«

»Moment noch, das ist biologisch völlig unmöglich! Sehen Sie sich den Kleinen doch mal an.«

»Ja, ein reizendes Kind«, freute sich Dr. Wong auf Sächsisch und machte wieder »Dutzi, dutzi, dutzi! «, obwohl Fela junior immer noch schlief und gar nichts davon mitbekam.

»Ein asiatisches Kind!«, bellte Fela.

»Kann ein asiatisches Kind etwa nicht reizend sein?« Dr. Wongs Augenbrauen trafen sich mittig über seiner Nase. Das fand er jetzt gar nicht lustig.

»Das meine ich nicht!« Fela runzelte genervt die Stirn.

Dr. Wong und Fela funkelten sich an.

»Herr Doktor«, griff Karina ein, bevor sich die beiden Jungs prügelten. »Wie können denn eine weiße Frau und ein schwarzer Mann ein gelbes Baby bekommen?«

Dr. Wong zuckte mit den Schultern. »Fragen Sie nicht mich, fragen Sie einen Genetiker. Wenn Sie mich jetzt entschuldigen würden? Ich muss mich um mein eigenes ›Baby‹ kümmern und meinen Wagen in die Werkstatt bringen. Lackschäden muss man zeitnah behandeln, sonst bleiben Narben!«

Es ist alles schon gesagt worden, nur noch nicht von jedem.
(Karl Valentin)

Konspirative Sitzung im Hause Seifferheld.

Rani Chopra hatte gekocht. Irgendwas Gemüsiges. Ohne Curry. Aber eindeutig indisch.

Seifferheld schmeckte nichts, weil frisch geschürtes Misstrauen seine Geschmacksknospen funktionsuntüchtig machte: Wer war Rani Chopra? Auf den ersten Blick eine sehr junge, sehr schöne Frau, die ohne eigenes Zutun in eine sehr missliche Lage geraten war und sich, allein in einem fremden Land, nicht wirklich zu helfen wusste. Aber war das wirklich alles?

Irmgard schmeckte nichts, weil sie nichts aß. »Exotische Küche verträgt mein Magen nicht«, erklärte sie, obwohl ihr Magen noch nie Bekanntschaft mit exotischen Gerichten geschlossen hatte und sie es dementsprechend eigentlich gar nicht wissen konnte.

Karina schmeckte nichts, weil sie mit Baby Fela oben in ihrem Zimmer vor dem Computer saß, um Genetiker in der Region Schwäbisch Hall ausfindig zu machen.

Onis schmeckte nichts, weil er kein Gemüse fraß. Fleisch war sein Gemüse.

MaC schmeckte nichts, weil sie gar nicht da war. Ihr Chefredakteur hatte auf den letzten Drücker die brillante Idee entwickelt, doch für den Besuch des Kulturattachés noch schnell eine vierseitige Sonderbeilage zu erstellen. Also, nicht er, sondern natürlich MaC, und so musste sie bis in die Puppen über Mohandra Johar schreiben, den jungen Karrierediplomaten und Vorzeige-Inder aus allerbestem Stall (will heißen aus bester Kaste), der im Westen ebenso zu Hause war wie im Osten und in allen Welten eine extrem gute Figur machte. Den Beweis für Letzteres lieferten die zahlreichen Fotos, die MaC von ihm im Netz gefunden hatte.

Im Gegensatz zu den anderen schmeckte es dafür Bauer zwo. Der war vorbeigekommen, um sich seinen Marschbefehl für das »Kommando Kulturattaché« zu holen, wie er es nannte. Eigentlich hatte er nur fragen wollen, ob sie sich am Flughafen treffen sollten oder hier bei Seifferheld, aber dann hatte er Rani erblickt und hatte sich selbst zum Essen eingeladen.

»Sehr lecker«, sagte er jetzt und er sagte es kauend und mit vollem Mund.

Es nahm Seifferheld sehr für Rani Chopra ein, dass sie Bauer zwos mangelnde Tischmanieren freundlich ignorierte. Ja mehr noch, sie begann aus reiner Höflichkeit, ebenfalls mit vollem Mund zu sprechen. Wie Queen Mum – sie ruhe in Frieden –, die bei einem Festbankett ihre Fingerschale ausgetrunken hatte, weil einer ihrer ausländischen Gäste eben jenen Fauxpas begangen und die Fingerschale für ein Erfrischungsgetränk gehalten hatte, und sie verhindern wollte, dass man den anders sozialisierten Gast verächtlich belächelte: »Ich danke Ihnen sehr. Es freut mich, dass es Ihnen schmeckt.«

Bauer zwo wurde rot.

Seifferheld wusste nicht, wie Bauer zwo es mit Frauen hielt, aber er konnte sich beim besten Willen nicht vorstellen, welche Frau, die auch nur einen Hauch von Selbstachtung besaß, auf Bauer zwo abfahren konnte. Lila-Ledermontur-Fetischistinnen? Minipli-Frisösen?

Rani Chopra wahrte jedenfalls freundliche Distanz. Sie sagte nicht viel und wenn sie etwas sagte, klang es nach Versatzstücken aus einem der Deutschlehrbücher des Goethe-Instituts.

»Wir beschützen den Kulturattaché und retten Ihren Vater«, versprach Bauer zwo, jetzt mit leerem Mund, weil das Gemüse alle war, aber mit einer Stimme, die der des *Terminators* ähnelte, wenn er versprach: »I'll be back.«

Rani lächelte und senkte den Blick. »Ich bin Ihnen zu großem Dank verpflichtet.«

»Kein Problem. Jungen Frauen in Not zu helfen ist doch

meine leichteste Übung.« Bauer zwo strahlte. »Oder wie man in Ihrem Land sagt: ›Hakuna Matata‹!«

Erdkunde.

Nicht die einzige großflächige Wissenslücke in Bauer zwos Gehirn ...

Mitternacht

> *hakuna matata!*
> (Kisuaheli für »null problemo«)*

Im Dschungel kreischten die Affen. Von fern brüllte ein Löwe. Eingeborene trommelten. Kurzum: alles wie immer hier in Äquatornähe. Neben ihm sagte eine erhitzte Frau mit glühenden Wangen: »Ganz ruhig liegen, ich mach das schon. Es tut auch gar nicht weh.«

Helmerich Hölderlein hatte sich von Schwester Marys kleinem Bruder ins nächste Buschkrankenhaus bringen lassen.

Dr. Oima, eine kugelrunde Frau mit rappelkurzen Afrohaaren, spritzte ihm ein Mittel, das zumindest vorübergehend für Entspannung sorgen würde. Und natürlich tat es doch weh. Aber Hölderlein war mittlerweile alles egal. Er wollte nur noch sterben. Die Gase nahmen kein Ende, er hatte schon Muskelkater vor lauter Blähungen. Und er mochte sich selbst nicht mehr riechen.

»Sie sind ein sehr angespannter Mann«, diagnostizierte Dr. Oima und schüttelte den Kopf. »Sie müssen lockerer werden.«

»Das sagt sich so einfach. Ich bin von Natur aus sensibel,

---

* Für alle Bauer zwos dieser Welt: Nein, Kisuaheli ist nicht die Landessprache von Indien.

in jeder Hinsicht.« Hölderlein seufzte. »Ich fürchte, mit dieser Reise habe ich mir doch zu viel zugemutet.«

Dr. Oima nickte. Nicht nur sich hatte der Pfarrer zu viel zugemutet. Der junge Mann, der ihn gebracht hatte, bestand für die Rückfahrt auf einer Gasmaske.

»Morgen sieht alles gleich ganz anders aus«, versprach sie. »Und heute Nacht feiern Sie mit uns.«

Helmerich stöhnte. Ihm war nicht nach Feiern zumute.

Das Buschkrankenhaus – ein langgestreckter, weißgetünchter, einstöckiger Flachbau – diente als medizinische Versorgungsstelle für die ganze Region. Mit Spenden aus dem Ausland hatte vor kurzem eine neue Station angebaut werden können, in der nun unterernährte Kinder versorgt und ihre Mütter in Ernährungsfragen weitergebildet wurden. Die Station war heute eröffnet worden. Schon seit Stunden wurde deshalb gelacht, gesungen, getanzt, gegessen, gefeiert.

»Danke, aber ich glaube, ich brauche meine Ruhe.« Hölderlein seufzte schwach.

»Nein, brauchen Sie nicht. Dann grübeln Sie nur, und Grübeln ist des Teufels. Sie kommen jetzt mit mir.« Dr. Oima hatte in Heidelberg Medizin studiert und sprach sehr gut Deutsch. Und sie sprach noch eine andere Sprache, die Helmerich Hölderlein wohlbekannt war: die Sprache strenger Weiblichkeit. »Auf jetzt! Wir gehen uns amüsieren!«

Helmerich Hölderleins Adamsapfel hüpfte. Versonnen sah er Dr. Oimas ausladendem, sehr weiblichem verlängertem Rücken hinterher. Aber er war ja jetzt verheiratet, wie ihm plötzlich siedend heiß einfiel. In letzter Zeit hatte er nur an seinen Verdauungstrakt und nicht an Irmi gedacht.

Galt es schon als Ehebruch, wenn man in fernen Ländern mit fremden Frauen feierte? Hier im Buschkrankenhaus waren fast ausschließlich Frauen tätig. Die Bibel sprach zwar nur davon, dass man Fremdfrauen nicht begehren sollte, aber Pfarrer Hölderlein wollte lieber immer auf Nummer sicher gehen. »Ich kann nicht«, sagte er deshalb.

»Klar können Sie.« Widerspruch war zwecklos. Als er keine Anstalten machte, Dr. Oima zu folgen, kam sie zurück, packte ihn am Arm und führte ihn nach draußen, wo ein riesiges Lagerfeuer brannte.

Es war schon mitten in der Nacht, einige Partygäste aßen im Freien, andere machten auf fremdartigen Instrumenten Musik und sangen und klatschten rhythmisch dazu. Keiner der Krankenhauspatienten schien sich zu beschweren, höchstens die Vögel, die in einem angrenzenden Baum schlafen wollten und laut zwitschernd protestierten. Oder auch mitsangen, das war nicht genau zu deuten.

»Hier, rasseln Sie«, sagte Dr. Oima und drückte Pfarrer Hölderlein eine Kayamba in die Hand.

»Ich verstehe nichts von Musik«, räumte Helmerich Hölderlein ein. Das war nicht gelogen. Als sich sein Organist einmal einen Spaß erlaubt und am Ende des Gottesdienstes statt einer Bach-Kantate *Smoke on the Water* von Deep Purple georgelt hatte, hatte Hölderlein nichts bemerkt. Erst als sich seine Gemeindeschäfchen rhythmisch auf den Kirchenbänken gewiegt und manche von ihnen brennende Feuerzeuge oder leuchtende Handydisplays geschwenkt hatten, wuchs in ihm der Verdacht, dass irgendetwas nicht stimmen konnte.

»Völlig egal«, sagte Dr. Oima, »lassen Sie sich einfach fallen.«
Und das tat Hölderlein.

Er setzte sich ins Gras zu den anderen. Anfangs rasselte er noch verhalten in einem diffusen Paralleltakt. Doch nach und nach näherte er sich immer mehr der tatsächlich gespielten Musik an. Sein Rasseln wurde immer leidenschaftlicher. Er rasselte und rasselte. Jemand reichte ihm ein Glas Wasser, und er leerte es auf ex. Und rasselte. Und rasselte noch mehr. Und rasselte, bis der Morgen graute. Dann erst fiel ihm die Rassel aus der Hand, und er sackte nach hinten und schlief sofort ein. So wie er war, auf afrikanischem Boden, ohne Angst vor Käfern, die ihm ins Ohr krabbeln könnten. Und seit Stunden ohne einen einzigen Furz.

Die Sonne Afrikas ging über einem völlig neuen Helmerich Hölderlein auf.

In sechstausend Kilometern Entfernung stöhnte Irmgard Seifferheld-Hölderlein ahnungsvoll im Schlaf ...

Voll enthemmt auf Kukident

»Was hast du gerade an?«, gurrte Seifferheld in den Hörer.

Er meinte zu hören, wie MaC sich in ihrem Bett räkelte.

»Nichts außer *Chanel No. 5*«, gurrte sie zurück.

Seifferheld seufzte wohlig auf. Er sah sie förmlich vor sich, im Evakostüm, französisch duftend. Völlig ohne Zuhilfenahme von chemischen Mitteln wurden Teile seines Körpers daraufhin lebendig.

»Sei doch kein Idiot, du weißt, wie kalt es mir im Bett immer ist!«, unterbrach MaC seine unzüchtigen Gedanken. »Ich trage Wollsocken und einen Flanellpyjama. Und jetzt erzähle, was du heute herausgefunden hast!«

Es war ein bisschen gemein, Siggi dermaßen anzulügen. Sie hatte geschwindelt, sie trug wirklich absolut gar nichts. Die Nacht war einfach zu heiß und zu schwül. Aber für Telefonsex war sie zu kaputt und nicht in der richtigen Stimmung.

»Siggi?«, fragte sie kurz darauf, weil keine Antwort kam.

»Ja doch, ich muss erst kurz abkühlen.«

MaC kicherte. »So heiß, wie es gerade ist, kann das Stunden dauern.« Sie wackelte mit den Zehen. »Jetzt erzähl schon, was hast du heute herausfinden können? Haben dir deine Stammtischkumpel ein paar brauchbare Informationen geliefert?«

Seifferheld holte tief Luft. »Liebes, hast du Rani Chopra eigentlich jemals unter die Lupe genommen?«

»Wie bitte?« MaC hatte erwartet, dass er ihr Flugplanänderungen, Einsatzkräfteaufstellungen, Sicherheitsdetails und dergleichen mehr anvertrauen würde. Aber das hier lief in die falsche Richtung. Eine Frage mit einer Gegenfrage zu beantworten, wie unbefriedigend war das denn?

Seifferheld zögerte. »Hast du versucht, etwas über sie herauszufinden? Über ihre Herkunft? Was sie hier in Deutschland macht?«

»Du verdächtigst Rani, dass sie etwas mit der Entführung zu tun hat?« MaC pustete sich eine Locke aus dem Gesicht.

»Nein, das tue ich nicht, ich deute allerhöchstens an, dass es womöglich gar keine Entführung geben wird und sie sich das alles nur einbildet«, sagte Seifferheld, leise, damit die Inderin ihn nicht hörte. Aus Angst vor möglichen Übergriffen schlief sie immer noch im Gästezimmer. Bei offener Tür und mit Onis als persönlichem Bodyguard auf dem Flokati vor ihrem Bett.

Am anderen Ende der Leitung hörte Seifferheld ein sehr

typisches, ihm wohlbekanntes Klopfgeräusch. Wenn MaC wütend wurde, brauchten ihre Fingerknöchel immer eine Unterlage, auf der sie Knöchelplattler tanzen konnten.

»Ich höre ja wohl nicht recht! Rani Chopra ist eine emotional aufgewühlte Frau in großer seelischer Not. Vertraust du meiner Menschenkenntnis etwa nicht mehr?«

Seifferheld hatte Mariannes Menschenkenntnis noch nie vertraut. Bauchgefühle wurden seiner Meinung nach sträflich überschätzt und die Bauchgefühle von Frauen sowieso.

»Natürlich vertraue ich deiner Menschenkenntnis«, log Seifferheld, der zwar ein ehrlicher, wahrheitsliebender Mann war, aber wenn er in diesem Leben noch einmal seinen Frieden mit MaC haben und ihre nach Chanel duftende Halskuhle schnuppern wollte, musste er jetzt schleunigst nachgeben. »Ich dachte nur, dass man aus ihrer Lebensgeschichte möglicherweise eine Verbindung zu den Verbrechern herstellen könnte«, improvisierte er in Lichtgeschwindigkeit. »Rani hat doch erzählt, dass ihr Vater in der Botschaft arbeitet und ein belastendes Gesprächsprotokoll auf einem USB-Stick speichern konnte, bevor er kurz darauf spurlos verschwand. Aber wie konnte er bei dem Gespräch zugegen sein? Sind ihm die Entführer persönlich bekannt, vielleicht sogar mit ihm verwandt? Dafür spricht doch, dass er untertauchen musste. Oder selbst das erste Opfer der Entführung wurde.«

Puh, gerade noch mal gutgegangen.

MaC schwieg. Ein gutes Zeichen. Sie konnte sich seiner Argumentationskette offensichtlich nicht entziehen. Gut so.

»Bevor wir morgen Mittag zum Flughafen fahren und uns der Lächerlichkeit preisgeben oder sogar für einen internationalen Zwischenfall sorgen, solltest du deine zauberhafte

Journalistinnenspürnase in Ranis Vergangenheit stecken«, bat Seifferheld noch leiser, weil er ein Knacken auf der Holztreppe gehört zu haben meinte.

MaC atmete tief aus. Sie ärgerte sich, dass sie den heutigen Tag – auf Anweisung ihres Chefredakteurs – mit albernen Artikeln für die Sonderbeilage verplempert hatte. Stunden hatte sie damit zugebracht, über die indische Lebensart zu schreiben und Interviews mit Haller Bürgern zu führen, die schon einmal in Indien waren (und deren gab es verdammt viele, die Haller waren seit alters reisefreudig, was man auch in der Rathausbibliothek nachlesen konnte). »Du hast recht. Ich stelle mir den Wecker auf Morgengrauenalarm und versuche herauszufinden, was es über Rani herauszufinden gibt.«

»Danke. Du bist wunderbar«, säuselte Seifferheld und legte sich in Position. »Und? Trägst du wirklich gerade deinen Pyjama? Oder vielleicht doch eher nichts …«, erkundigte er sich anzüglich.

»Siggi, ich muss jetzt schlafen!«, sagte MaC und legte auf.

Na schön, dann eben kalt duschen. Seifferheld hätte nie gedacht, dass er das in seinem hohen Alter noch mal nötig haben würde.

Er grinste.

Ich gehe zu Bett, mache das Licht aus, denke
»Die können mich doch alle mal kreuzweise« und schlafe ein.
(Winston Churchill)

Fakten schaffen, dachte Bocuse. Diese ganzen Regularien, der Behördenkram, diese bürokratischen Schwachsinnigkeiten, das durfte man nicht so ernst nehmen. Unbedenklichkeitsbescheinigung vom Finanzamt, pah. Führungszeugnis vom Einwohnermeldeamt, noch mal pah. Teilnahme an einem Kurs in Infektionsschutz beim Gesundheitsamt, pah, pah, pah. Das ließ sich alles irgendwie arrangieren.

Übermorgen würde er sein Bistro eröffnen und damit basta! Okay, er würde es unter dem Namen von Klaus eröffnen müssen, damit ihm die französischen Behörden nicht auf die Schliche kamen, aber es war sein Traum, der da wahr wurde. Sein Bistro würde wie eine Bombe einschlagen, und dann würden sich diese Bürokratennasen nicht trauen, sein florierendes Klein-Paris wieder zu schließen. Zeugnis hin, Bescheinigung her.

Pah!

**Am besten heilt man Schlaflosigkeit
durch jede Menge Schlaf.
(W. C. Fields)**

Rani Chopra schlich die Treppe hinunter. Nicht lautlos, denn nicht einmal ein Leichtgewicht wie sie konnte das Knarzen der uralten Holzstufen verhindern. Und da Hovawart Onis, ein Schwergewicht unter den Hunden, ihr folgte, klang es sehr nach einem Knarzkonzert in ges-Moll oder so, als ergösse sich eine Gerölllawine aus dem zweiten Stock des Seifferheld-Hauses hinunter ins Erdgeschoss.

Rani konnte nicht schlafen, und Onis folgte grundsätzlich jedem, der in Richtung Küche unterwegs war, denn es könnte ja etwas für ihn dabei abspringen. Ein Saitenwürstle zum Beispiel oder ein Hundekeks oder ein Abenteuer.

Rani, die nicht vorhatte, irgendwann noch einmal in ihr Zimmer im Studentenwohnheim zurückzukehren, trug einen alten Pyjama von Susanne, der ihr zu groß war, und einen grottenhässlichen Morgenmantel, den ihr Irmgard aus Gründen der Schicklichkeit aufgezwungen hatte. Aber Rani war nicht eitel. Trotz ihrer Schönheit. Oder vielleicht gerade deshalb.

In der Küche öffnete sie den Kühlschrank und sah erst einmal nichts – ein typischer Männerkühlschrank. Immerhin entdeckte sie grünen Salat im Gemüsefach. Rani lächelte. Sich Salat mit Öl anzumachen war in Indien nicht üblich, und sie fand die Angewohnheit immer noch lustig. Neben dem Salat lag noch ein Rest Gelbwurst, den sie Onis zuwarf, und schließlich Milch, die sie sich aufwärmte.

Dann lauschte sie in die Nacht hinaus. Das Haus lag im Tiefschlaf. In Deutschland war es oft still, das kannte sie aus Mumbai gar nicht. Und aus London auch nicht. Hier war alles viel durchstrukturierter, dort alles viel chaotischer. Sie liebte das lebendige Chaos ihrer beiden Heimatländer, aber die Stille tat bisweilen auch gut. Man konnte viel besser nachdenken. Zum Beispiel über dieses alte Fachwerkhaus, in dem sie gerade wohnte und das förmlich Geschichte zu atmen schien.

Ihr Gästezimmer lag unter dem Dach, gleich neben dem Raum, den die Nichte ihres Gastgebers mit ihrem Baby bewohnte.

Im Stockwerk darunter befanden sich drei relativ große Zimmer, die bis vor kurzem noch von Siggi Seifferhelds

Tochter belegt gewesen waren und in die, bis auf eines, dann MaC und Seifferheld gezogen waren. Aber die Journalistin schlief ja jetzt wieder in ihrer alten Wohnung.

Rani schürzte angesichts dieses Gedankens die Lippen. Wenn sie erst einmal so alt war, würde sie kein so wildes Liebesleben pflegen, heute hier, morgen da, und das mit einem Mann, der nicht der eigene war. Das gehörte sich nicht für Greise, die jungen Menschen ein Vorbild sein sollten. Was das betraf, war Rani erzkonservativ. Man hatte zeitig zu heiraten, sollte Kinder bekommen und bis ans Lebensende zusammenbleiben. Fertig!

In dieser Hinsicht war sie ganz einer Meinung mit Irmgard Seifferheld, die wohl gerade Strohwitwe war und im Erdgeschoss schlief. Man konnte sie bis in die Küche schnarchen hören. Bei alten Menschen wurde ja die Muskulatur im Rachenraum schwächer, und die weichen Gaumenteile vibrierten im Luftzug des Atems zunehmend lauter, das kannte Rani von ihrer Großmutter väterlicherseits, deren nächtliches Sägen in ganz Mumbai legendär geworden war.

Rani seufzte. Ob sie ihre Großmutter jemals wiedersehen würde? Was würde der morgige Tag wohl bringen?

Mit ihrem Glas Milch in der Hand trat sie auf den Flur hinaus. Hier gab es eine Tür, die nach unten führte, allerdings nicht in einen feuchten, modrigen Keller, sondern in eine leerstehende, teilmöblierte Souterrainwohnung. Die Seifferhelds dachten immer mal wieder daran, die Wohnung zu vermieten, zum Beispiel in den Sommermonaten an Schauspieler der Freilichtspiele, aber da es keinen separaten Eingang gab und die potenziellen Mieter durch den Seifferheldschen Flur hätten laufen müssen, war das keine gute Lösung, es sei denn, die Mieter ließen das Fenster angelehnt und gelangten auf diesem Weg in die Wohnung.

Aber da es zwischen den Familienmitgliedern andauernd zu kriseln schien, war es ja nur von Vorteil, wenn unten noch Wohnraum frei blieb. Schließlich war bei dieser Sittenlosigkeit beinahe täglich damit zu rechnen, dass Susanne oder Irmgard ihre Männer verließen. Oder vielleicht brütete Karina noch mehr außerehelichen Nachwuchs aus, der dann Wohnraum benötigte.

Unwillkürlich schüttelte Rani den Kopf.

Sie hatte andere Vorstellungen von Familienleben. Und von der Ehe. Eine Ehe, die sie hoffentlich mit Mohandra Johar eingehen würde, den sie während ihrer Studienzeit in England kennengelernt hatte. Liebe auf den ersten Blick! Ein schöner, kluger, edler Mann aus bester Familie. Sie würde ihm wunderbare Kinder schenken und bis ans Ende ihrer Tage glücklich mit ihm sein. Mehr erhoffte sie sich nicht vom Leben. Ja, sie kamen aus verschiedenen Welten, es galt, Widerstände zu überwinden und Hürden zu nehmen, aber sie hatte oft genug *Pretty Woman* und *Notting Hill* und *Tatsächlich ... Liebe* und *Scary Movie* Teil vier im Kino und auf DVD gesehen.

Die Liebe konnte alle Widrigkeiten besiegen und ein gutes Leben möglich machen, aber man musste bereit sein, Risiken einzugehen.

O Mohandra.

Rani seufzte und fasste sich an den Hals. Wenn ihm nur nichts zustieß! Das musste sie verhindern, mit all ihrer Kraft.

Sie trank aus, stellte das leere Glas auf einen der Treppenpfosten und stieg wieder ins Gästezimmer hinauf, wo sie in einen tiefen, traumlosen Schlummer fiel.

Es wird noch ernster!

Aus dem Polizeibericht

Schnarchnasenalarm
Ein 22-Jähriger aus Schwäbisch Hall war derart betrunken unterwegs, dass er auf der Unterlimpurger Straße von hinten auf einen Stadtbus der Linie 9 auffuhr und gleich darauf, noch am Steuer sitzend, einschlief. Verletzt wurde niemand. Gegen den jungen Mann wird Anzeige erstattet.

> **Eine Raucherzone im Restaurant ist wie ein Pinkelbereich im Pool.**

Versifft traf es nicht.

Versifft war es in Klausens Loft mit den Fruchtfliegen und den faulen Äpfeln. Nein, das hier war schlimmer.

Es roch wie nach drei Monaten Müllmännerstreik.

Die Holzstühle stellten schlichtweg eine Gefahr für die Menschheit dar: Schon allein vom Ansehen bekam man Spreißel im Podex.

Abgesehen davon mochte man nicht wissen, was die Flecke an den Wänden verursacht hatte. Manche der Flecke waren pelzig und schienen zu leben ...

»Und? Was sagt ihr, Jüngs? Das ist mein neues Zuausé!« Bocuse drehte sich mit ausgebreiteten Armen zu ihnen um. »Ist es nischt wunderbar?!«

Die Kochkursjungs hatten versprochen, Bocuse bei der Renovierung zu helfen. Aber Streichen und Feudeln half hier nicht, da brauchte es schon eine Kernsanierung.

Die ehemalige Kneipe, die bereits früher unter den Begriff »Schräggastronomie« gefallen war, hatte Bocuse (genauer gesagt Klaus) nach eigener Angabe sehr günstig vom Ex-Wirt erworben. Nicht günstig genug, wie die Kochkursjungs jetzt dachten.

Bocuse spürte ihre mangelnde Begeisterung. »Quoi? In die Änder gespuckt und los geht es! Mit ein wenig Farbé sieht gleich alles ganz anders aus!«

»Ja, Jungs«, rief Klaus und klatschte in die Hände. »Lasst uns die Pinsel schwingen!«

»Ohne Gummihandschuhe fasse ich hier nichts an!«, erklärte Guido Schmälzle, der auch auf seinen Wanderungen penibel auf Sauberkeit achtete und lieber in die freie Natur pinkelte als in ein nicht keimfreies Pissoir eines Gasthauses am Wegesrand.

Dabei hatte Schmälzle die Toiletten noch gar nicht gesehen, und das war auch gut so. Nach deren Anblick würde er nie wieder pinkeln wollen, egal wo.

Klempner Arndt kam in diesem Moment mit Würgereiz aus der Küche in den Schankraum gelaufen. »Ich rate mal ins Blaue hinein: Es handelte sich hier um eine Zwangsschließung durch den Wirtschaftskontrolldienst, richtig?«

Bocuse schnaubte. »Seid ihr Männèr oder Memmen? Wir schaffen das!«

Es half ja alles nichts: Männerkochkursteilnehmer mussten Männerkochkursteilnehmern helfen, so lautete der Volkshochschulehrenkodex.

Arndt, Bocuse, Eduard, Gotthelf, Horst, Klaus und Schmälzle (in alphabetischer Reihenfolge) spuckten daraufhin in die Hände und schmirgelten, schabten und schufteten, was das Zeug hielt.

»Wo ist eigentlich Siggi?«, erkundigte sich Schmälzle hinter seinem Mundschutz, mit einem Hauch von Vorwurf in der Stimme.

»Der rettet mal wieder die Welt«, antwortete Klaus.

Die Männer nickten wissend. Womöglich würde gleich bei einem von ihnen das Handy klingeln – vorzugsweise bei Arndt, den riefen sie alle immer gerne an, weil sie wussten, dass sie ahnungslosen Mitbürgern durch seinen Maschinengewehrklingelton einen Adrenalinschock verpassen konnten –, und Seifferheld würde die Hilfe ihrer geballten Manneskraft anfordern. Alles schon vorgekommen. Zum Beispiel damals, als ihn die verrückte, männermordende Psychopathin in ihrer Küche gefesselt hatte. Oder als sie eine Ladung Kissen in einer Nacht- und Nebelaktion mit der Zieraufschrift *I love Germany* besticken mussten, was bei manch einem zu zerstochenen Fingerkuppen geführt hatte. Was übrigens ähnlich heftig schmerzte, wie wenn man sich an Papier schnitt, von der breiten Öffentlichkeit aber schändlich unterschätzt wurde.

»Pause«, verkündete Bocuse, nachdem sie gefühlte hundert Stunden geschuftet hatten, und ergänzte vollmundig: »Das Bier geht auf misch!«

Was auch stimmte. Allerdings hatte Bocuse nur eine einzige Dose Bier besorgt, die reihum gereicht wurde und schon leer war, bevor sie den Mund von Arndt erreichte, und das, obwohl Schmälzle und Horst sich geweigert hatten, aus einer Dose zu trinken, die schon ein anderer Männermund angesetzt hatte (Herpes! Ebola!).

Nun war Arndt Klempner, und das ist ein anständiger, geachteter Handwerksberuf, aber wie alle Welt weiß (und das hätte auch Bocuse als Franzose wissen müssen), darf man einem Handwerker sein Pausenbier nicht vorenthalten. Das gibt böses Blut.

»Ich geh dann mal los und hole mir was zu trinken«, verkündete Arndt demzufolge finster.

»Du kannst nischt weg!«, protestierte Bocuse. »Wir streischen jetzt! Das ist ein ganz sensibler Moment in der Renovierungsphase!«

Aber da war Arndt schon weg.

Bocuse drehte sich zu den anderen um. »Isch werde nischt vergessèn, wer meine Freunde sind. Wer in der Stunde der Not zu mir gealten at!«, versprach er. Die anderen nickten. Sie wollten ihre Hoffnungen ja nicht zu hoch schrauben, aber vielleicht hatte Bocuse noch irgendwo eine Dose Bier versteckt, die er anschließend mit ihnen zu teilen gedachte …

»Klaus«, fuhr Bocuse fort. »Ast du die Eimer mit der Farbe besorgt?«

»Aber sicher doch!« Stolz wuchtete Klaus die Farbeimer auf den nächstbesten Tisch. »Hier bitte.«

»Gut, wir aben alles abgedeckt, lasst uns streischen!« Bocuse, der die zum Abdecken notwendigen Zeitungen in aller Herrgottsfrühe aus diversen Briefkästen hatte mitgehen lassen, klatschte wieder in die Hände, was seine Jungs zunehmend nervte.

Klaus zog die Deckel von den Eimern.

Die Männer verstummten.

Also, eigentlich hatten sie ja ohnehin nicht gesprochen, aber beim Anblick der Farbeimerinhalte stockte ihnen kollektiv der Atem, und ein unheimliches Schweigen machte sich in der Stille breit. Die Stille vor dem Sturm.

»KLAUS!«, donnerte Bocuse.

»Was denn?« Klaus guckte wie immer. Man konnte diesen Gesichtsausdruck als vieles bezeichnen: kindlichoffen. Oder auch dümmlich. Aber auf jeden Fall intelligenzfrei.

»Weiß, die Wände sollen *weiß* werden!«

»Von Weiß gab's aber nur noch einen Eimer. Ich dachte, wir mischen einfach.«

»Wir mischen einfach? Wir *mischen* einfach?« Die Zündschnur von Bocuse war ohnehin kurz, und jetzt stand eine dynamitöse Explosion unmittelbar bevor. Die Kochkursjungs duckten sich vorsichtshalber.

»Ist doch kein Problem«, meinte Horst aus seiner sicheren Duckhaltung heraus. Als Mathelehrer sah er sich von Berufs wegen zur Vernunft genötigt. »Wir holen neue Farbe. Ist ja nicht weit bis zum Industriezentrum im Kerz. Oder im Solpark.«

Bocuse reckte ihm den Arm mit seiner Armbanduhr entgegen und tippte zornig auf das Zifferblatt.

»Dafür ist keine Zeit! In einer Stunde kommt der Mensch vom Ordnungsamt, der das Bistro abnehmen soll. Bis dahin müssen wir gestrichen haben!«

In höchster Erregung sprach Bocuse akzentfrei Deutsch. Was seinen Jungs in diesem Moment aber gar nicht auffiel, weil ihnen der Inhalt seiner Worte zu schaffen machte.

In dieser Deutlichkeit hatte Bocuse ihnen das bislang nämlich gar nicht kommuniziert. Sie waren alle davon ausgegangen, noch den ganzen Tag Zeit zu haben. Und das fanden sie schon knapp. Aber eine Stunde?

»Das schaffen wir nie! Nicht mal, wenn wir nehmen, was wir haben«, erklärte Eduard und sah kopfschüttelnd in die Farbeimer.

»Wir müssen!« Bocuse verschränkte die Arme. Er war früher bei der Fremdenlegion gewesen (okay, nur als Aushilfskoch in der Feldküche, aber he, Fremdenlegion ist Fremdenlegion!) und sah Widrigkeiten als Schlachten, die es zu schlagen galt. Man zog vor dem Feind nicht den Schwanz ein! »Alors, wir mischen jetzt diese Eimer, und dann wird gestrichen!«

Gesagt, getan.

Sie strichen wie die Weltmeister.

Und als exakt zweiundsiebzig Minuten später ein Vertreter des Ordnungsamtes vor der Tür stand, war tatsächlich alles fertig. Der Schankraum, die Küche, die Jungs.

Es roch zwar noch nach Industriereiniger, und die Wände waren noch feucht, sahen aber ordentlich aus.

Nur ...

Der Ordnungsamtmensch, der anfänglich aufgrund der interessanten Farbgebung kurz gestockt hatte, reichte Bocuse zum Abschied die Hand. »Von mir aus geht das klar. Wenn Sie dann alle Bescheinigungen beisammenhaben, sehen wir uns in meinem Büro, und dann können Sie in ein, zwei Wochen auch schon eröffnen. Alles Gute, Herr Arnaud.«

»Ein, zwei ...«, fing Klaus an.

Bocuse rammte ihm den Ellbogen in die Seite.

Nachdem der Vertreter der Staatsmacht gegangen war, gab es tatsächlich noch ein Bier für alle. Also, eine Flasche für alle, die noch dazu warm war. Was die Schotten für die

Briten und die Schwaben für die Deutschen waren, das war Bocuse für Frankreich. Molière hatte sein Stück *Der Geizige* zweifellos nach einer Begegnung mit einem von Bocuses Vorfahren verfasst.

»Isch eröffne morgen und damit basta!«, verkündete Bocuse nach dem ihm zustehenden Schluck Bier und schaute stolz, aber auch ein wenig unfroh in die Runde, denn sein Bistro sah irgendwie nicht besonders französisch aus.

Klaus hatte nämlich nicht nur weiße, sondern auch rote Farbe gekauft, und das Mischungsverhältnis sorgte letztendlich für einen rosa Farbton. Für ein sehr rosarotes Rosa. Ja doch, nennen wir es beim Namen: ein schwules Rosa.

Bocuse wusste es in diesem Moment noch nicht, aber nachdem die Schwulen aus Schwäbisch Hall in den achtziger Jahren nach Stuttgart in den *King's Club* gepilgert waren, nachdem sie in den neunziger Jahren und zu Beginn des neuen Jahrtausends scharenweise nach Berlin, oder wenigstens nach Köln, oder München oder Dresden ausgewandert waren, gab es nun endlich einen Anker in der Heimat. Einen Hafen, eine Wohlfühlstammkneipe zum Biertrinken und Abchecken und Anbaggern, eine Zentrale zum Planen des Christopher Street Day, ein rosa Refugium.

Und dieses Refugium hieß *Chez Klaus*.

Unverhofft kommt oft.

Vorbesprechung bei Seifferhelds in der Unteren Herrngasse. Sie hatten das Wohnzimmer für sich.

Karina war wortlos mit Fela junior abgezogen. Nun ja,

nicht ganz wortlos. »Was nimmt denn ein Akademiker pro Stunde?«, hatte sie noch gefragt.

»Wofür?«, wollte Seifferheld wissen.

In Karina kämpfte es sichtlich. »Ach nichts«, sagte sie dann und stopfte ihren Sohn in ihre buntgemusterte Bauchbinde, was die beiden wie Kängurumutter und Kängurukind aussehen ließ.

»Und was für ein Akademiker?«, setzte Seifferheld noch eins nach. Musste er sich Sorgen machen? Ein Professor für Kinderheilkunde? War Klein Fela krank?

»Schon gut, nur so, vielleicht will ich ja noch am neuen Campus BWL studieren. Wenn sich's hinterher finanziell lohnt«, wehrte Karina den Anfängen. Jetzt bloß kein Verhör durch ihren Onkel. Devise: Feind verwirren und dann geordneter Rückzug. Sie machte sich vom Acker.

Ihr Onkel schaute ihr mit offenem Mund nach. Karina und ein BWL-Studium? Eher fror die Hölle ein.

Irmgard war ebenfalls aushäusig. Sie hatte ihrem Helmerich einen Brief voller Anweisungen geschrieben, wie er sich in Afrika zu verhalten habe (nie unabgekochtes Wasser trinken, immer erst nach Schlangen Ausschau halten, bevor er in seine Halbschuhe schlüpfte, barbusigen Eingeborenenfrauen in die Augen, nicht auf die Möpse gucken, mit drei Ausrufungszeichen!!!), und war zur Hauptpost im Kocherquartier gegangen, um den Brief per Eilpost aufzugeben. Irmgard meinte es immer gut mit ihrem Gatten. Sie half Helmerich auch stets liebevoll beim Umbinden der Küchenschürze. Spätes Glück machte weich, selbst alte Jungfern, deren Spitzname »die Generalin« lautete.

Seifferheld saß mit Rani und MaC am Küchentisch.

Rani trug an diesem Morgen Jeans und ein T-Shirt, beides von Karina geliehen, und wirkte sehr blass.

»Ich habe noch einmal alles Menschenmögliche versucht. Ich habe mit der indischen Botschaft in Berlin telefoniert. Ich habe die hiesige Polizei kontaktiert. Überall hat man mich abschlägig beschieden«, erzählte sie verzweifelt in ihrem Versatzstückdeutsch. »Man teilte mir mit, die Sicherheitsvorkehrungen seien ausreichend, und Hinweise auf eine geplante Entführung würden nicht vorliegen.« Sie knüllte ein Papiertaschentuch in ihren langen, olivfarbenen Fingern zusammen. »Warum habe ich den USB-Stick nur aus der Hand gegeben? Zweifellos hätte das Gesprächsprotokoll wichtige Indizien in Bezug auf die Identität der Verbrecher geliefert! Wie sollen die Schurken, die sich auch meinen Vater gekrallt haben, jetzt überführt werden? Und was ist mit mir? Ich habe solche Angst, dass sie auch mich entführen und töten wollen!«

MaC, die kurz zuvor gekommen war und sich gerade einen Kaffee machte, trug an diesem Tag ein auffallend bunt geblümtes Sommerkleid und wirkte neben der blassen Inderin wie eine explodierte Farbpalette. Sie ließ die Kaffeekanne Kaffeekanne sein, ging zu Rani Chopra und nahm sie in den Arm. »Keine Angst. Und keine Selbstvorwürfe! Das bringt nichts. Wir werden vor Ort sein und das Schlimmste verhindern. Eine Handvoll mutiger Menschen, die eingreifen, wenn es nötig ist, kann die Welt verändern.«

Hehre Worte.

Seifferheld glaubte eigentlich nicht, dass man das Schicksal ändern konnte. Er war kein Determinist, aber wenn eine Gruppe Krimineller von langer Hand eine Entführung geplant hatte, dann konnten eine Sprachschülerin, eine Kleinstadtjournalistin und ein invalider Vorruheständler das sicher nicht verhindern.

Wenn es denn überhaupt wahr war. Seifferheld hatte immer noch Zweifel.

MaC hatte ihn nach ihren frühmorgendlichen Internetrecherchen angerufen und ihm mitgeteilt, was sie herausgefunden hatte: Die Familie Chopra nahm seit Generationen eine Vertrauensstellung in der indischen Regierung ein und fiel vor allem dadurch auf, dass sie nicht auffiel. Keine Skandale, kein Eklat, nichts. Die Chopras waren durch Tuchhandel reich geworden. Rani hatte offenbar eine exzellente Ausbildung in England genossen, in Oxford studiert. Wenn man ihr etwas vorwerfen konnte, dann sicher nicht, dass sie Umgang mit kriminellen Subjekten pflegte. Allenfalls, dass sie sich gern mit schönen Dingen umgab. Es war bekannt, dass sie die Sammlung ihres Großvaters mit großer Leidenschaft fortführte. Ihr Großvater sammelte exklusive Stoffe. Stoffe aller Art. Es ging das Gerücht, dass er auch das Grabtuch von Turin besaß und sich in Turin selbst nur noch eine Fälschung (wenn auch eine sehr gute) befand.

Ihre Mail-Anfrage an die Zentrale der indischen Botschaft war von einer Sekretärin beantwortet worden: Herr Chopra befinde sich auf unbestimmte Zeit in Kur. Das konnte bedeuten, dass er nicht vermisst wurde, sondern in Baden-Baden kneippte. Oder aber es handelte sich um die beschwichtigende Standardantwort der Botschaft auf alle Anfragen, damit angesichts seines spurlosen Verschwindens keine Panik aufkam.

Seifferheld glaubte an Kneipp, MaC an ein Komplott.

Rani schluchzte. »Niemand sonst nimmt mich ernst, nur Sie. Ich schulde Ihnen beiden großen Dank!«

»Das ist doch selbstverständlich.« MaC blickte sie entschlossen an. »Wir fahren jetzt los.«

Zwei Frauen, ein Mann am Stock und ein Hund liefen gleich darauf die Untere Herrngasse hinauf zum Parkhaus Schiedgraben in der Unterlimpurger Straße. Dort hatte Seifferhelds Tochter Susanne immer noch einen Stellplatz für ihren BMW gemietet, für den Seifferheld einen Ersatzschlüssel besaß.

Es war MaCs Vorschlag gewesen, Susanne nicht erst lange durch Anfragen zu beunruhigen, sondern sich das Auto einfach auszuleihen. Es musste sein. Sollte es zu einer Verfolgungsjagd kommen, brauchten sie einen schnellen Wagen.

Und da geschah es.

Während Seifferheld notgedrungen stehen bleiben musste, weil sich Onis am Kopf der Brücke, an der Obere Herrngasse, Untere Herrngasse und Unterlimpurger Straße zusammentrafen, erleichtern musste, und Marianne ebenfalls stehen blieb, um Seifferheld drängend anzuschauen, damit er den Dauerpinkler Onis per Leinenruck zum Weitergehen zwang, ging Rani schon einige Schritte weiter zur Wendeplatte vor dem Eingang zum Parkhaus.

In diesem Moment wurde in dem dort abgestellten schwarzen VW Touareg mit den dunkel getönten Scheiben und dem mit Schlamm unleserlich gemachten Kennzeichen die hintere Tür aufgestoßen. Eine schwarzgekleidete Gestalt mit Strumpfmaske zerrte Rani in den Wagen, der gleich darauf mit quietschenden Reifen losfuhr.

MaC und Seifferheld sahen dem Touareg mit offenen Mündern nach.

Das alles dauerte nicht mehr als maximal drei Sekunden.
Onis strullerte immer noch.

> **Letzte Woche hat mich einer mit einem Messer bedroht.**
> **Ich wusste aber gleich, dass er kein Profi ist –**
> **es war noch Butter dran.**
> **(Rodney Dangerfield)**

Die Kollegen von der Streife sicherten den Tatort. Man fand Kippen der Marke *Player's Navy Cut*.

»Kenn ich gar nicht, diese Marke«, sagte Bauer zwei, der ja eigentlich seinen freien Tag hatte, den die Polizeichefin aber extra mobilisiert und vorbeigeschickt hatte, um Seifferhelds Aussage persönlich aufzunehmen. Sie hatte eben eine Schwäche für den alten Brummbär Seifferheld.

»Das ist eine englische Marke«, warf MaC ein, die in ihrer Jugend viel gereist war.

Sie und Seifferheld warfen sich bedeutsame Blicke zu.

»Rani Chopra hat in England studiert. Sie wurde von Leuten entführt, die englische Zigaretten rauchen. Da muss doch ein Zusammenhang bestehen«, diktierte Seifferheld Bauer zwei in den Stift.

Bauer zwei kritzelte etwas in die Loseblattsammlung, die ihm als Notizbuch diente. Niemand konnte seine Schnörkel entziffern, auch er selbst nicht, aber wenn man die einzelnen Seiten rahmte, würden sie neckische Muttertagsgeschenke für Mama Bauer ergeben.

»Ich habe ja über den indischen Kulturattaché geschrieben«, sagte MaC. »Und deshalb weiß ich, dass er auch in Großbritannien studiert hat.«

Seifferheld sah sie fragend an.

MaC schüttelte den Kopf. »Nein, er und Rani haben nicht zusammen studiert. Er ist älter als Rani und hat nicht in Oxford, sondern an der St. Andrews University in Schottland studiert. Aber vielleicht haben englische Kriminelle ihn dort ins Visier genommen.«

»Ich war ja schon immer gegen Europa«, fühlte Bauer zwo sich einzuwerfen bemüßigt. »Dadurch haben Kriminelle ein viel leichteres Spiel. Können ohne Grenzkontrollen einfach so durchfahren. Womöglich wird die wunderschöne Rani in diesem Moment in einer Londoner Kriminellenklause zu Hackfleisch mit Minzsoße verarbeitet.« Bauer zwos Mundwinkel rutschten der Schwerkraft der Erde und seines Herzens folgend nach unten. Gestern beim Abendessen hatte er sich schon eine gemeinsame Zukunft mit der schönen Inderin erträumt. Daraus wurde dann wohl nichts. »Ich frage mal beim Bundesgrenzschutz nach, ob irgendwelche verdächtigen Subjekte aus England eingereist sind«, fuhr er fort.

Seifferheld ließ ihn gewähren und warf nicht ein, dass Ranis Entführer mit ihrem Opfer nur dann so schnell nach London gekommen sein könnten, wenn sie sich auch noch die Technik des Beamens aus *Raumschiff Enterprise* unter den Nagel gerissen hätten.

»Das ist jetzt aber doch Grund genug, die Sicherheitsvorkehrungen für den Kulturattaché zu erhöhen, oder nicht?« MaC sah die beiden Männer auffordernd an.

Der aufkommende Wind spielte mit Bauer zwos Minipli-

Dauerwelle. Das Blatt, auf das er seine Notizen gekritzelt hatte, wurde in die Höhe gefegt und gleich darauf in Richtung Park weggeweht. Bauer zwo sah ihm nach. Es wirkte ein wenig so, als wolle er dem Blatt nachwinken. Dann drehte er sich wieder zu ihnen um. »Was?«

»Die Sicherheitsmaßnahmen. Bislang dachten alle, ohne das Gesprächsprotokoll auf dem USB-Stick würden nicht genügend Hinweise auf eine Straftat vorliegen, aber die Entführung von Rani ist doch jetzt Beweis genug. Man muss das Aufgebot an Sicherheitskräften erhöhen«, plädierte MaC nachdrücklich.

Bauer zwo schürzte die Lippen und sah auf seine Armbanduhr. »Dafür ist es jetzt zu spät. Der landet ja jeden Moment.«

Aufgrund von Budgetkürzungen wird das Licht am Ende des Tunnels bis auf weiteres ausgeschaltet.

Der gecharterte Privatjet, eine Hawker Beechcraft Premier IA, setzte – aus Berlin kommend – zur Landung auf dem Adolf-Würth-Flughafen in Schwäbisch Hall-Hessental an.

An Bord befanden sich neben den beiden Berufspiloten der indische Kulturattaché Mohandra Johar, sein Leibwächter, sein persönlicher Assistent, seine Sekretärin und ein Repräsentant der Deutsch-Indischen-Gesellschaft.

Superman und Wonderwoman, alias Seifferheld und MaC, kamen in genau dem Moment angerannt, beziehungsweise angehumpelt (die Parkplätze lagen etwas außerhalb), als der Kulturattaché die wenigen Stufen aus dem Privatjet stieg.

Für Seifferheld, der so gut wie nie fernsah und wenn, dann Bundesliga, war Johar nichts weiter als eine elegante Männererscheinung, Mitte dreißig, im Anzug.

MaC hingegen, die ohne Fernsehen nicht einschlafen konnte, musste bei seinem Anblick unwillkürlich an Shahrukh Khan denken. (Für Nicht-Insider: Shahrukh Khan war DER Star des indischen Bollywoodkinos.) Der Kulturattaché trug einen maßgeschneiderten, englischen Zwirn und geflochtene, italienische Schuhe. Très chic. Doch trotz der europäischen Bekleidung umgab ihn eine Aura indischer Pracht. Er hatte etwas von den Maharadschas an sich, die ihre Swimmingpools mit Champagner statt Wasser auffüllen ließen.

Als sei ein Schalter umgelegt worden, fühlte sich MaC schlagartig in eine andere Welt versetzt. Sie meinte, poppige indische Klänge zu hören. In ihrer Phantasie regnete es Rosenblätter vom Himmel. Die Piloten und das Bodenpersonal tanzten in rhythmischen Zuckungen über das Rollfeld. Und Shahrukh Khan sang dazu.

MaC seufzte. Diesem überirdisch schönen Mann durfte kein Leid geschehen!

Entschlossen schob sie Seifferheld beiseite und stürmte auf den Kulturattaché zu.

Doch sie kam nicht weit. Ein Bodyguard hielt sie auf. Nicht der stämmige Sikh mit Turban, der für den persönlichen Schutz des Staatsmannes zuständig war, sondern der stämmige Hohenloher im C&A-Anzug, der für die hiesige Flughafensicherheit arbeitete.

»Presse!«, rief MaC. Ein magisches Zauberwort, das so gut wie immer alle Pforten öffnete.

»Die Pressekonferenz ist in einer halben Stunde im Rathaus«, hielt ihr der Hohenloher unerbittlich entgegen und verschränkte die Arme.

MaC sah zu Seifferheld, aber der zog sie beiseite.

»Schau dich doch mal um! Da drüben ist der Oberbürgermeister, der den Kulturattaché gleich in seinem Phaeton zum Rathaus bringt. In der Zeit kann ihm nichts passieren. Wenn wir den Attaché auf der Pressekonferenz ansprechen, wird nicht nur er selbst auf die Gefahr aufmerksam, sondern auch gleich die gesamte anwesende Presse. Das ist viel effizienter.«

MaC war nicht überzeugt. Sie kannte die Pressekonferenzen in Schwäbisch Hall in- und auswendig. Normalerweise war sie mit den Veranstaltern allein vor Ort, manchmal kam noch ein Kollege von der *Heilbronner Stimme*, der *Gaildorfer Rundschau* oder der *Hohenloher Zeitung* vorbei. Das war's dann aber auch schon. Von wegen »Weltpresse«.

Doch da fuhr der Phaeton auch schon los, und die Chance war verpasst.

»Wenn ihm etwas zustößt, werde ich mir das nie verzeihen«, flüsterte MaC. Und meinte es auch so.

Sie wusste es nicht, aber diese Wirkung übte Mohandra Johar auf ausnahmslos alle Frauen aus.

Und auf einen Gutteil der Männer.

Es gibt vier Geschlechter: Männer, Frauen, Geistliche und Journalisten.
(Somerset Maugham)

Man reichte Butterbrezeln, Kaffee und Fruchtsaft. Die Pressekonferenz fand im Trausaal im ersten Stock des

Schwäbisch Haller Rathauses statt, und MaC sollte recht behalten, was die Anzahl der Pressevertreter anging.

»Ich freue mich sehr, in Ihrer wunderschönen Stadt sein zu dürfen, von der ich schon viel gehört habe«, fing der Kulturattaché an. Er sprach ein einwandfreies Deutsch und zeigte keine Spur der verkrampften Haltung, die Mutter Teresa einmal so trefflich mit den Worten zum Ausdruck gebracht hatte: »Sich der Presse zu stellen ist schwerer, als einen Leprakranken zu waschen.«

»Bitte entschuldigen Sie, wenn ich unterbreche«, rief MaC, die – das muss leider gesagt werden – in ihrem quietschebunten Blümchenkleid inmitten all der Anzugträger nicht gerade sehr professionell aussah. Durch den Sprint, den sie zuvor in der Sonne hingelegt hatte, klebten ihr außerdem die Locken im Gesicht, und sie hatte einen Ohrring verloren. Auf den uninformierten Beobachter musste sie wie ein durchgeknallter Alt-Hippie wirken.

»Für Fragen steht Ihnen der Kulturattaché im Anschluss zur Verfügung«, erklärte der Oberbürgermeister mit fester Stimme. Er kannte Frau Cramlowski natürlich und wunderte sich ein wenig über ihren desolaten Zustand. Hatte sich die Frau etwa seit neuestem dem Trunk hingegeben?

»Aber ...« MaC ließ nicht locker, wurde jedoch von Seifferheld am Blümchenkleidsaum nach unten auf den gepolsterten Rathausstuhl gezogen.

»Später«, flüsterte er ihr zu.

Während der Kulturattaché seiner Hoffnung Ausdruck verlieh, dass Schwäbisch Hall weiterhin eine Vorzeigekommune für die deutsch-indische Freundschaft sein möge, und der Oberbürgermeister diese Hoffnung seinerseits in einer kurzen, launigen Rede unterstrich und der Repräsentant der Deutsch-Indischen-Gesellschaft dem »nichts hinzuzufügen« hatte, das aber weitschweifig und ungefähr dreißig Minuten lang, kaute Seifferheld in aller Ruhe eine Butterbrezel und trank zwei große Glas Grünspecht-Apfelsaft.

»Wie kannst du in so einem Moment an leibliche Genüsse denken?«, zischelte MaC ungläubig.

»Der Mensch muss essen«, verteidigte sich Seifferheld.

»Aber doch nicht jetzt!« Marianne war fassungslos.

»Pst! Ruhe!«, verlangte die Kollegin von der *Heilbronner Stimme*, die – ebenso wie MaC – ganz in den samtbraunen Augen des Kulturattachés versunken war und in ihrer Versunkenheit nicht gestört werden wollte.

Seifferheld kaute leiser. Irgendwann wurde zum Aufbruch geblasen.

MaC und Seifferheld nahmen neben der Tür Aufstellung, und dieses Mal ließen sie sich von nichts und niemand abhalten.

»Herr Kulturattaché!«, rief Seifferheld rasch, als der Inder an ihm vorbeiging, bevor die von ihm heißgeliebte, aber momentan leider verschwitzte, verklebte und teeniehaft-schmachtend schauende Marianne etwas Unbedachtes sagen konnte. »Auf ein Wort, bitte.«

Der Kulturattaché wandte sich ihm freundlich zu, ging dabei aber langsamen Schrittes weiter. Ein alter Trick von Prominenten, die ständig angequatscht wurden: immer in Bewegung bleiben.

Seifferheld hinkte folglich hinterher. »Herr Kulturattaché, wir wurden von einer Frau Chopra darauf aufmerksam gemacht, dass Sie hier in Schwäbisch Hall entführt werden sollen. Frau Chopra wurde heute Morgen vor unseren Augen gekidnappt. Die Lage ist äußerst ernst!«

Sie stiegen die breite Steintreppe hinunter.

»Ich danke Ihnen sehr für Ihre Besorgnis, aber ich weiß mich bezüglich aller Sicherheitsfragen in guten Händen«, erwiderte der Inder freundlich, aber unverbindlich.

»Die Polizei nimmt die Bedrohung für Sie nicht ernst genug!«, rief MaC besorgt hinter Seifferhelds Rücken.

Sie erntete dafür einen tiefen Blick aus dunklen Samtaugen. MaC wurde rot.

»Ihre Besorgnis rührt mich, und ich danke Ihnen sehr. Es besteht aber wirklich kein Anlass zur Sorge, da bin ich sicher.« Mohandra Johar lächelte sie an.

Hätte man MaC in diesem Moment nach ihrem Namen gefragt, sie hätte ihn nicht gewusst. Der Kulturattaché betörte ihre Sinne, vor allem den Geruchssinn, denn er duftete einfach umwerfend gut. *Grey Flannel* von Geoffrey Beene. Die Kollegin von der *Heilbronner Stimme* versuchte, MaC zur Seite zu schubsen, um näher an den Inder heranzukommen und ihn ebenfalls tief in sich einzuatmen, aber da kannte sie MaC schlecht.

Seifferheld spürte so etwas wie Eifersucht in sich aufsteigen, während er die beiden sonst so vernünftigen Frauen beim Ellbogengerangel um den schmucken Inder beobachtete.

Wieso machte seine Marianne einem Exoten schöne Augen, der gut und gern ihr Sohn sein könnte? Nun ja, er hätte sie zur minderjährigen Mutter gemacht, aber trotzdem. Das schickte sich nicht.

»Wir wollten nur sicherstellen, dass Sie sich der Gefahr bewusst sind«, erklärte Seifferheld merklich kühler. So kühl, als sei es ihm auf einmal egal, ob es morgen, wenn die Sonne aufging, statt einer Milliarde Inder nur noch 999 999 999 gab ...

Im Erdgeschoss angekommen, wurden Seifferheld und MaC abgedrängt. Man erwartete den Kulturattaché im *Indian Forum*, wo man ein leichtes Mittagessen für ihn und seine Begleitung vorbereitet hatte.

Der gesamte Pulk wurde nach draußen auf den Marktplatz geschwemmt: ganz zuvorderst der Kulturattaché und der Oberbürgermeister, die an den Phaeton traten, dann die diversen Subalternen, dahinter die Presse und am Schluss Seifferheld und MaC.

Und alle, alle bekamen mit, wie die hintere Tür des Phaeton aufgerissen wurde, ein schwarzgekleideter Skimaskenmann den indischen Kulturattaché mit roher Gewalt auf den Rücksitz zerrte und der Wagen gleich darauf mit quietschenden Reifen davonraste, mitten durch einen Schwarm aufflatternder Tauben. Er bretterte an der St. Michaelskirche und dem *Hotel Adelshof* vorbei auf die Crailsheimer Straße, und dann war er weg. Was blieb, war der Geruch nach verbranntem Gummi.

Den Chauffeur des Phaeton fand man später ausgeknockt auf der Erdgeschoss-Herrentoilette des Rathauses.

»Jetzt haben sie es doch noch geschafft, und wir haben es nicht verhindern können, dabei standen wir direkt daneben!« Seifferheld ärgerte sich.

So ja nicht.

Nicht mit ihm.

Und schon gar nicht vor seiner Nase!

Eine Couch ist nur für eine einzige Sache gut.
(John Wayne)

Man wurde nicht heiße Anwärterin auf einen Vorstandsposten bei der Bausparkasse Schwäbisch Hall, indem man heiße Luft von sich gab. Wenn Susanne Seifferheld etwas zusagte, dann erledigte sie das auch. Und zwar pronto. Auch wenn sie der festen Überzeugung war, dass die Psychoanalyse in Wirklichkeit die Krankheit war, als deren Heilung sie sich ausgab.

Susanne holte tief Luft und drückte auf den Klingelknopf.

Nach wenigen Minuten ging die Tür auf, und ein Mann mittleren Alters und mittlerer Größe stand in einer beigefarbenen Strickjacke mit einem Klemmbrett in der Hand vor ihr.

»Ein Notfall«, rief sie. »Kann ich hereinkommen?«

Psychiater hatten nur ganz selten Notfälle. Es gab durchaus Ausnahmen. Wenn beispielsweise ein langjähriger Patient auf der Kochertalbrücke stand und vom Handy aus drohte, ins Nirwana zu springen. Aber im Fall von Dr. Honeff war das unmöglich.

»Wer sind Sie denn?«, fragte er.

Aber Susanne war bereits an ihm vorbeigestürmt. Mitsamt Sportbuggy und Ola-Sanne, denn natürlich war sie von Tullau bis hierher gejoggt. Wäre doch gelacht, wenn sie nicht demnächst wieder Größe 38 tragen könnte! Oder sogar weitgeschnittene Sachen in Größe 36.

Die Tür zum Büro stand offen. Susanne trat ein. »Ich nehme eine Tasse Kräutertee, wenn Sie haben. Pfefferminz.

Besser Eisenkraut.« Sie schob den Sportbuggy mit ihrer schlafenden Tochter neben den Gummibaum und ließ sich auf der dunklen Ledercouch nieder.

»Also ... wirklich ... so geht das nicht«, protestierte Dr. Honeff halbherzig, aber da wusste er ja noch nicht, mit wem er es zu tun hatte.

»Sie sind mir empfohlen worden«, sagte Susanne, streckte sich auf der Couch aus und seufzte schwer. »Von meiner Cousine. Glauben Sie mir, ich bin nicht freiwillig hier. Die Polizei zwingt mich.«

Honeff stand unschlüssig auf der Schwelle zu seinem Büro.

»Das geht nicht gegen Sie. Sie sollen ja gut sein.«

Susanne musterte ihn. Kompetent sah er ja nun wirklich nicht aus, aber so sehr viele von seiner Sorte gab es in der Stadt nicht, und sie hatte weiß Gott keine Lust, alle durchzuprobieren.

»Der Tee!«, rief sie ihm in Erinnerung. »Und dann fangen wir am besten gleich an. Je eher das alles vorbei ist, desto besser.«

Dr. Honeff ergab sich in sein Schicksal. Gegen starke Frauen war er noch nie angekommen. Gegen starke Männer auch nicht. Deswegen hatte er sich ja auch für seinen Zweig des Berufsstandes entschieden. Da hatte er mit keinem von beiden zu tun.

Normalerweise jedenfalls nicht.

Er ging zu seinem Schreibtisch, goss den restlichen Inhalt seiner Thermoskanne in einen unbenutzten Becher und reichte ihn Susanne.

»Bäh!«, rief sie nach nur einem Schluck.

»Heißes Ingwerwasser. Gut für das Immunsystem.« Honeff guckte beleidigt.

Susanne zog die Nase kraus und kippte den Becherinhalt in den Gummibaum.

Honeff guckte noch beleidigter, sagte aber nichts, sondern setzte sich auf seinen ergonomischen Schreibtischstuhl und rückte seine Brille zurecht. »Was ist denn so dringend?«

»Man wirft mir vor, dass ich ihn geschlagen habe. Ich! Ihn! *Geschlagen!*« Die Ungeheuerlichkeit trieb Susannes Stimme jedes Mal von neuem nach oben.

Ola-Sanne, die mittlerweile aufgewacht und von Susanne neben sich auf die Couch gebettet worden war, rief bekräftigend: »Eine Unverschämtheit sondergleichen!« Vielleicht nicht mit diesen Worten, und in Honeffs Ohren klang es eher wie »dadadadada«, aber als Mutter spürte Susanne natürlich genau, was ihre Tochter eigentlich damit zum Ausdruck bringen wollte.

»Noch nie in meinem Leben habe ich Hand an Olaf gelegt! Also ... zumindest nicht so. Und auch nie gegen seinen Willen.« Susanne pustete sich eine Strähne aus dem Gesicht.

»Hat das bei Olaf zu Gewalttätigkeit geführt?«, hakte Honeff nach und wunderte sich über den doch eher ungewöhnlichen Namen.

»Nein, er ist ein ganz Lieber.«

»Dadada«, bestätigte Ola-Sanne.

»Verweigert Olaf sein Fressen?« Honeff kritzelte etwas auf sein Klemmbrett.

Susanne stutzte nur ganz kurz. »Nein, er isst normal.«

»Dadada«, fand auch Ola-Sanne.

»Die Anschuldigungen sind also haltlos?«

»Absolut! Und was ich jetzt von Ihnen brauche, ist so eine Art Unbedenklichkeitsbescheinigung zur Vorlage bei der Polizei. Und für den Anwalt, den ich mir nehmen muss, falls diese unsägliche falsche Schlange namens Genschwein ihre Anzeige nicht zurückzieht. Und natürlich sollten Sie mir haufenweise Pillen verschreiben, zur Sicherheit.«

»Dafür müsste ich zuerst Olaf sehen«, wandte Dr. Honeff ein.

»Wieso das denn? Ich dachte, es reicht, wenn Sie mich über meine Kindheit ausfragen und über traumatische Erlebnisse während meiner Studienzeit.« Susanne richtete sich auf. Sie zog ein vom Laufschweiß durchweichtes Stück Papier aus ihrem Dekolleté, auf dem sie alle verstörenden Erlebnisse seit ihrer Grundschulzeit festgehalten hatte. Susanne kam immer gerne gut vorbereitet. Es waren nicht viele Stichpunkte. Wer ein so stabiles Selbstbewusstsein sein Eigen nannte wie sie, an dem kratzte nur wenig.

»Aber nein.« Honeff verschränkte die Finger auf der Schreibtischplatte. Er war ein sehr kleiner Mann, und der Schreibtisch war sehr, sehr groß. »Ich muss herausfinden, welche Verhaltensstörungen Olaf aufweist. Daraus erst kann ich schließen, ob Sie ihn artgerecht halten oder ob Sie grundsätzliche Fehler bei der Erziehung begehen.«

»Dadada«, krähte Ola-Sanne, und es klang sehr nach: »Da hat er nicht unrecht, der kleine Mann.«

»Artgerechte Haltung? Erziehungsfehler?« Susanne stutzte. Sie hielt Männer zwar für das eigentlich schwache Geschlecht, dem man durchaus mal sagen musste, wo es langging, aber Honeffs Formulierungen fand sie dann doch etwas harsch. »Von was genau reden wir hier eigentlich? Ich brauche einen Psychiater, keinen Zoologen.«

»Und ich bin Psychiater.« Honeff zeigte auf seine diversen Diplome an den Wänden. Die meisten davon hatte er in Fernkursen erhalten, aber was ihnen an Bedeutung fehlte, machten sie durch Farbigkeit wieder wett. »Diplomierter Hundepsychiater.«

»Wie bitte?«

»Man nennt mich auch ›den Hundeflüsterer‹.« Honeff strahlte stolz, und seine Wangen röteten sich. »Hier habe ich eine Mappe mit Dankschreiben glücklicher Halter und einigen Zeitungsberichten über meine besonders spektakulären Erfolge.«

Susanne Seifferheld schnappte sich ihre Tochter und stand auf. Wenn sie das kurze Telefonat mit ihrer Cousine Karina von vor einer Stunde rekapitulierte, musste sie zwar zugeben, dass Karina nur »Psychiater? Psychiater? Da fällt mir der Honeff ein, guter Mann« gesagt hatte, aber trotzdem: ihr einen Hundepsychiater zu empfehlen, wo Karina doch wusste, dass Susanne keinen Hund hatte! Unglaublich! Das hatte diese freche Göre doch mit Absicht getan! Mit der hatte sie ein Hühnchen zu rupfen. Und zwar sofort.

Fela junior würde nicht mehr lange nur vaterlos sein – sie würde ihn zur Vollwaise machen!

Das Böse lauert immer und überall.

Tohuwabohu.

Das Wort stammt aus dem Hebräischen und bezeichnet

ein großes Durcheinander, ein Wirrwarr, ein Chaos. Kurzum: die größtmögliche Unordnung.

Und genau das setzte in dem Moment ein, als der Wagen des Oberbürgermeisters von Schwäbisch Hall mit qualmenden Reifen vom Marktplatz düste, an Bord den gewaltsam eingesackten indischen Kulturattaché.

Schreie. Sirenen. Noch mehr Schreie.

In dem allgemeinen Gewusel der Leiber gab es nur zwei Personen, die sich – statuengleich – nicht von der Stelle rührten: Seifferheld und Marianne. Sie hatten sich unwillkürlich an der Hand gefasst und starrten einfach nur ungläubig auf das Marktplatzpflaster, auf dem eben noch der Phaeton gestanden hatte.

Zwei Entführungen an einem Tag. Am helllichten Tag. Vor ihren Augen. Sie konnten es nicht glauben.

Um sie herum wurde das Chaos immer größer.

Aus allen Richtungen schienen Streifenwagen zu kommen. Nur wenige Minuten später tauchte auch schon ein Polizeihubschrauber auf.

Der Oberbürgermeister wurde in Sicherheit gebracht. Streifenbeamte machten sich daran, die Daten sämtlicher während der Entführung auf dem Marktplatz befindlichen Personen aufzunehmen, auch die von Seifferheld und MaC.

Seifferheld gab sich als Ex-Kollege zu erkennen und bat, baldmöglichst mit dem Leiter der Ermittlungen sprechen zu dürfen. Er wurde auf später vertröstet.

Keine zwanzig Minuten nach der spektakulären Entführung entdeckte man den Phaeton. Erstaunlicherweise in unmittelbarer Nähe vom Ort der Entführung. Der Wagen war nicht mehr als fünfhundert Meter weit gefahren. Die Täter hatten ihn am Zwinger abgestellt (für Auswärtige: quasi die Nächste rechts) und dort allem Anschein nach das Fahrzeug gewechselt.

Hinweise auf die Entführer oder den Verbleib des Kulturattachés fanden sich im Phaeton jedoch keine.

Es roch nur noch ganz schwach nach *Grey Flannel*.

Mitternacht

Die Wetteraussichten für heute Nacht: Es wird dunkel!

Als Seifferheld kurz vor Mitternacht nach Hause kam, schlief Onis tief und fest vor dem Küchentisch, in exakt derselben Pose wie vor zwölf Stunden, als Seifferheld ihn nach der Entführung von Rani nach Hause gebracht und Onis sich schwer auf dem Küchenboden niedergelassen hatte. Möglicherweise war sein Hund in einem früheren Leben eine Marmorstatue gewesen.

Er musste sich zwischenzeitlich allerdings bewegt haben, denn auf dem Küchentisch lag ein Zettel mit einer kurzen Nachricht in der Handschrift von Karina. *War mit dem Hund Gassi. Hab ihn auch gefüttert. Bin jetzt im Bett. Gute Nacht.*

Seine Nichte und vor Mitternacht im Bett – dazu hätte sie früher nur eine schwere Grippe mit vierzig Grad Fieber gebracht.

»Was für ein Tag«, seufzte Seifferheld und ging vor Onis in die Hocke. Mit schmerzverzerrtem Gesicht wegen seiner Hüfte. »Zwei Entführungen auf einen Schlag. Was ich jetzt brauche, ist ein guter Freund, mein Freund.« Er kraulte Onis hinter den Ohren, was dieser normalerweise besonders gernhatte. Noch mehr mochte er es, wenn man ihm das Ohrenschmalz entfernte, aber dazu war Seifferheld gerade nicht in der Stimmung.

Es wäre ohnehin verlorene Liebesmüh gewesen.

Onis öffnete erst ein Auge, dann das andere, hob schließlich beide Augenbrauen, als wollte er sagen: »Was willst du, Alter? Ich bin mitten in meiner REM-Phase.« Daraufhin gähnte er herzhaft und riss dabei das Maul so weit auf, dass Seifferheld meinte, bis zu seinen Hundemandeln hinuntersehen zu können. Dann schloss er Maul und Augen und schlief sofort wieder ein, erkenntlich am regelmäßigen Atmen und leisen Schnarchen.

Normalerweise war Onis im besten *Die drei von der Tankstelle*-Sinne »ein Freund, ein guter Freund«, aber jetzt gerade war er hundemüde, und sein Schönheitsschlaf ging ihm über alles, auch über die Freundschaft.

Mühsam richtete Seifferheld sich wieder auf.

Nur um gleich darauf völlig entsetzt zusammenzufahren.

Er hatte sie nicht kommen hören.

Irmgard, seine Schwester.

»Gott, hast du mich erschreckt!« Er klang vorwurfsvoll.

Seifferheld erwartete eine schnippische Erwiderung, wie es Irmgards Art war, aber seine Schwester durchquerte lautlos die Küche und setzte sich an den deckenlosen Küchentisch. »Er ruft nicht an, er schreibt keine Mail ... nichts!«

Sie sprach so leise, dass Seifferheld sein gutes Ohr in ihre Richtung drehen musste. Für sein Alter hörte er zwar auf beiden Ohren noch recht gut, aber in letzter Zeit war ihm doch so, als würde das linke einen Tick besser funktionieren.

»Was hast du gesagt?«

»Helmerich. Ich habe seit seiner Abreise nichts von ihm gehört.« Irmgard neigte nicht zu Gefühlsausbrüchen. Sie saß einfach nur stocksteif da, den Kopf leicht gesenkt. Große seelische Erregung merkte man ihr nur daran an, dass sie leiser wurde. Bei sehr großer seelischer Erregung buk sie Marzipantorte.

»Wenn etwas passiert wäre, hätte sich die Missionsstation mit dir in Verbindung gesetzt«, meinte Seifferheld relativ gleichmütig und schmierte sich nebenher eine Butterbrezel. »Er wird einfach viel um die Ohren haben. Afrika missioniert man ja nicht einfach mal eben so aus dem Handgelenk.«

In Hall geschahen finstere Dinge, die die hohe Weltpolitik berührten, aber seine Schwester flippte aus, weil ihr Mann sich nicht stündlich bei ihr meldete. Weiber! »Lass ihm seinen Freiraum.« Er biss kräftig in die Brezel und fügte mit vollem Mund hinzu: »Was ist das überhaupt für ein Hut auf deinem Kopf?«

»Das ist kein Hut, das ist eine Baskenmütze!«

Seifferheld kaute. Onis schnarchte. Die Glocken von St. Michael schlugen halb eins.

»Wozu trägst du nachts einen Hut? Noch dazu im Haus?«

»Eine Baskenmütze, das ist eine Baskenmütze. Und ich trage sie ein, um sie zu weiten.« Irmgard atmete schwer aus. »Ich habe heute Mittag ein paar nette Frauen kennengelernt, die regelmäßig auf dem Platz zwischen dem Kocherquartier und dem Kocher Boule spielen. Sie nennen sich ›die Bouletten‹. Ich habe mich ihnen spontan angeschlossen. Als Strohwitwe braucht man eine Beschäftigung.«

Seifferheld sagte nichts. In ihm dachte es kichernd: »Bouletten?«

»Ich verstehe nicht, warum Helmerich nichts von sich hören lässt!«, rief Irmgard anklagend.

»O bitte, Irmi, jetzt reiß dich doch mal zusammen. Ihr seid Mann und Frau, keine an der Hüfte zusammengewachsenen siamesischen Zwillinge, die ein grausames Schicksal abrupt auseinandergerissen hat.«

Irmgard hatte den Kopf immer noch leicht gesenkt, aber ihr Blick wanderte nach oben. Ihre Stimme wurde auf einmal wieder fest. Kein gutes Zeichen. »Ach ja, Mister Neunmalklug? Und was ist mit dir?«, zischelte sie. »Willst du wirklich um diese Uhrzeit noch etwas essen? Deine Hosen fangen allmählich an zu spannen.«

Seifferheld ließ den Rest der Brezel sinken, den er gerade hatte zum Mund führen wollen. »Wie bitte?«

»Ich sehe doch an unserem Kühlschrank und an der Vorratskammer, dass dein Appetit merklich zugenommen hat. Im Alter wird der Stoffwechsel langsamer, da wandert jeder Bissen quasi direkt auf die Hüfte. Du solltest auf Diät gehen, sonst platzt du bald aus allen Nähten.« Sie stand auf, gab ein schnaubendes »Hmpf!« von sich und verließ hoch erhobenen Hauptes die Küche.

»Was war das denn?«, murmelte Seifferheld in seinen nicht vorhandenen Bart.

Er sah den Brezelrest an, öffnete den Mund, überlegte es sich dann anders, schloss den Mund wieder, legte die Brezel auf die Küchentheke und humpelte in den Flur zum Garderobenspiegel, vor dem er sich ein paar Mal hin und her drehte.

»Ich habe eine sehr gute Figur für mein Alter!«, rief er quer durch das Erdgeschoss hinüber zu Irmgards Zimmer. »Und meine Hosen kneifen nicht!«

Wer Bücher liebt, liegt nie allein im Bett!

Fela junior schlummerte friedlich in seinem Bettchen, Fela senior trank höchstwahrscheinlich gerade ein Feierabendbier in der *U-Bar*. Die Felas in ihrem Leben hatten die Ruhe weg.

Karina lag nackt mit Douglas Adams im Bett. Also, nackt nur deshalb, weil es so heiß war in ihrer Dachkemenate. Und sie lag auch nicht mit Douglas Adams persönlich im Bett, der war ja auch schon lange tot, und Nekrophilie machte allenfalls mit einer frischen Leiche Spaß, nein, mit seinem Buch *Per Anhalter durch die Galaxis*, mit dem sie sich von ihm ins Universum versetzen lassen wollte. Eigentlich.

Aber sie konnte sich nicht konzentrieren, musste immer an Dr. Bardi denken, den Genetiker, den sie sich überfallartig an der Uni Heidelberg gekrallt hatte.

Dr. Bardi war Genetiker und der Leiter des Instituts für Vererbungslehre. Erst hatte er sich gegen ein Gespräch gewehrt, denn er hatte keine öffentlichen Sprechzeiten und selbst wenn, Karina hatte ja auch gar keinen Termin, aber er war alt genug und sie jung und sexy genug, dass er sich dann doch bereit erklärte, kurz mit ihr einen Kaffee in der Mensa zu trinken.

Kurz war dabei aber ein relativer Begriff. Dr. Bardi war für viele Dinge berühmt, aber nicht für die Fähigkeit, sich kurzzufassen und auf den Punkt zu kommen. Karina versuchte, aus seinen zwei Stunden währenden, an Abschweifungen reichen Erläuterungen einen klassischen Handlungsstrang zu extrahieren und herauszufinden, was sie wissen musste. Dr. Bardi erklärte zum Abschied mit fester Stimme, dass es nicht anders sein könne, als er es ihr erklärt habe. Und ob sie nicht Lust habe, ihn zum Sommerball der Universität zu begleiten?

Während aus dem Mund von Fela junior kleine Blubberblasen stiegen, nahm Karina nun ihren Lieblingsfilzstift vom Nachttisch und zog ein in Leder gebundenes Tagebuch unter ihrer Matratze hervor:

Tagebuch der Karina Seifferheld

Douglas Adams schreibt, und der Mann hat einfach immer recht, dass das Weltall unglaublich riesig ist, irrsinnig riesig, unvorstellbar riesig, und wenn einem schon der Weg zur nächsten Apotheke verdammt lang vorkomme, dann sei das trotzdem gar nichts im Vergleich zum Weltall.

Warum muss in einem so verdammt riesigen Weltall ausgerechnet mir so was passieren, wie das, was mir passiert ist? Kann mir das mal jemand erklären? Okay, okay, als ich letztes Jahr die Karten zum David-Garrett-Konzert in der Stuttgarter Porsche-Arena gewonnen habe, da habe ich nicht gefragt, warum das ausgerechnet mir passiert. Ich war zu dem Zeitpunkt aber auch der weltgrößte Fan von ihm, und es war nur fair vom Universum, mir diese Karten zuzuschustern.

Aber das hier? Ein aus der Art geschlagenes Baby. Ein Mann, der mich schwängert, aber nicht zu mir steht. Und eine doofe Cousine, die mir vorhin völlig grundlos eine Kopfnuss verpasst hat. Echt, was soll das?

Ein Glück, dass ich keine Buddhistin bin und nicht an die Wie-

dergeburt oder den Kreislauf des Lebens glaube, sonst müsste ich mich jetzt echt fragen, was ich in meinen früheren Leben verbrochen habe, um so was zu verdienen. Und was genau mein süßer kleiner Fela-Zwerg verbrochen hat, um in so eine besch... Situation hineingeboren zu werden. Das ist doch eine schreiende ...

Flatsch.

Karinas Kopf sackte wegen völliger Übermüdung auf ihr Tagebuch.

In exakt dieser Stellung schlief sie die Nacht durch: im Schneidersitz auf dem Bett, vornübergekippt, nackt, den Stift noch in der Hand.

Als sie am nächsten Morgen von ihrem Sohn geweckt wurde, waren sämtliche ihrer Gliedmaßen eingeschlafen. Rumpelstilzchengleich hüpfte sie fluchend durch ihr Zimmer, um ihren Blutkreislauf anzukurbeln. Das sah so ulkig aus, dass Fela junior, obwohl ungnädig wegen voller Windel und leerem Magen, verstummte.

Dagegen war Olga, die kasachische Nicht-Putzfrau, alles andere als stumm: »Ich mir müssen abgewöhnen, morgens in diese Haus zu kommen und durch offene Türen zu schauen. Ihr alle sein verrückt, alle verrückt!«

Tag eins danach

Heute kein Polizeibericht

– Lesen Sie alles über die Entführung des indischen Kulturattachés Mohandra Johar auf der Titelseite des Lokalteils. –

**Blühender Flieder ist unglaublich,
das Schönste, was es in der Natur gibt.
Noch schöner und unglaublicher wäre allenfalls, wenn eine
Stockente »Für mich soll's rote Rosen regnen« quakte ...**

Seifferheld, Onis und der rosa Teddy genossen ihren Morgenspaziergang. Die ganze Nacht über hatte Schwäbisch Hall förmlich unter einer vibrierenden Lärmglocke gelegen. Hubschrauber mit Wärmebildkameras flogen durch das Kochertal. Ermittler des Bundeskriminalamtes trafen in schwarzen Limousinen ein. Hundestaffeln durchkämmten die verwinkelten Gassen der Altstadt. Übertragungswagen von Privatsendern suchten sich die besten Stellplätze. Reporter interviewten Nachtschwärmer. Das war das größte Verbrechen in der Stadt seit ... seit Menschengedenken.

An Schlaf war nicht zu denken gewesen, weswegen sich Seifferheld ziemlich gerädert fühlte. Am frühen Morgen hatte er im Sekretariat der Polizeichefin angerufen und erfahren, dass es noch keine heiße Spur gab. Der Kulturattaché war und blieb verschwunden.

Es war sogar ein Beitrag im ZDF-Morgenmagazin ausgestrahlt worden. Ein übernächtigt dreinschauender Kriminaler, den Seifferheld nicht kannte, hatte – mit zu viel Maske im Gesicht und immer in die falsche Kamera schauend – die Vermutung aufgestellt, dass die Entführer den Kulturattaché womöglich schon ins Ausland gebracht hatten. »Wahrscheinlich über die offene Grenze zu Frankreich, die von Schwäbisch Gmünd aus bei entsprechend geringem Verkehrsaufkommen in unter zwei Stunden mit dem Wagen zu erreichen ist.«

Seifferheld hatte ein besticktes Zierkissen gegen den Kleinbildfernseher in seinem Schlafzimmer geworfen. Vor Wut. Weil wieder mal eine Dumpfbacke Schwäbisch *Hall* mit Schwäbisch *Gmünd* verwechselt hatte. Trottel!

In dem Bericht war erwähnt worden, dass man im Wohnheimzimmer von Rani Chopra ein Tagebuch gefunden hatte. Der eiligst angeheuerte Übersetzer – im Bild tauchte daraufhin der blonde Indologe aus dem *Indian Forum* auf – hatte noch nicht alles gelesen, aber offenbar hatten sich Rani und der Kulturattaché in London bei der Hochzeit gemeinsamer Freunde kennen und lieben gelernt. Kein Wunder, dass ihr so viel an seinem Wohlergehen lag. Sie hegte wohl die Hoffnung, ihn eines Tages heiraten zu können, allerdings waren ihre beiden Familien strikt dagegen, weil sie aus unterschiedlichen Kreisen stammten, und in Indien zählte das noch etwas.

Tja, und dann waren beide entführt worden. Wilde Gedanken stürmten durch Seifferhelds markanten Altmännerkopf. Waren sie womöglich gar nicht entführt worden? Waren er und Rani miteinander durchgebrannt, um irgendwo zu heiraten und ihre Familien vor vollendete Tatsachen zu stellen? Aber nein, das waren nur die fiebrigen Phantasien eines Gehirns auf Schlafentzug. Er hatte doch mit eigenen Augen gesehen, wie man erst Rani und später den Kulturattaché in die jeweiligen Fluchtwagen gezerrt hatte. Und zwar sehr grob gezerrt, daran bestand kein Zweifel.

Angesichts des Umstandes, dass Olga und Irmgard in der Küche einem morgendlichen Frauenschwatz gefrönt hatten, war in Seifferheld spontan der Entschluss gereift, sich ungefrühstückt mit Hund und rosa Hundeteddy auf den Weg in den Stadtpark zu machen, um dort in Ruhe in sich zu gehen.

Heute war nämlich seine allererste (und womöglich auch allerletzte) Radiosendung. Eigentlich hätte er nervös sein müssen, aber dazu war er zu müde.

Normalerweise herrschte im Sommer selbst zu dieser frühen Stunde immer Leben in den sogenannten »Ackeranlagen«. Ein wirklicher Acker war hier allerdings zuletzt im Zweiten Weltkrieg gewesen, seit der Landesgartenschau Anfang der achtziger Jahre fand man hier vielmehr eine blühende Grünanlage mitten in der Stadt: Menschen auf dem Weg zur oder von der Arbeit, zu Fuß oder auf dem Rad; Picknicker; Frisbeespieler; Lachyoga-Gruppen; Hundebesitzer; Mütter mit Kinderwagen; Jogger; Gebetskreise gegen Stuttgart 21 und Atomkraft; Touristen; spielende Kinder – es war immer etwas los. Doch an diesem Morgen herrschte gähnende Leere. Nur ein Streifenwagen drehte auf dem Hauptweg seine Runde.

An einer Bank direkt am Kocher ließ Seifferheld sich nieder. Onis legte seinen rosa Teddy neben seinem Herrchen ab und begann, fröhlich herumzutollen. Seifferheld sah ihm nach.

Als damals, kurz nach dem verhängnisvollen Schuss in seine Hüfte, klarwurde, dass er nie wieder richtig würde laufen können, hatten seine Kollegen zusammengelegt und ihm einen Welpen geschenkt. Damit er jeden Tag einen Anreiz hatte, sich dennoch zu bewegen. Hatte sehr gut geklappt. Inzwischen konnte sich Seifferheld ein Leben ohne Onis nicht mehr vorstellen, auch wenn er es enorm peinlich fand, dass ein erwachsener Rüde im Genusszustand wie ein Kätzchen schnurrte und ständig mit einem rosa Teddy im Maul herumlief.

Siggi Seifferheld machte sich nichts vor, was die Intelligenz von Onis anbelangte: Wer einen Raum betreten konnte und nicht mehr wusste, warum er das getan hatte, wer sich mit nicht enden wollender Begeisterung seine Geschlechtsteile leckte und darüber hinaus auch noch vor seinen eigenen Fürzen erschrak, hatte die Schlauheit nicht mit Löffeln gefressen. Trotzdem oder vielleicht gerade deshalb war Onis sein bester Freund geworden. Aus diesem Grund ließ er Onis auch nicht kastrieren. Wer kastrierte schon seine Freunde? Leider hatte Onis eine sogenannte Knickrute und taugte nicht zur Zucht. Was ihn nicht davon abgehalten hatte, vor einiger Zeit eine Berner Sennenhündin zu bespringen und mit ihr einen Wurf entzückender Hovasenner (oder Sennwarts?) zu zeugen. Wie es den Kleinen wohl gehen mochte? Seifferheld hatte sie allesamt bei guten Familien auf dem Land unterbringen können. Die Leute hätten ja ruhig mal ein paar Fotos per E-Mail schicken können.

Onis sprang derweil in den Kocher und versuchte, Fische

zu fangen. Das machte er mit großer Begeisterung, aber so unfähig, dass kein Fisch je ernsthaft in Gefahr war, egal wie alt, krank oder laichend. Ein Fischreiher, der aufgrund des niedrigen Wasserpegels mittig im Fluss stand, sah Onis nur mitleidsvoll an.

Seifferheld legte den Kopf in den Nacken und ließ sich von der schon warmen Morgensonne bräunen.

Diese ganze Entführungskiste war eine Nummer zu groß für ihn und MaC, das musste er zugeben. Sie sollten sich das eingestehen und die Ermittlungen den Vollprofis überlassen. Wo hätten sie auch anfangen sollen?

Seifferheld atmete tief durch. Eine sanfte Morgenbrise strich ihm über die Wangen. Amseln zwitscherten. Der Fluss plätscherte. Die Blätter rauschten ...

Keine zwei Minuten später war Seifferheld eingeschlafen.

Schläfst du noch oder ermittelst du schon?

»Aua!«

Seifferheld wurde unsanft von einem Ellbogen geweckt, der sich in seine rechte Flanke bohrte.

Es war ein spitzer, verschwitzter Ellbogen, und er gehörte seiner Tochter Susanne.

»Was liegst du denn hier herum und pennst?«, fragte sie.

Seifferheld brauchte einen Moment, um zu sich zu kommen. Dann schreckte er hoch: O Gott, die Radiosendung! Hatte er verschlafen? An seinem ersten Tag? Fast hätte er hyperventiliert, da fiel sein Blick auf seine alte, noch von Hand aufzuziehende Armbanduhr: Er hatte keine zehn Minuten geschlafen. Die Sonne war nur wenige Zentimeter weitergewandert. Onis planschte immer noch im Kocher, besser gesagt, er hatte in High-Noon-Position gegenüber einem Erpel Stellung bezogen, und gleich würden sich die beiden aufeinanderstürzen. Seifferheld wusste, wie das ausgehen würde, auch wenn der Erpel nicht einmal ein Zehntel des Gewichts von Onis auf die Waage brachte.

»Hund! Hierher!«, rief er.

Onis bellte den Erpel noch einmal an und trabte dann fröhlich wasserspritzend ans Ufer. Gut, wenn man von seinem Herrchen vor einem sicheren Gesichtsverlust gerettet wurde ...

Susanne zog etwas Flaches, Rechteckiges aus dem Gepäckbeutel ihres Sportbuggys.

»Ich bin postnatal depressiv«, sagte sie. Es klang glücklich. »Dr. Honeff hat mir das bestätigt.«

»Honeff? HONEFF?« Seifferheld richtete sich auf.

»Ja, der Hundeflüsterer. Was ich brauche, ist Chemie. Ich habe über Nacht schon mal recherchiert, damit ich unserem Hausarzt sagen kann, was ich einwerfen muss, damit es mir wieder bessergeht.«

Seifferheld glaubte ihr das sofort. Da kannte Susanne nichts. Was waren lange Jahre des Medizinstudiums schon gegen eine Stunde Recherche am iPad2? Eben. Eine ganz typische Einstellung für die Frauen in seiner Familie.

Onis stützte sich mittlerweile mit beiden Vorderpfoten am Sportbuggy ab und fing an zu jaulen. Ola-Sanne krähte mit. Je lauter Ola-Sanne krähte, desto lauter jaulte der Hund. Seifferheld dachte, dass er Onis das Jaulen schleunigst wieder abgewöhnen musste, bevor es zur Gewohnheit wurde, aber er war immer noch müde und momentan zu träge. Außerdem fand er dieses Duett von Baby und Hund ganz niedlich, was aber wahrscheinlich an seinen Großvaterohren lag, denn die wenigen Passanten im Park legten deutlich an Tempo zu, und auf der anderen Kocherseite war genervtes Fensterschließen zu hören.

Susanne klopfte auf ihr Apple-Hightechteil ein.

Siegfried Seifferheld schaute das iPad misstrauisch an. Dinge, die es schon gab, als man auf die Welt kam, waren selbstverständlich. Dinge, die erfunden wurden, bevor man das vierzigste Lebensjahr erreichte, waren neu und aufregend. Alles, was danach erfunden wurde, verstieß gegen die natürliche Ordnung der Dinge und war des Teufels. Das hatte Seifferheld mal gelesen und er fand es absolut zutreffend. Seine Welt kam auch gut ohne iPads und das ganze Gedöns aus.

»Ich habe mit Tante Marcella gesprochen, die war nach der Geburt von Karina auch nicht gut drauf. Was in ihrem Fall natürlich damit zu tun haben könnte, dass sie ein Baby wie Karina geworfen hat, wir kennen ja alle Karina ...« Sie seufzte. »... aber Tante Marcella meinte auch, dass sie damals sehr gute Medikamente genommen hat, die sie in null Komma nichts wieder normal werden ließen. Und wenn es zu ihrer Zeit schon effektive Pillen gab, wie viel effektiver müssen dann erst die Pillen von heute sein!«

Seifferheld sagte nichts. Susanne *war* längst wieder normal. Ihre Stimme hatte diesen klirrenden Klang, der keinen Widerspruch duldete, ihre Haltung hatte die typische Starre, die an einen verschluckten Besenstiel erinnerte, und ihr Blick war so durchdringend wie immer und konnte wahlweise Kleinstlebewesen oder Hoffnungsschimmer töten. Doch, ja, das war wieder seine Tochter Susanne, ganz die Nichte ihrer Tante Irmgard. Eine echte Seifferheld!

»Es ist immer gut, mit jemand zu reden, der denselben Background hat wie man selbst«, sagte Susanne. »Die anderen verstehen einen ja eh nicht.«

Als Seifferheld die Worte »denselben Background« hörte, leuchtete eine nicht EU-Norm-gerechte 100-Watt-Glühbirne alten Schlages über seinem Kopf auf.

Ja genau, das war es! Warum hatte er nicht viel früher daran gedacht?

Seifferheld legte Onis die Leine an und stand auf. »Ich muss los.«

Wenn er nur etwas wacher und aufmerksamer gewesen wäre, wenn er nur für einen Moment aus dem hellen Schein seiner aufblitzenden Glühbirne herausgetreten wäre, um einen Blick auf seine Tochter zu werfen, dann hätte er bemerkt, wie bei Susanne, die ja noch nicht auf Droge war, die Stimmung abrupt kippte. Nein, nicht ins Depressive. Das wäre zu einfach gewesen. Sondern ins bodenlos Wütende.

Seifferheld, Onis und der Teddy waren schon längst außer Hörweite, da murmelte sie immer noch in sich hinein.

»Wenn ich diese dämliche Silke Genschwein erwische, dieses blöde Oink-oink-sie-schlägt-ihren-Mann-Gen*schwein*, diese intrigante Schnepfe, dieses Miststück, diese olle Polizei-Petze ... dann mach ich sie kalt!«

Kein Plan ist nötig, wenn du Teil eines Plans bist.

I feel pretty, I feel witty, I feel pretty and witty tonight ... tönte es aus der Lobby des Löchnerhauses.

Seifferheld hielt sich keuchend am Geländer der Treppe fest, die zur Eingangstür führte. Der Klosterbuckel neben der Michaelskirche, den er hatte erklimmen müssen, um zum Sommerhaus des Goethe-Instituts zu kommen, war die steilste Gefällstrecke in ganz Hall und deren gab es dort viele.

Seifferheld band Onis am Treppenkopf fest, holte noch einmal tief Luft und trat ein. Wie in allen mittelalterlichen Häusern empfing ihn trotz der Hitze draußen eine angenehme Kühle, die leicht modrig roch. Ein Geruch, den jeder alteingesessene Haller liebte.

Die Eingangshalle war dunkel, man erahnte die Umgebung mehr, als dass man sie sah: eine breite Holztreppe, mehrere dicke Säulen, ein paar Stühle.

Wenn im Sommer der Andrang an Deutschlernwilligen besonders groß war, mietete das Goethe-Institut von der Stadt Hall das ansonsten leerstehende Löchnerhaus, in dem früher, sehr viel früher, also in Seifferhelds Jugend, einmal die Volkshochschule untergebracht gewesen war, nachdem es Jahrhunderte lang als Wohnhaus gedient hatte.

Seifferheld war nicht einfach nur zum Schauen gekommen, er wollte seinen Geistesblitz in die Tat umsetzen: Menschen finden, die denselben Background hatten wie Rani und der Kulturattaché.

Gleich und gleich gesellt sich gern, das galt ja wohl auch in Indien. Und fern der Heimat schloss man sich selbst mit jenen Landsleuten fröhlich zusammen, die man zu Hause nicht einmal mit der Kneifzange anfassen würde. Da war der Inder sicher nicht anders als der Deutsche oder der Brite oder der Marsmensch.

Seifferheld sah sich im Halbdunkel um. Es musste hier doch noch mehr Inder geben!

»Hallo?«, rief er dem jungen Mann zu, der hinten in der Ecke saß und aus voller Kehle sang. Richtig gut sang. Seifferheld erkannte die Arie sogar. *Nessun Dorma* aus Turandot.

Der junge Mann verstummte, sah Seifferheld an, bemerkte die krumme, über den Stock gebeugte Haltung und sprang auf. Dabei flatterten diverse Notenblätter von seinem Schoß.

»Benötigen Sie meine Hilfe?«, fragte er besorgt. Dieselbe geschraubte Versatzstückausdrucksweise wie bei Rani Chopra.

Und derselbe dunkelolivfarbene Hautton.

Seifferheld kannte nur einen einzigen Inder, wenn auch einen eingedeutschten Inder, und den auch nur aus dem Fernsehen: Ranga Yogeshwar von *Quarks & Co.* Dem sah sein Gegenüber nun ganz und gar nicht ähnlich. Aber es sah ja auch nicht jeder Oberbayer aus wie ein Fischkopp aus Kiel, nicht jeder Thüringer wie ein Nürnberger und umgekehrt. Letztes galt auch für Würste. Seifferheld hatte jedenfalls keinen Zweifel, es hier mit einem Inder zu tun zu haben. Spiel, Satz und Sieg – und das auf Anhieb.

»Vielen Dank, junger Mann, es geht mir gut, ich bin nur alt«, sagte Seifferheld. »Warum ich hier bin: Ich suche jemand, der Rani Chopra kennt.«

»Ich kenne Rani Chopra.« Der junge Inder, der sich hilfsbereit über Seifferheld gebeugt hatte, richtete sich wieder auf. Eine Bosheit der Natur, dass junge Menschen den alten Menschen über den Kopf wuchsen. Man verlor dadurch den Vorteil des Von-oben-Herabblickens.

»Mein Name ist Sunil. Ich grüße Sie.«

»Und ich grüße Sie. Setzen wir uns doch am besten hin.«

Seifferheld und Sunil gingen zu dem Meer aus Notenblättern, das sich über den Steinboden ausgebreitet hatte wie Wattwurmhäufchen bei einsetzender Ebbe. Sunil fing an, die Blätter einzusammeln.

»Ich habe Rani schon seit Tagen nicht mehr gesehen«, erzählte er in stockendem, aber einwandfreiem Deutsch. Der Unterricht hier musste gut sein. »Und dann kamen gestern zwei Polizisten zu uns und fragten uns, ob wir etwas zu ihrem Verbleib aussagen könnten. Sie ist verschwunden, müssen Sie wissen.«

»Ja, ich war dabei, als man sie entführt hat«, sagte Seifferheld und setzte sich auf einen der Plastikstühle.

»Entführt?« Sunil hielt im Notenblättereinsammeln inne und setzte sich im Schneidersitz auf den Steinboden. »Nein!«

Ja, leck mich doch, dachte Seifferheld. Hatten seine Kollegen das etwa nicht kundgetan? Hatte es womöglich aus ermittlungstechnischen Gründen geheim bleiben sollen? Das war jetzt blöd.

»Ich will offen zu Ihnen sein, Sunil.« Seifferheld merkte es nicht, aber er betonte den Namen falsch. Auf der zweiten Silbe, wie das Waschmittel. Der junge Inder war jedoch zu gut erzogen und zu höflich, um ihn darauf aufmerksam zu machen.

»Rani ist da in etwas hineingeraten ...«

Inwieweit konnte er Sunil vertrauen? Rani hatte nie genau spezifiziert, wie der Mann aussah, der sie verfolgt und sich mit größter Wahrscheinlichkeit den USB-Stick unter den Nagel gerissen hatte. War es womöglich Sunil gewesen? War es nicht ohnehin logisch und auf der Hand liegend, dass die Entführer Inder waren? Wie sonst hätte Ranis Vater so nah an sie herankommen können?

Seifferheld biss sich auf die Lippen.

Von draußen schaute Onis durch die Tür.

Sunil wartete geduldig.

Oben im ersten Stock hörte man Lachen und leise Musik, es war gerade Unterrichtspause.

Schließlich hielt Sunil es nicht mehr aus. »In was ist Rani hineingeraten? Hat es mit der Entführung unseres Kulturattachés zu tun? Kann ich helfen?«

Seifferheld nickte gewichtig. Von seiner erhöhten Warte aus, mit Sunil zu seinen Füßen, fühlte er sich wie ein weiser, alter Guru mit seinem eifrigen Schüler. »Sie können mir erzählen, was Sie über Rani und den Kulturattaché wissen.«

Sunil schob die Notenblätter ungeordnet in eine Mappe. »Ich hatte das große Vergnügen, Rani Chopra hier in Schwäbisch Hall kennenlernen zu dürfen.« Eindeutig ein Satz aus einem Lehrbuch. »Ihre Hobbys sind Tanz und Musik und andere schöne Dinge. Meine Hobbys sind ebenfalls Tanz und Musik und schöne Dinge. Das hat uns vereint.«

Seifferheld übte sich in Geduld. Irgendwann mussten Sunil ja die Versatzstücksätze ausgehen. Schon allein aus erinnerungstechnischen Gründen.

»Aber Rani war sehr – wie sagt man? – verschwiegen. Über Privates sprach sie nie. Ich weiß eigentlich gar nichts über sie. Eine Mitschülerin aus England hat erzählt, dass Rani während ihrer Studienzeit ein It-Girl war, wie sagt man bei Ihnen ...?«

Seifferheld wusste es nicht. »Partymaus?«

Sunil schien sich innerlich eine Notiz zu machen. »Jedenfalls ist sie hier bei uns nie mit zu einer Party gegangen.«

»Hat sie jemals Mohandra Johar erwähnt?«, hakte Seifferheld nach. »Hat sie durchblicken lassen, dass sie in ihn verliebt war?«

Sunil sah zur Decke, als sei die Antwort dort oben in den Stuck geritzt worden. »Nein.«

Wäre ja auch zu einfach gewesen.

»Aber sie würde sich nicht in ihn verlieben. Das ist – wie sagt man? – ein Ding der Unmöglichkeit. Der Kulturattaché ist Brahmane und Rani nicht. Da führt kein Weg zueinander. Kein Weg.«

Bei Sunil klang das wie ein Naturgesetz – so wie es keine Autobahn quer über den Atlantik und keine Hängebrücke von Feuerland in die Antarktis geben konnte.

Seifferheld fand ja seinerseits, dass im 21. Jahrhundert jede Menge Wege überallhin führten und dass die Liebe ohnehin immer ein Schlupfloch fand, aber vielleicht war er da einfach zu sehr Westler. »Rani mag einer anderen Kaste entstammen, aber ihre Familie hat es zu Ruhm und Ansehen gebracht, nicht wahr?«

Sunil sah ihn unergründlich an. Man konnte mit einem Mistkäfer nicht über das Leben als Palast-Elefant diskutieren und mit einem Europäer nicht über jahrtausendealte Gepflogenheiten des indischen Subkontinents, dachte er, sprach es aber nicht aus. Stattdessen sagte er: »Ranis Familie als solche mag zu Geld gekommen sein, aber das ist irrelevant. Und hat mit ihrem Zweig der Familie auch nichts zu tun.«

»Wie? Irrelevant?« Wenn Seifferheld an Rani Chopras Familie dachte, hatte er immer großen Prunk vor Augen; in Gold und Brokat gewandete Menschen, die in einem Prachtbau wie dem Taj Mahal lebten, nur eben nicht in einem Grabmal, sondern in einem Palast derselben Größe und Erhabenheit. »Sie ist nicht sagenhaft reich?«

Sunil lächelte. »Aber nein. Ihr Vater entstammt einem ärmlichen Seitenzweig der Familie. Er arbeitet als Hausmeister in der indischen Botschaft in Berlin. Ein ehrenwerter Beruf, aber kein gut bezahlter.«

Seifferheld musste sich bei Gelegenheit mit MaC über ihre Recherchemethoden unterhalten. Aber vielleicht konnte sie auch nichts dafür. Vielleicht standen auf der Webseite der Botschaft hinter den Namen der Angestellten keine Berufsbezeichnungen. »Ich verstehe nicht, Rani hat an einer Eliteuni in England studiert. Das kann doch nicht billig gewesen sein.«

Sunil zuckte mit den Schultern. »Ein Stipendium.«

Seifferhelds Schultern sackten nach unten. Also kein Geld und unglücklich verliebt. Das eröffnete völlig neue Möglichkeiten ...

»Da war allerdings eine surreale Begebenheit ... ich habe ihn und Rani gesehen.«

Seifferheld schreckte auf. »Wie bitte? Wen?«

»Mohandra Johar und Rani Chopra.«

»Wann?«

Sunil schürzte die Lippen und schaute nachdenklich zur

Decke. »Vor ein paar Tagen. Abends. Am Fluss. Wie heißt er? Die Kocher? Das Kocher?«

»*Der* Kocher«, korrigierte Seifferheld automatisch. »Das ist völlig unmöglich. Mohandra Johar ist erst gestern von Berlin nach Hall geflogen. Und am Tag davor kam er direkt aus Indien. Er war noch nie hier in Hall.«

Sunil nickte.

Seifferheld fragte sich, ob Nicken in Indien etwas anderes bedeutete als hierzulande. Beispielsweise: »Schauen wir mal, wie lange wir den Greis noch an der Nase herumführen können.«

»Mohandra Johar kommt aus einer der ältesten und würdigsten Familien unseres Landes. Er war Cricketspieler!«

So wie Sunil »Cricketspieler« betonte, musste es hierzulande dem Wort »Fußballgott« entsprechen. War Mohandra Johar der David Beckham Indiens gewesen?

»Ich würde ihn immer und überall erkennen Er ist eine Legende. Ihn leibhaftig zu sehen war surreal.« Sunil nickte erneut. »Rani Chopra und Mohandra Johar unterhielten sich. Ein sehr angeregtes Gespräch. Aber es war nicht das Gespräch von Liebenden. Ich sagte ja, dass das unmöglich ist.« Sunil strahlte plötzlich auf. Er hatte in seiner inneren Datenbank ein passendes Idiom gefunden. »Sie hat in dieser Bekanntschaft die Hosen an!«, fügte er hinzu, als habe er soeben einen Geistesblitz gehabt.

Na also. Seine mentale Datenbank hatte ihm wieder ein Idiom geliefert. Und wie es sich für einen Tenor gehörte, fing er daraufhin an, eine Triumph-Arie aus einer Händel-Oper zu schmettern.

Onis jaulte mit.

Ich will mich kurzhalten und darum bin ich schon fertig.
(Komplettrede von Salvador Dalí)

Seifferheld schluckte schwer. Er hatte mal gelesen, dass sich die Menschen laut einer Umfrage am meisten davor fürchteten, vor anderen eine Rede zu halten. Erst an zweiter Stelle kam die Furcht vor dem Tod. Bei einer Trauerfeier würden also die meisten lieber im Sarg liegen wollen, als die Abschiedsrede zu halten.

Seifferheld konnte das sehr gut nachvollziehen. Was ihm vor Übermüdung bislang an Nervosität gefehlt hatte, stellte sich beim Betreten des kleinen Studios schlagartig ein. Inklusive übermäßigen Schwitzens und völlig ausgetrockneter Kehle. Er leckte sich mehrmals die Lippen, aber es half nichts.

Seifferheld saß mit unschönen Schweißflecken unter den Achseln im schalldichten Aufnahmestudio des SWR-Korrespondentenbüros in der Gelbinger Gasse und litt Höllenqualen.

Das Korrespondentenbüro war eine Außenstelle des SWR-Studios Heilbronn, das für die Landkreise Heilbronn, Hohenlohe, Schwäbisch Hall und Main-Tauber zuständig war. Fast neunhunderttausend Menschen konnten das Programm des Senders empfangen. Seifferheld schluckte neuerlich, was ihm eine kolossale Anstrengung abnötigte. Selbst wenn nur zehn Prozent ... ach was, selbst wenn nur ein Prozent der potenziellen Hörer ihr Radio gerade eingeschaltet hatten, dann lauschten ihm in diesem Moment neuntausend Menschen. Und wurden dabei zweifelsohne Zeugen seiner Unfähigkeit, vollständige Sätze zu formulieren. Wieso hatte er sich nur dazu breitschlagen lassen?

Jetzt hörte er auch schon die Stimme von Frau Söback, die aus dem Studio Heilbronn zugeschaltet war. Sie hatte es tatsächlich durchgesetzt, dass Seifferheld von nun an einmal die Woche fünfzehn Minuten über das Sticken sprechen und Hörerfragen zum Thema beantworten sollte. Im Vorgespräch gerade eben hatte sie ihn mit den Worten »Man muss die Sau schlachten, solange sie fett ist« überredet, den frei gewordenen Sendeplatz fest zu belegen. Ein entsprechender Vertrag lag schon für ihn bereit, und sie drängte ihn, die Papiere auch gleich zu unterzeichnen. Mindestens drei Monate lang einmal die Woche auf Sendung. Dabei hatte er noch nicht einmal für diese eine Sendung etwas vorbereiten können, worüber sollte er bloß die restlichen elf Mal reden? Frau Söback hatte ihn vertröstet und gemeint, beim ersten Mal beschränke sich die Sendung ohnehin mehrheitlich darauf, ihn den Hörerinnen und Hörern vorzustellen, und für später würde ihm schon was einfallen. »Man soll die Brücke erst überqueren, wenn die Eier gelegt sind«, hatte sie gesagt. (Frau Söback brachte ihre Sprichwörter gerne mal durcheinander.)

Eine rote Lampe leuchtete auf.

»Ich darf Ihnen nun Siegfried Seifferheld aus Schwäbisch Hall vorstellen. Der ehemalige Kommissar der dortigen Mordkommission ist seit vielen Jahren ein versierter Sticker und wird uns und Sie von heute an regelmäßig an seinem Wissen teilhaben lassen. Herr Seifferheld, Sticken ist für Männer ja immer noch ein eher ungewöhnliches Hobby. Wie kamen Sie dazu?«

Seifferheld fand es schwierig, dass er seine Gesprächspartnerin nicht sehen konnte. Er sah durch das Studiofenster nur die Dächer des Kocherquartiers und sehr viel blauen Himmel. Und natürlich das schwarze Mikro, das ihm tendenziell Angst einjagte und ihn in diesem Moment an ein schwarzes Loch erinnerte, das ihn zu verschlingen drohte.

»Nun ja ... äh«, fing er an, und ein Schweißtropfen kullerte ihm über die Stirn. Er erlebte nun am eigenen Leib, dass das menschliche Gehirn bei der Geburt die Arbeit aufnahm und niemals aufhörte – bis zu dem Augenblick, in dem man öffentlich etwas sagen sollte. »Äh ... ich habe mir das Sticken nicht ausgesucht, das Sticken hat sich mich ausgesucht«, brachte er mühsam hervor. War das jetzt grammatikalisch richtig? Herrje!

Frau Söback, ganz Profi, hatte die einsetzende Gesprächspause, die es im Radio natürlich nicht geben durfte, antizipiert und fuhr ohne Umschweife fort: »Kennen Sie noch andere Männer, die sticken?«

»Äh, nein. Also, keine lebenden. Aber der britische Major Alexis Casdagli fing in einem Gefangenenlager der Nazis mit dem Sticken an. Er stickte *Fuck Hitler* im Morse-Code auf ein Kissen, und die Nazis merkten das nicht und stellten das Kissen jahrelang als Beweis dafür aus, wie glücklich ihre Gefangenen waren.«

Man hörte Frau Söback kichern. Gut, dass Seifferheld sich diesen Informationshappen irgendwann einmal gemerkt hatte.

»Sie sind erst vor kurzem mit Ihrem Hobby an die Öffentlichkeit getreten und haben Ihre grandiose Arbeit *Leda und der Schwan* vorgestellt«, fuhr Frau Söback fort.

Seifferheld meinte, in der Ferne seine prüde Schwester Irmgard vor peinlichem Entsetzen aufjaulen zu hören. Unzählige Kissen hatte er mit unschuldigen Rosen-Motiven oder der Aufschrift *I love Germany* bestickt, aber natürlich musste Frau Söback ihn ausgerechnet auf diesen schlüpfrigen Wandbehang ansprechen.

»Ich sticke auch Elfen«, rutschte es aus Seifferheld heraus, und dieses Mal musste er an seine Ex-Kollegen von Mord zwo denken, die wahrscheinlich gerade in schallendes Gelächter ausbrachen. Aber nein, die konnten ihm ja gar nicht zuhören, die waren ja den Entführern auf den Fersen. Glück gehabt. Seifferheld atmete erleichtert auf.

Er spürte die sich langsam akkumulierende Verzweiflung von Frau Söback angesichts seiner megakurzen, knappen Antworten.

Nur zu verständlich. Wie sollten sie auf diese Weise fünfzehn Minuten mit Leben und Inhalt füllen?

Seifferheld räusperte sich. War er ein Mann oder eine Maus? Er riss sich zusammen.

»Was man stickt, ist doch egal«, erklärte er schon ein wenig selbstsicherer. »Das Sticken ist eine jahrtausendealte Kunstform. Und auch eine Art Meditation. Die Entdeckung der Langsamkeit, an deren Ende etwas Neues, Wunderschönes steht. Mir ist natürlich bewusst, dass das Sticken noch nicht allgemein als Männerhobby anerkannt ist. Aber die Zeiten ändern sich. Vor hundert Jahren hätte man Männer noch mit Gewalt an den Herd prügeln müssen, und heute ist Kochen eine angesagte Freizeitbeschäftigung, selbst für harte Kerle. Ich bin zuversichtlich, dass es sich mit dem Sticken ebenso verhalten wird.«

Na also, ging doch. Jetzt, wo er sich warmgeredet hatte, kam er allmählich richtig in Fahrt. »Natürlich rede ich hier nicht von Stickmaschinen. Echte Männer sticken von Hand und ohne Fingerhut!«

Vierzehn Minuten und dreißig Sekunden später musste ihm der anwesende Techniker mitten im Satz den Saft abstellen, denn Seifferheld kannte kein Halten mehr.

Wie sich später herausstellte, hatte niemand aus seinem Bekanntenkreis – auch keine seiner Frauen – die Sendung gehört. Aber am Abend bekam er von Frau Söbacks Sekretariat eine weitergeleitete E-Mail. Als Seifferheld den Mail-Anhang öffnete, erwartete er euphorische Beifallsbekundungen von einer Hohenloher Hausfrau, die ihm während der Sendung schmachtend an den Lippen gehangen hatte. Irgend so etwas wie: »Siegfried, du bist der Größte. Ich will ein Kind von dir.«

Stattdessen war es ein männlicher Hörer, der sich äußerte, und zwar kritisch: »Herr Seifferheld, ich möchte Sie darauf hinweisen, dass Ihre Aussagen zur Systematik der Stichformen unter besonderer Berücksichtigung der orientalischen Stickerei nicht überzeugend waren. Da erwarte ich künftig doch einiges mehr!«

Tja, so war es eben: Wer sich in die Öffentlichkeit begab, kam darin um.

Big Sister is watching you!

Irmgard Seifferheld-Hölderlein zog eine Augenbraue hoch. So hoch, dass sie beinahe auf den Haaransatz traf.

»Was meinen Sie damit, ›er ist nicht da‹?«

Sie saß, die Baskenmütze neckisch schräg auf dem Kopf,

vor dem ausgedienten Laptop ihrer Nichte Karina und skypte. Oder wie immer man das auch nannte.

Noch vor einem Jahr hätte sie nicht geglaubt, sich in ihrem Leben jemals mit dem Internet auseinandersetzen zu müssen. Wenn man etwas wissen wollte, rief man bei Leuten an, die sich auskannten, oder schlug im Großen Brockhaus nach. Wozu sollte dieses Internet überhaupt gut sein? Zum Chatten? Am Anfang war das Wort und nicht das Geschwätz, wie schon Gottfried Benn zu sagen pflegte.

Aber dann war ihr plötzlich eines Tages schmerzlich bewusstgeworden, dass sie nicht als alte Jungfer ins Familiengrab auf dem Nikolaifriedhof sinken wollte. Sie hatte tatsächlich eine Online-Dating-Agentur bemüht und auf diese Weise den Mann gefunden, der ihr schon immer bestimmt gewesen war: Pfarrer Helmerich Hölderlein.

Genau genommen und im Grunde waren ihre Erfahrungen mit der Online-Dating-Agentur alles andere als zufriedenstellend gewesen, aber Irmgard meinte, die ordnende Hand einer höheren Macht zu spüren, als Helmerich und sie nach vielen Irrungen und Wirrungen endlich zueinanderfanden.

Und nun skypte sie also auch noch und hatte über ihren Laptop eine Internettelefonverbindung nach Afrika installiert, inklusive Webcambild. Doch sah sie auf dem Bildschirmdisplay nicht den Mann, den sie liebte, dem sie in guten wie in schlechten Tagen Liebe, Treue und Gehorsam geschworen hatte (Letzteres natürlich rein rhetorisch), sondern eine kugelrunde Afrikanerin in einem strahlend weißen, fast schon blendend grellen Krankenhauskittel. Kannten die da unten in Afrika etwa auch den *Weißen Riesen?*

»Wo ist er?«, verlangte Irmgard von ihr zu wissen und kniff die Augen zusammen, was sie noch gestrenger aussehen ließ.

In Afrika war es jetzt Mittag. Irmgard wusste, dass Helmerich nicht durch die Dörfer zog und Heiligenbildchen verteilte. Seine Missionarsarbeit bestand hauptsächlich darin, das Krankenhausarchiv zu ordnen und allenfalls noch Kranke und Sieche geistig zu betreuen. Hielt er womöglich gerade in aufopferungsvoller Nächstenliebe die Hand eines Leprösen?

»Äh ...«, fing Dr. Oima an. Sie mochte Helmerich, den »weißen Stinker«, wie er von allen genannt wurde. Wie sollte sie es seiner Frau beibringen? Im Prinzip war die Nachricht, die sie zu vermelden hatte, eine gute. Allerdings musste dabei in Betracht gezogen werden, dass alles im Leben nun mal zwei Seiten hatte. Das Letzte, was sie wollte, war, einen Misston in die Beziehung Hölderleins zu seiner Frau zu bringen. Wenn sie sich die hagere Weiße mit den schmalen Lippen so anschaute, glaubte Dr. Oima offen gestanden nicht, dass die Nachricht von der Spontanheilung des Pfarrers bei ihr auf viel Gegenliebe stoßen würde. Also, die Nachricht von der Heilung schon, nur nicht der Grund dafür.

»Nun?«, forderte Irmgard die Ärztin ungeduldig auf. »Wo ... ist ... mein ... Mann?«, setzte sie noch eins drauf. Sie sprach bewusst langsam und betonte jede Silbe einzeln. Dr. Oima hatte ihr Medizinstudium zwar in Heidelberg absolviert, das wusste Irmgard, aber vielleicht hatte sie ihre Deutschkenntnisse unter der Tropensonne ja wieder verloren? Deutsch war angeblich die Sprache, die man schneller verlernte als alle anderen. Selbst als Deutscher.

Dr. Oima wusste, dass Lügen dem Herrn ein Greuel waren, insofern stand lügen für sie außer Frage. Aber eine kleine Ungenauigkeit half bisweilen, den eigenen Seelenfrieden zu wahren. Dabei kam ihr zugute, dass sie ein unglaublich ehrliches Gesicht hatte. Rund und ehrlich.

»Ihr Mann ist mit dem kleinen Bruder von Schwester Mary in den nächsten Ort gefahren. Wir brauchen neue Vorräte«, sagte sie, und das war nicht gelogen, denn die Vorratskammern waren in der Tat leer, und Hölderlein und Marys Bruder waren zusammen losgefahren. So, wie sie es sagte, musste man als ahnungsloser Dritter natürlich davon ausgehen, dass zwischen den beiden Sätzen ein logischer, innerer Zusammenhang bestand. Dem war nicht so.

»Aha.« Irmgard war ein wenig enttäuscht, dass nichts Schlimmes geschehen war. So furchtbar es klang, aber wenn das Buschkrankenhaus abgebrannt wäre oder ein Krokodil Helmerich ein Bein abgebissen hätte, dann wären das zumindest stichhaltige Gründe gewesen, warum er sich bei ihr nicht gemeldet hatte. Aber ein schlichtes »Vorräte auffüllen«? Unbefriedigend!

»Sagen Sie ihm, ich bin zu Hause und erwarte seinen Anruf.« Das war keine Bitte, sondern ein Befehl.

Bevor Dr. Oima noch etwas erwidern konnte, hatte Irmgard die Verbindung schon getrennt.

Dr. Oima atmete erleichtert auf. Genau in diesem Moment parkte Mugambi den Kleinlaster mit den Vorräten für die nächsten Tage vor ihrem Fenster und winkte ihr fröhlich zu. Mugambi war ihr Cousin dritten Grades und arbeitete als Koch und Mädchen für alles im Buschkrankenhaus. Ihm oblag es, die Vorräte aufzufüllen.

Völlig losgelöst von der Vorratsfrage waren Pfarrer Hölderlein und Marys kleiner Bruder hingegen zum nächsten Ort aufgebrochen. Helmerich wollte etwas ganz anderes als Lebensmittel kaufen. Nämlich Trommeln. Seit er nach seiner durchtrommelten Nacht keinerlei Symptome einer Reizverdauung mehr aufwies – und das, obwohl er zum Frühstück tonnenweise »Irio« gegessen hatte, einen Eintopf aus Bohnen, Kartoffeln, Mais und Spinat, den er noch dazu mit *White Cup*-Bier hinuntergespült hatte –, glaubte er felsenfest daran, dass die Musik und nur die Musik seine wahre Berufung war.

»Von heute an bin ich kein Geistlicher mehr, ich bin Trommler!«, hatte er gerufen.

Dr. Oima seufzte. Sie fühlte sich schuldig. Schließlich hatte sie ihm die erste Rassel seines Lebens in die Altmännerhände gedrückt.

Hm, ob Irmgard Seifferheld-Hölderlein bereit war, ein Leben als Groupie zu führen?

Nur wer seinen eigenen Weg geht, kann von niemandem überholt werden. (Marlon Brando)

»Verdammte Scheiße! Kannst du gleich vorbeikommen?«

Seifferheld konnte. Wenn Bärenmarkenbär Wurster so finster klang, musste es ernst sein.

Mit der Linie 1 des Stadtbusunternehmens fuhr er zur Mordkommission, so ging es am schnellsten. Und dort fand Seifferheld auch heraus, warum tatsächlich keiner der Ex-

Kollegen hatte Radio hören können. Sie saßen alle erwartungsvoll vor dem Bildschirm.

»Gut, dass Sie hier sind«, begrüßte ihn die Polizeichefin Frau Bauer. »Eine Tasse Kaffee? Sie trinken ihn mit Milch und zwei Zucker, stimmt's?«

Die Polizeichefin merkte sich alles, sogar Banalitäten. Hatte sie wahrscheinlich in einem Seminar für Führungskräfte gelernt: sich immer alle Namen merken, hin und wieder mit einem festen Handschlag oder einem Schulterklatschen Körperkontakt herstellen und kleine Angewohnheiten der Mitarbeiter registrieren. Wahrscheinlich war deswegen *sie* die Polizeichefin geworden und nicht, sagen wir mal, er. Aber natürlich holte sie ihm den Kaffee mit Milch und zwei Zucker nicht persönlich.

»Frau Denner, Kaffee für Herrn Seifferheld bitte.« An ihn gewandt, fuhr sie fort: »Wir können jeden Mann brauchen. Vielleicht fällt Ihnen ja etwas auf, was wir anderen übersehen haben. Die Aufnahme ist offenbar gestern Abend, direkt nach der Entführung entstanden.«

»Nur noch mal zur Sicherheit«, erkundigte sich Seifferheld rasch bei ihr, bevor sie sich setzten und es losging. »Kann es sein, dass Mohandra Johar schon *vor* gestern Mittag in Hall war?«

Frau Bauer sah ihn ausdruckslos an. Diesen ausdruckslosen Blick lernte man bestimmt auch im Führungskräfteseminar. Nur nicht durchblicken lassen, dass man seine Untergebenen für Idioten hielt.

»Herr Johar kam quasi direkt aus Indien. Er hat nur kurz in Berlin übernachtet und flog dann gleich weiter zu uns. Das hat das BKA zweifelsfrei festgestellt. Unterwegs gab es keinen

Kontakt zu Drittpersonen, keine Drohungen, nichts.«

Seifferheld nickte. Sunil musste sich geirrt haben, ganz klar.

Ungefähr zwanzig Mann – und eine Frau – hatten ihre Stühle im Halbkreis um einen Fernseher gruppiert, Frau Denner legte ein Video ein, und dann ging es los.

In der Bildmitte sah man den indischen Kulturattaché Mohandra Johar. Er kauerte in seinem maßgeschneiderten Anzug auf einem Hocker, die Hände gefesselt im Schoß. Hinter ihm hatte man ein weißes Bettlaken gespannt. Er wirkte gefasst, als er sagte: »Bitte, meine Entführer verlangen fünf Millionen US-Dollar.« Er sagte es auf Deutsch, Englisch und Hindi und gab noch genaue Anweisungen, auf welches Offshore-Konto auf den Cayman-Inseln die Summe einzuzahlen sei.

»Kann man nicht am Konto sehen, wem es gehört?«, fragte Bauer zwo, der unter Wirtschaftskriminalität nur Zechprellerei verstand und von Konten keine Ahnung hatte.

»Schön wär's«, sagte seine Chefin. »Nein, das Geld wird im selben Augenblick, in dem es dem Konto gutgeschrieben wird, auch schon weitertransferiert, von Konto zu Konto zu Konto. Natürlich lauter Scheinfirmen. Das zu verfolgen ist mühsam und dauert ewig, weil man für jedes Konto einen separaten Gerichtsbeschluss benötigt. Das müssen internationale Profis sein. Die machen das wahrscheinlich nicht zum ersten Mal.«

Seifferheld tat der Inder leid. Ihm schwante Ungutes. Internationale Profis konnten keine Zeugen brauchen. Vermutlich würden sie den Kulturattaché, Rani und Ranis Vater niemals wiedersehen.

Also, nicht am Stück.

Will heißen, nicht lebend …

Mitternacht

Jambo!

Die traditionelle Musik Ostafrikas bildete üblicherweise eine Einheit aus Tanz, Religion und Ritualen. Frei interpretiert konnte man aber natürlich auch zu Ehren des christlichen Gottes trommeln, was das Zeug hielt.

Und genau das tat Helmerich Hölderlein. Er trommelte sich (seines Anzugs entledigt in bunter, einheimischer Tracht) in Ekstase, zum Lob des Höchsten.

Er trommelte nicht wirklich gut, das war ihm schon klar, dafür aber umso lauter und mit Herzblut. Zweifelsohne blickte der Allerhöchste in dieser Nacht auf ihn herunter und lächelte.

Im Gegensatz zu den Patienten und dem Personal des Buschkrankenhauses. Die lächelten, bei aller afrikanischen Gelassenheit, nicht. Und so erklang denn gegen drei Uhr nachts Ortszeit der verzweifelte Ruf: »Kann nicht mal jemand dem weißen Stinker Einhalt gebieten!«

Was ein klitzekleines bisschen unfair war, denn Hölderlein stank ja gar nicht mehr. Seine Blähungen gehörten der Vergangenheit an. Seine Reizverdauung war nur noch eine blasse Erinnerung.

Ein Wunder war geschehen. Er war geheilt!

Helmerich trommelte heftiger.

Verzweifelte Schwarzafrikaner seufzten.

Die Hölle, das sind die anderen.
(Sartre)

Karina legte den Hörer auf.

Alle hatten zugesagt. Jetzt war es nur noch eine Frage von Stunden.

So merkwürdig der Heidelberger Genetik-Guru auch gewesen sein mochte, das Gespräch mit ihm hatte ihr gutgetan. Jetzt wusste sie endlich, was Sache war. Schluss mit dem pausenlosen Nachdenken, warum ihr Baby so war, wie es war. Dieses ständige Grübeln, das sie seit der Geburt wie ein Dämon auf Schritt und Tritt begleitet und wie ätzende Säure jede Begeisterung und jedes Interesse zerfressen hatte, das sie für andere Menschen oder Dinge früher immer empfand.

Was jetzt noch an losen Fäden herumbaumelte, würde morgen zu einem Knoten geschlungen werden.

Tagebuch der Karina Seifferheld

Meine Eltern haben immer gesagt: »Ja, ja, jetzt tobst du dich noch aus und schreibst Gedichte und verliebst dich täglich neu und bist Mitglied bei Amnesty International und bei Peta und machst verrückte Sachen wie Schlachttiere befreien. Aber das ist nur eine Phase. Irgendwann wirst du erwachsen und dann wächst du aus diesen Dingen heraus. Spätestens wenn du ein Kind bekommst, gehört das alles der Vergangenheit an«.

Nachdem mein süßer, gelber Wonneproppen aus mir herausgepurzelt ist, war ich eine Zeitlang versucht, meinen Eltern recht zu geben. Das Leben schien auf einmal so kompliziert, und die Verantwortung für den Mini-Buddha lastete schwer auf mir.

Aber he, langsam merke ich, dass ich noch die Alte bin. Und ich will meinem Kleinen eine Welt hinterlassen, in der es sich zu leben lohnt. Ich werde ein Zeichen setzen.
Ich bin wieder da!!

Karina lauschte in die Nacht. Von fern hörte sie das Radio im Wohnzimmer und das Schnarchen von Onis.

Sie würde noch ein bisschen warten müssen. Machte nichts.

In der Wartezeit konnte sie die Strumpfmaske für Klein Fela stricken, farblich passend zum Tragetuch ...

Ich will meinen Schnuller wiederhaben!

Unerträglich. Nicht auszuhalten. Furchtbar.

Seifferheld krümmte sich in seinem Lieblingsohrensessel im Wohnzimmer. Das Zuhören bereitete ihm körperliches Unbehagen.

Irmgard saß mit spitzem Gesicht neben ihm. Anscheinend empfand sie ebenfalls Unbehagen, hatte ihre Muskulatur jedoch besser im Griff.

Aus dem Radio ertönte – in der nächtlichen Wiederholung einzelner SWR4-Sendehappen – Seifferhelds Stimme. Natürlich hatte er im Laufe seines Lebens schon Aufzeichnungen seiner Stimme gehört. Auf seinen diversen Anrufbeantwortern und einmal sogar im Fernsehen, als er während einer Demo in die gewaltbereite Menge rief: »Ruhe jetzt oder Sie lernen mich kennen!« Aber so entsetzlich hatte er noch nie geklungen. Blechern. Ja genau, er klang blechern.

»Als Anfänger kann man auch auf fertige Stickpackungen zurückgreifen, die es in jedem Handarbeitsgeschäft gibt und in denen Motivvorlage, Anleitung, Nadel und Garne bereits enthalten sind. Ich rate aber von Packungen aus China ab, denn oftmals geben diese Sachen tagelang unangenehme Ausdünstungen von sich.«

War das jetzt politisch unkorrekt? Hätte er China nicht namentlich erwähnen dürfen?

Er sah zu seiner Schwester.

Ihre Lippen waren nur noch ein dünner Strich. Nur ihre tiefe schwesterliche Liebe zu ihm hielt sie davon ab, ihr vernichtendes Urteil zu sprechen, da war sich Seifferheld ganz sicher.

Aber damit lag er falsch. Nicht mit der schwesterlichen Liebe, die war schon vorhanden. Irgendwo. Tief drinnen. Doch dass Irmgard in diesem Moment nichts sagte, lag allein daran, dass sie überhaupt nicht zuhörte, sondern an ihren Gatten dachte und daran, warum der sich immer noch nicht gemeldet hatte.

Ob Dr. Oima ihm nicht ausgerichtet hatte, dass er zu Hause anrufen sollte? Hatte Helmerich – *ihr* Helmerich – bei dieser Ärztin etwa unzüchtige Begehrlichkeiten geweckt? Was war diese Oima überhaupt für eine? Lebenslustig, intelligent, aufopferungsvoll, sinnlich? Auch nymphoman?

Irmgard sprang auf. Sie musste diese Dr. Oima googeln, oder es würde sie zerreißen. »Ich geh zu Bett«, log sie und war weg.

Seifferheld sah ihr nach. Seine eigene Schwester ergriff vor seiner Blechstimme die Flucht.

Mein Gott, so schlimm war er also.

Der Tag, an dem die Erde stillstand

Aus dem Polizeibericht

Tauwetter im Tiefkühltransporter
Eine beachtliche Wasserspur auf der Stuttgarter Straße veranlasste einen Streifenwagen am frühen Nachmittag des gestrigen Tages, einen Tiefkühltransporter anzuhalten. Es zeigte sich, dass dessen Kühlaggregate schon seit geraumer Zeit ausgefallen sein mussten, die Waren waren nämlich bereits durchweg verdorben und wurden daher umgehend der Vernichtung zugeführt. Der Spediteur muss nun wegen Verstoß gegen die Lebensmitteltransportverordnung mit einer Anzeige rechnen.

**Hund oder Mann? Die Frage ist doch:
Lasse ich mir meinen Teppich versauen oder mein ganzes Leben?**

»Ein Sakrileg!«, rief der Wachmann. »Das ist, als würde man die Wände der Sixtinischen Kapelle übersprühen! Sehen Sie sich das an!«

Er zeigte mit der Rechten anklagend auf das Graffiti. »So was ist eine Todsünde! Wer das getan hat, den sollte man kastrieren!«

Er drückte mühsam die Tränen weg.

Das Kocherquartier, ein Einkaufsparadies mitten in der Stadt, auf dem Gelände des ehemaligen Knastes, war vor seiner Erbauung heiß umstritten gewesen, wurde aber seit seiner Fertigstellung von der Bevölkerung gut angenommen. Von Klamotten über Kosmetik bis hin zu Kühlwaren konnte man dort alles erstehen. Sehr praktisch, dafür nicht extra hinaus auf die grüne Wiese fahren zu müssen. Alle schienen zufrieden.

Doch jetzt hatte jemand die Sandsteinwände besudelt. An der Wand eines Kaffeeanbieters stand in blutrot aufgesprühten Lettern: *Unfair gehandelter Kaffee tötet Menschen!*

Wie viele Kaffeebauern in Süd- und Mittelamerika oder Afrika lebten unter dem Existenzminimum, obwohl sie Tag und Nacht schufteten? Starben früh in den Sielen, weil sie keine Kraft mehr hatten? Nur damit Europäer für unter zehn Cent die Tasse ihren Kaffee trinken konnten?

»Ich hab den Kerl weglaufen sehen«, erregte sich der Wachmann. »So einer mit einer Riesenwampe. Und schwarzer Strumpfmaske. Und ein Tier war auch dabei. Was soll das überhaupt heißen: ›Unfair gehandelter Kaffee tötet Menschen‹?«

Nun kamen dem Wachmann doch die Tränen. Nicht wegen der gesellschaftspolitischen Relevanz. Er hatte auch nicht unbedingt Mitleid mit dem Sandstein oder mit dem Menschen, der den Sandstein würde sauber kärchern müssen.

Er tat sich selber leid. Hatte er doch die Schicht von Mitternacht bis sechs Uhr früh geschoben und die Tat erst bemerkt, als es schon zu spät war. Wie sah das denn aus, dass er den Sprayer nicht hatte stellen können? Das gab womöglich Gehaltsabzug. Wenn nicht noch Schlimmeres. Wieso nur hatte er das Sprühen nicht rechtzeitig gehört? Und auch sonst nichts bemerkt?

Dafür bemerkte er jetzt umso mehr: »Die Handschrift ... an der Handschrift muss man den Sprüher doch erkennen können, oder nicht? Gibt es kein Handschriftenarchiv? Und da, der Hundehaufen! Der Sprüher hatte einen Hund dabei. Wenn man die Kacke analysiert, weiß man, welcher Hund das war. Wir kriegen diesen Kerl. Wir kriegen ihn!« Er reckte seinen stark geäderten, rechten Arm in die Höhe.

»Nehmen Sie mal schön Ihren Arm wieder runter, das wirkt missverständlich«, sagte der herbeigerufene Streifenbeamte. »Und trinken Sie erst mal eine schöne Tasse Kaffee, dann geht es Ihnen gleich besser.«

Der Wachmann schürzte die Lippen. »Hm, aber nicht von hier, oder? Vielleicht bringt einen der Kaffee ja wirklich um ...«

Aus dem Ofen, in den Sinn

»Für mich nur eine Tasse Kaffee«, bat MaC.

Seifferheld und sie saßen in der Filiale von *Pfisterer & Oettinger* und nahmen gemeinsam ein zweites Frühstück ein. Das heißt, Seifferheld frühstückte eine Butterbrezel, ein Hörnchen mit Schinken und eine heiße Schokolade mit Sahne. MaC frühstückte schwarzen Kaffee.

Sie fand sich fett. Seit dem Beginn der Wechseljahre hatten sich einige hartnäckige Kilogramm auf ihrer Hüfte manifestiert, die einfach nicht wieder wegwollten. Sie kam sich vor wie ein gewaltiger Planet, und der hager-sehnige Siggi kreiselte wie ein Trabant um sie herum. Ihr Hintern war gigantisch, als ob sie sich ein Kissen unter das Kleid gestopft hätte. MaC war fest entschlossen, nur noch von Kaffee und Zigaretten zu leben. Sie hatte schon drei Kilo abgenommen, aber das war – bezogen auf ihr Gesamtgewicht – in etwa so, als würde man einen Liegestuhl vom Deck der Queen Mary II ins Meer werfen.

MaC wusste nicht, wie lange sie ihre Diät noch würde durchhalten können. Gestern Nacht, beim Zappen durch die Kanäle, hatte sie beim Anblick einer Katzenfutterwerbung eine regelrechte Heißhungerattacke bekommen. Gott sei Dank hatte sie ihren Kühlschrank immer noch nicht aufgefüllt. Und um zu Siggi zu gehen, war sie zu erschöpft gewesen.

Seit der Entführung des Kulturattachés war sie gewissermaßen rund um die Uhr im Einsatz. Heute Morgen war sie schon um 7:00 Uhr in der Redaktion aufgetaucht, und es hatte auch gleich eine Nachricht gegeben. Keine gute Nachricht.

»Weder die Familie noch die Botschaft wollen das Lösegeld zahlen«, flüsterte sie Seifferheld zu, damit die anderen Gäste des Bäckerei-Cafés sie nicht hörten. »Die Familie will Beweise, dass es ihm gutgeht. Und sie zahlt höchstens, wenn der Kulturattaché noch während der Geldübergabe freigelassen wird. Eine Überweisung vorab kommt für sie nicht in Frage. Die Botschaft wiederum sagt, dass sie nicht mit Terroristen verhandelt und als solche würde sie die Entführer einstufen.«

Seifferheld kaute verbissen an seiner restlichen Brezel. Er hatte ja gleich mit so etwas gerechnet. Entführungen liefen nie glatt.

Allerdings kannte er solche Szenarien früher nur aus dem

Fernsehen oder den Berichten von Großstadtkollegen. Jetzt war es in Schwäbisch Hall geschehen.

»Ich find's ja besonders unheimlich, dass sie den Phaeton des Oberbürgermeisters hinter dem Neubausaal gefunden haben«, sagte MaC. »Quasi direkt bei uns um die Ecke.«

Seifferheld hörte das »uns« heraus und freute sich, weil es für die Zukunft ihrer Beziehung Gutes verhieß. Aus taktischen Überlegungen ging er jedoch nicht weiter darauf ein. Stattdessen sagte er: »Die hatten dort einen anderen Wagen bereitgestellt, um unerkannt flüchten zu können. Bestimmt eine Limousine. Sie haben den Kulturattaché in den Kofferraum geworfen und sind dann ganz gemütlich weggezuckelt.«

»Aber das muss doch jemand gesehen haben. Es war doch heller Nachmittag!«, hielt MaC dagegen.

»Eben«, sagte Seifferheld. »Das ist ja das Geheimnis erfolgreicher Krimineller. Was man in aller Gemütsruhe am helllichten Tag macht, erregt keinerlei Aufsehen. Nur Stümper und Amateure verbrechern nachts.«

MaC schüttelte immer noch ungläubig den Kopf. Sie wollte widersprechen, Einwände erheben, aber sie wurde abgelenkt. Sie wurde nämlich angelächelt. Verführerisch angelächelt.

Unwiderstehlich verführerisch angelächelt.

Von dem Hörnchen.

Natürlich tat sie daraufhin, was jede normale Frau getan hätte: Sie gab Seifferheld die Schuld. »Musst du dich hier so vollstopfen, wo du doch genau weißt, dass ich auf Diät bin?«

Empört stand sie auf und stapfte wutschnaubend davon.

Seifferheld verstand die Welt nicht mehr.

Gleich darauf verspeiste er dennoch genüsslich sein Hörnchen.

Wenn Sie ein wunderhübsches, vollkommenes Baby haben, das immer lächelt, nie schreit, nachts stets durchschläft und regelmäßig Bäuerchen macht, dann sind Sie die Großmutter.

In ungewohnter Einigkeit hatten Fela und Karina einen Ad-hoc-Familienrat einberufen. Ihre jeweiligen Eltern hatten sich extra freigenommen und waren angereist.

Damit es, falls es zum Eklat kommen sollte, keine Gewaltausbrüche gab, fand das Treffen an einem öffentlichen Ort statt: in der *Suite 21*, Karinas Lieblingscafé. Dort war gerade wenig los und sie hatten das oberste Stockwerk ganz für sich.

Herrmann und Marcella Seifferheld waren leichenblass, und die Nnekas waren unter ihrer schwarzen Hautfarbe bestimmt auch bleich. Sie hatten alle gewusst, dass dieser Moment einmal kommen würde.

Anfangs herrschte Schweigen.

Fela junior schlummerte selig in seinem Tragetuch vor Karinas Bauch.

Fela guckte stur geradeaus.

Nur Karina versuchte sich an einem Lächeln.

Karinas Eltern mühten sich ihr zuliebe mit einem Erwiderungslächeln ab. Ihre früher so ausgeflippte Karina hatte eine 180-Grad-Wende vollzogen. Seit ihrer Schwangerschaft hatte sie sich nirgends mehr nackt angekettet, um gegen Echtpelze zu protestieren. Sie hatte keine Ferkel widerrechtlich in die Freiheit entlassen und keine Bettlaken mit linken Parolen aus Museumsfenstern gehängt. Aus ihr war eine ruhige, beherrschte junge Frau geworden. Dachten ihre Eltern. Und waren eigentlich froh. Es kümmerte sie im Grunde nicht die Bohne, welche Farbe ihr Enkel hatte, ob weiß, ob schwarz, ob gelb oder kariert: Dieser Wonneproppen hatte aus ihrer aufsässigen Randale-Tochter eine Frau gemacht, auf die man stolz sein konnte.

Wenn da nur nicht ...

Die Nnekas sahen betroffen auf die Holztischplatte und wagten es nicht, den Blick zu heben. Sie hatten ihre politisch unruhige Heimat verlassen, um ihren Söhnen Fela und Mozes einen guten Neuanfang zu bieten, eine ordentliche Ausbildung, ein stabiles Heim und Aussichten auf ein erfülltes Leben in Frieden. Fela hatte sich auch gut gemacht, immer ein braver Junge, ein anständiger Bürger, und ein hochbegabter Fotograf, auf den sie stolz waren. (Für Mozes konnte man noch keine Prognose abgeben, er war als Nachzügler noch zu jung.)

Das hier hatte Fela nicht verdient. Sie machten sich die größten Vorwürfe. Unter dem Tisch suchten und fanden sich ihre Hände.

Nachdem die junge Kellnerin fünf Kaffee schwarz, fünf Stück Kirsch-Milchreis-Kuchen und eine heiße Zitrone gebracht hatte, knallte Fela ein Stück Papier auf den Tisch. »Der Laborbefund: Karina und ich sind die Eltern von Fela junior.«

Karina hätte weinen können. Vor Freude. Zum ersten Mal hatte Fela den Namen seines Sohnes ausgesprochen und ihn Fela junior genannt! Und von ihr und sich als »Eltern« gesprochen.

Die Seifferhelds und die Nnekas schauten verbissen in ihre Kaffeetassen.

»Hat vielleicht irgendjemand was zu sagen?«, verlangte Fela ungnädig zu wissen.

»Fela, doch nicht in diesem Ton«, beschwichtigte Karina.

Der Genetiker, den sie kontaktiert hatte, konnte nur mit einer einzigen Möglichkeit aufwarten.

»Ich habe in Stuttgart einen Zweit- und in Karlsruhe einen Drittbefund einholen lassen. Es besteht kein Zweifel«, fuhr Fela in exakt demselben Ton fort, weil er sich von der Frau an seiner Seite nicht die Stimmlage vorgeben lassen wollte.

»Du hast was?« Karina war empört.

»Jetzt nicht.« Fela verschränkte die Arme vor seiner durchtrainierten Brust und markierte den starken Mann.

Herrmann Seifferheld räusperte sich. Seine Frau legte ihre Hand auf seine Schulter. »Nein, Schatz, das ist meine Aufgabe.«

Marcella, Karinas Mama, kam ursprünglich aus Rom und trug an diesem Tag ein schwarzes Etuikleid und darüber eine Spitzenstola. Wenn sie die Stola jetzt noch über ihr onduliertes Haupthaar ziehen würde, wäre sie angemessen gekleidet für eine Papstaudienz. So sah es nur aus, als sei sie in Trauer. Was sie irgendwie auch war. Denn heute würde die Schande ans Licht kommen.

»Wenn ich vielleicht zuerst ...?«, bat Felas Mutter und holte tief Luft. Sie trug ein farbenfrohes, bodenlanges Kleid aus ihrer alten Heimat und hatte die Haare extra zu einem kunstvollen Zopfgebilde arrangiert, in das bunte Glasperlen eingeflochten waren. Ein Augenweidenanblick. »Es ist alles meine Schuld. Ja, meine Schuld.«

Im wirklichen Leben trugen beide Frauen Jeans und Blusen, aber wann immer sie sich trafen, versuchte eine die andere an Eleganz auszustechen. Bislang ein Kopf-an-Kopf-Rennen. Unentschieden.

»Bitte, ich hatte doch schon angefangen«, unterbrach Karinas Mutter, mit beiden Händen gestikulierend, wie man es von Italienerinnen erwartete. »Und es ist definitiv *meine* Schuld.«

Marcella Seifferheld entstammte einem uralten Geschlecht. Wer sie kannte, ging davon aus, dass die Wurzeln ihrer Familie bis in die Frühzeit reichten und sie von den antiken Römern abstammte. Allerdings nicht von den netten, zivilisierten Römern wie Seneca oder Marc Aurel, mehr von den stiernackigen Römern, die sich von Wölfinnen säugen ließen, Gladiatoren ausbildeten oder sich freiwillig zum Barbarenschlachten meldeten. Marcellas dunkle Augen blitzten. »Karina, mein Liebes, mein einziges Kind, ich muss dir etwas sagen ...« Sie neigte zur Theatralik. Aus dem linken Ärmel ihres Etuikleides zog sie ein Spitzentaschentuch und tupfte sich die Augenwinkel ab.

»Entschuldigung, dürfte ich wohl ausreden!«, verlangte Frau Nneka mit lauter Stimme. Sie entstammte einer Griot-Familie, der jahrhundertealten Kaste der Musiker und Geschichtenerzähler, die stets zum festen Hofstaat afrikanischer Königreiche gehört hatten. Wenn Frau Nneka eines konnte, dann laut sprechen. »Es kann überhaupt kein Zweifel daran bestehen, dass *ich* schuld bin!«, tönte sie, und man hörte sie gewiss bis hinaus auf die Neue Straße.

Abena Nneka war eine sehr schöne, gepflegte Frau, die hier in Deutschland Philosophie studiert hatte und in ihrer

Doktorarbeit – selbst geschrieben, von Anfang bis Ende – afrikanische Weisheit mit europäischen Erkenntnistheorien verband. Sie wusste um die Wahrheit von Bauernsprüchen, wie der Weisheit aus dem Volk der Ganda: »Ein Herz, das seine Worte nicht sorgfältig abwägt, lässt dich etwas aussprechen, was dein Nachbar niemals vergessen wird.« Zudem war sie von ihrer Persönlichkeitsstruktur her eine eher um Harmonie bestrebte, zurückhaltende Frau. Aber Marcella Seifferheld weckte die dunkle Seite der Macht in ihr. Schließlich war auch Abena Nneka nicht einfach so vom Himmel gefallen, sondern war ein Mensch aus Fleisch und Blut, und wenn ihr jemand so komisch kam wie diese heißblütige Römerin, dann reagierte bei ihr irgendwann nicht mehr der geschulte Verstand, sondern das Adrenalin.

Die beiden Ehemänner hielten den Mund und schaufelten Kuchen in sich hinein. Ihr Verhalten erinnerte sehr an den Wettstreit zwischen Schweden und der Schweiz, wer von beiden mit der größeren Neutralität aufwarten konnte. Fela und Karina schauten nur betroffen, wie man als Kind eben schaute, wenn man sich der eigenen Eltern schämte und dachte, dass man unmöglich mit denen verwandt sein konnte und bestimmt adoptiert war.

Marcella war geübt in der Kunst des »bösen Blicks« und mit einem solchen bedachte sie jetzt ihre Gegenschwiegermutter. »Ich bin die Ältere«, räumte sie großzügig ein, »wenn auch nur um wenige Monate, da werden Sie mir doch wohl den Vortritt lassen. Das gehört sich so. In unserer beider Kultur.«

Adena schürzte die Lippen. »Was ich zu sagen habe, ist aber wichtiger. Und Wichtigkeit hat Vorrang vor Alter, auch wenn ich zweiunddreißig Monate nicht als *wenig* bezeichnen würde«, meinte sie, einen Hauch süffisant.

»Meine Güte, ich darf Ihnen versichern, was ich zu sagen habe, ist Ihrer Wichtigkeit an Wichtigkeit weit überlegen.«

»Ach wirklich, das werden wir ja sehen, wenn ich fertig bin.«

»Sie haben alle Zeit der Welt, sobald ich geendet habe, Zuckerpüppchen.«

»Zuckerpüppchen? Wie primitiv. Wenn ich mich auf Ihr Niveau herunterdenke, krieg ich Kopfschmerzen.«

»Noch so ein Spruch und Ihre Zahnbürste greift ab sofort ins Leere!«

Es lag ein Flimmern in der Luft. Das fromme Wunschdenken, dass an einem öffentlichen Ort keine Fäuste fliegen würden, löste sich in Luft auf. Marcella fuhr ihre orangerot lackierten Nägel aus, Abena schob ihre diversen Armbänder nach oben.

In diesem Moment wachte Fela junior auf.

Und gluckste.

Wenn Großmütter etwas nicht widerstehen können, dann dem Glucksen ihrer Enkel.

Plötzlich war die Luft raus. Die beiden Streithennen verstummten abrupt, beugten sich über Klein Fela und gaben ebenfalls Gluckslaute von sich. Von da an waren die drei für die reale Welt verloren: Eine Glucksglocke des Glücks hatte sich über sie gesenkt.

»Papa, was ist denn jetzt? Wenn du mir sagen kannst, warum unser Baby aussieht wie der große Vorsitzende Mao, dann tu das bitte!«, flehte Karina, die meinte, keine Sekunde länger warten zu können.

Fela nickte und wischte sich mit dem Handrücken den Schweiß von der Stirn.

»Vielleicht sollte ich zuerst ...«, warf Suluhu Nneka vorsichtig ein.

»Dad, nicht das Ganze noch mal von vorn, bitte«, bat Fela.

Die Großväter sahen sich an.

»Karina, deine Urgroßmutter ...«

»Fela, deine Urgroßmutter ...«

Und wieder senkte sich Stille über den zweiten Stock der *Suite 21*. Abgesehen von dem Glucksen der Großmütter.

Karina und Fela fassten sich an der Hand.

»Wie jetzt?«, fragte Karina nach einer Weile.

»Karina, deine Urgroßmutter mütterlicherseits war Chinesin.«

»Fela, deine Urgroßmutter väterlicherseits kam aus China.«

Ja, so etwas in der Art hatte der Vererbungsmensch angedeutet. Rezessive und dominante Gene, wild gemischt, und ein paar Generationen später machte es »bum!«.

»Deine Urgroßmutter hieß Wei Ling und stammte aus Shanghai. Dein Urgroßvater Gaetano hat sie auf seinen Reisen als Unterwäschevertreter kennengelernt und sich verliebt«, fasste Karinas Vater in aller Kürze zusammen, bevor Marcella aus der Glucksglocke kroch und sich in epischer Breite über eine der größten Liebesgeschichten des vorigen Jahrhunderts ausließ. »Später in Italien nannten sie alle nur noch ›Cara‹, weil das der Kosename deines Urgroßvaters für sie war, und auf den alten Schwarz-Weiß-Fotos sieht man ihr die Chinesin nicht mehr an.«

Karina erinnerte sich an die wenigen Fotos, die es von

ihrer Urgroßmutter gab. Man sah ihr vor allem die Liebe zu Spaghetti an.

»Deine Urgroßmutter ist damals mit ihrer Familie in unsere Heimat geflohen und hat sich in einen jungen Griot verliebt. Sie starb bei der Geburt deines Großvaters, und dein Urgroßvater hat noch mal geheiratet«, erzählte Felas Vater. »Man hat sie nicht totgeschwiegen, es war eben nur so, dass das Leben einfach weiterging und die Ehe deines Urgroßvaters mit seiner zweiten Frau sehr glücklich wurde.«

Fela nickte. Ebenso wie die Ehen seines Urgroßvaters mit den Ehefrauen Nummer drei, vier und fünf. Mit den Nachfahren dieses Mannes ließ sich ein ganzer Kleinstaat bevölkern. Luxemburg zum Beispiel.

Karina und Fela sahen sich an. Sie waren also Sechzehntelchinesen. Und ihr gemeinsamer Sohn hatte die volle Ladung chinesischer Gene abbekommen. Der Genetiker hatte sie getröstet, dass sich da noch einiges verwachsen würde. Sie sollten einfach mal abwarten.

»Ich war ein Idiot«, gestand Fela.

»Hm, stimmt«, gab Karina ihm recht.

Sie küssten sich.

> **Ist eine Frau im Zimmer, ehe einer eintritt, der sie sieht?**
> **Gibt es das Weib an sich?**
> **(Karl Kraus)**

»Hab ich es nicht gesagt? Ich hab's gesagt! Was habe ich gesagt?«

Schrill gellte MaCs Stimme an Seiffershelds Ohr. Vor Schreck ließ er den Stickrahmen fallen.

»Äh ... dass du auf Diät bist und ich in deiner Gegenwart nichts essen soll?«

»Unsinn, Siegfried, hörst du mir eigentlich nie zu?«

Das fand Seifferheld jetzt enorm unfair, weil er sich nämlich zu zweihundert Prozent sicher war, sich korrekt an die Worte zu erinnern, die MaC zuletzt mit ihm gewechselt hatte. Nicht zum ersten Mal fand er, dass Diäten grundsätzlich verboten gehörten: Sie machten aus willigen Weibern höhnische Hyänen.

Außerdem hatte ihn MaC jetzt völlig aus dem Konzept gebracht. Er stickte gerade »freihändig«, ohne Vorlage einfach ins Blaue hinein – nur was für echte Freestyler, die das Risiko nicht scheuten. Normalerweise ging er in diesen Extremmomenten, in denen es auf totale Konzentration und Fingerspitzengefühl ankam, gar nicht ans Telefon, aber die Neugier hatte gesiegt. Schließlich lebten sie in aufregenden Zeiten.

»Ich habe gesagt, dass es böse enden wird«, erklärte MaC mit mühsam beherrschter Stimme.

»Was denn?« Seifferheld tat nicht nur so, er stand wirklich auf dem Schlauch. Ging es noch um Diäten?

»Die Entführung! Ach Siggi, wo bist du nur mit deinen Gedanken?«

Hätte er jetzt sagen sollen: Bei der Vorbereitung meiner nächsten Sendung, schließlich bin ich ein aufgehender Stern am Radiohimmel?

MaC vermutete durchaus, dass er an Ätherwellen dachte, jedoch eher im Zusammenhang mit dem dunklen Pony einer gewissen Radiofrau. Dieser Gedanke trug nicht gerade dazu bei, ihre Stimmung zu heben.

»Die Entführer haben dem Kulturattaché einen Finger abgehackt. Zum Beweis, dass es ihnen ernst ist. Ich dachte, du weißt etwas darüber, aber offenbar weißt du rein gar nichts.«

Sie knallte den Hörer auf die Gabel.

Seifferheld schürzte die Lippen. Er wollte Onis ansehen und ihn fragen, wozu genau man sich doch gleich noch mal den ganzen Ärger mit den Frauen antat, aber Onis war nicht bei ihm, er lag, wie so oft in letzter Zeit, im Erdgeschossflur vor der Kellertür. Die Hitze setzte dem armen Fellträger auf Dauer ziemlich zu.

Seifferheld kratzte sich an der Nase, überlegte, ob er jetzt aktiv werden sollte, wischte sich den Schweiß von der Stirn, wackelte mit den Ohren – und stickte weiter.

Man lebt und lernt. Na, jedenfalls lebt man.
(Douglas Adams)

Er hatte die Nadel gerade zwei Mal durchgezogen, da klingelte das Telefon erneut.

MaC, die sich für ihren harschen Ton bei ihm entschuldigen wollte?

Wohl kaum.

»Siggi! Ich hab ihn gesehen!« Bauer zwo klang begeistert. War einer seiner Helden in der Stadt? Jean-Claude Van Damme? Vin Diesel? Dieter Bohlen?

»Wen?« Seifferheld ließ den Stickrahmen sinken und ergab sich in sein Schicksal.

»Den Finger!«

Jetzt hätte ein Tusch erklingen müssen.

Seifferheld war aber auch so hellwach.

»Den abgetrennten Finger des indischen Kulturattachés? Ich komme!«

Zu Seifferhelds Verteidigung muss gesagt werden, dass ihn kein billiger Katastrophentourismus trieb. Aber wenn der Finger hier in Schwäbisch Hall abgegeben worden war, dann hieß das doch, dass der Entführte auch noch hier ...

»Lass gut sein, Siggi. Der Finger ist weg. Die Kollegen vom BKA haben ihn sofort eingesackt und nach Wiesbaden zur Untersuchung gebracht.«

Seifferheld ließ sich wieder in seinen Lieblingssessel sinken. So ein Mist.

»War eigentlich ein ganz normaler Männerfinger. Vielleicht einen Tick zu gepflegt für einen Sportlertypen, aber dafür mit Siegelring. Der Ring ist wohl echt. Wir haben ein Handyfoto gemacht und seiner Familie geschickt, und die haben es bestätigt. Schlimm, oder?«

Bauer zwo klang jedoch nicht wirklich erschüttert. Schließlich hatte der Mann ja noch neun andere Finger. Sich selbst betrachtete Bauer zwo als ewigen Junggesellen und da er auch nicht vorhatte, in absehbarer Zukunft noch mal ein Instrument – etwa Klavier – zu lernen, befand er Ringfinger für unnötig.

»Wird denn jetzt das Lösegeld bezahlt?«, fragte Seifferheld, obwohl er die Antwort bereits zu kennen glaubte.

Pustekuchen.

»Nope. Die Botschaft hat erneut erklärt, mit Terroristen nicht zu verhandeln. Und die Familie besteht weiterhin auf zeitgleichem Austausch von Entführungsopfer und Geld.

Könnte ja sein, dass die Täter den Finger vom toten Kulturattaché abgesäbelt haben. Die Angehörigen wollen auf Nummer sicher gehen, bevor sie das Sparschwein schlachten.«

Seifferheld schüttelte den Kopf angesichts dieser Kaltschnäuzigkeit. Der von Bauer zwo und der von Mohandras Familie. »Wenn das mein Sohn wäre, würde ich rasch handeln, bevor es zu spät ist.«

Weisere Worte wurden nie gesprochen.

**Man muss nicht unbedingt
einem anderen das Licht ausblasen,
um das eigene strahlen zu lassen ...
Aber es hilft.**

Mohandra Johar, der indische Kulturattaché, schaute überrascht, ja erstaunt auf seine Brust, auf der sich ein kleiner roter Fleck ausbreitete, blickte dann hoch in die Kamera, hob die dick mit Mullbinde umwickelte linke Hand, sein Unterkiefer klappte nach unten und – zack! – war er tot. Einfach so.

Sein Kopf sackte auf seine Brust. Er verharrte sitzend auf seinem Stuhl, schließlich war er ja daran gefesselt, aber insgesamt machte er den Eindruck einer leblosen, eingefallenen Gestalt.

Ende der Fahnenstange. Finito. Aus die Maus.

Das kam jetzt für alle etwas plötzlich.

Johar war tatsächlich vor laufender Kamera erschossen worden!

Wurster fiel vor Schreck das Leberkäsweckle aus der Hand.

Bauer zwo sagte: »Wie jetzt?«, und sah sich verständnislos um.

Kurz bevor das BKA eine Live-Schaltung aktivierte und die Videonachricht über den Bildschirm der Mordkommission flackerte, hatte Seifferheld bei seinen Ex-Kollegen vorbeigeschaut, um Näheres über den abgetrennten Finger zu erfahren und darüber, wie genau er der Polizei in die Hände gefallen war (Expresspaket? In eine Babyklappe gelegt?). Als der Schuss kaum hörbar aus dem Schalldämpfer »ploppte«, wollte sich Seifferheld gerade die Kaffeetasse an die Lippen setzen. Er erstarrte mitten in der Bewegung.

Johar saß auf demselben Stuhl wie am Vortag, vor demselben weißen Betttuch, trug noch denselben Anzug. Eine mechanisch verzerrte Stimme aus dem Off erklärte, wie unzufrieden man mit den Verhandlungen gewesen sei und dass man ein Zeichen setzen wolle. Das nächste Opfer sei schon auserkoren.

Die Entführer ließen die Kamera noch lange genug – auf die reglose Gestalt von Mohandra Johar gerichtet – laufen, damit man sicher sein konnte, dass nicht einmal ein geübter Extremtaucher die Luft so lange anhalten konnte.

Definitiv tot.

Ja, man rufe es von Sendetürmen und Funkmasten: Mohandra Johar, der indische Kulturattaché in Deutschland, war ermordet worden!

Die Monster unter deinem Bett haben auch Alpträume.
Von dir.

Bocuse suhlte sich im Selbstmitleid wie ein schwäbisch-hällisches Landschwein im Hohenloher Schlamm. Nur dass er nicht grunzte.

»Noch zwei Pils, bitte«, riefen die beiden Frauen am Ecktisch.

»Klaus! Zwei Pils!« Bocuse stöhnte.

Bis heute Mittag hatte der Laden gebrummt. Und wie. Das lag an den Vertretern der Weltpresse, die ihren Durst stillten, während sie auf Neuigkeiten vom entführten Kulturattaché warteten. Aber nun war der Inder tot, und die Pressefuzzis hatten alles fotografiert und gefilmt, was Hall als Ort des Entführungsgeschehens zu bieten hatte, und waren wieder abgezogen. Insgesamt hatte sich sein Bistro sehr gut angelassen, und er hatte ordentlich verdient, auch wenn ihm ein Journalist von der *Süddeutschen* die Rechnung seiner Reinigung zukommen lassen wollte, weil er sich gegen die rosa Wand gelehnt hatte, besagte rosa Wand aber noch nicht trocken war, und nun ein Fleck seine Cordsamtjacke zierte.

Jetzt, am späten Abend, war Ruhe eingekehrt.

Keiner mehr da. Außer den beiden knutschenden Mädels am Ecktisch. Und Klempner Arndt am anderen Ende der Theke, der mal wieder Bereitschaft hatte, dessen Kopf aber schwer auf seinen Armen ruhte und der definitiv eingeschlafen war.

Und natürlich Klaus, der sich als Biereinschenker und Kaltmamsell wacker schlug. Er war überhaupt eine echte Perle hinter der Theke. Man durfte ihm nur nicht erlauben, seine Formationsflugfruchtfliegen mit zur Arbeit zu bringen.

Bocuse war ratlos. Da hatte er alles, was er sich gewünscht hatte, und dennoch fehlte etwas ...

Die Tür ging auf, und ein junger Mann trat ein. Dem

Aussehen nach auch kein Deutscher. Ein Fremder in der Fremde, wie er. Bocuse hob dem Neuankömmling prostend sein Glas entgegen.

»Bonsoir! Was wünschen Monsieur?«, fragte er den jungen Mann.

»Ein Apfelsaftschorle«, sagte Sunil, denn natürlich war es Sunil, der an einem Abend wie diesem, wo man einen Landsmann von ihm erschossen hatte, noch dazu einen legendären Cricketspieler, nicht allein sein wollte. Aber die fröhliche Feier im Studentenwohnheim – Joao aus Brasilien wurde vierundzwanzig – war auch nicht sein Ding.

»Klaus! Apfelschorlé!«, rief Bocuse.

»Sie sind auch nicht von hier«, fing Sunil eine Unterhaltung an. »Belgier?«

»Franzose!«

Es gab nichts Schlimmeres, als einem Franzosen zu unterstellen, er sei Belgier. Außer man unterstellte einem Belgier, Franzose zu sein. Das war richtig böse.

Für Sunil war das aber einerlei. Wie viele Belgier gab es auf diesem Erdenrund? Zehn Millionen? Wie viele Franzosen? Zweiundsechzig Millionen? Das waren zusammen gerade mal eine Handvoll Leute mehr als allein Mumbai Einwohner hatte. Die konnten ruhig alle sauer auf ihn sein, das kratzte ihn nicht.

»Frankreich. Das Land der Lebensart. Exzellentes Essen. Herrliche Schlösserkultur.« Sunil rezitierte nicht, das las er von dem Plakat des französischen Fremdenverkehrsbüros ab, das Klaus in einem hiesigen Reisebüro erbettelt und als Wandschmuck neben die Theke gehängt hatte.

»Ach, Schlösser. Die werden maßlos überschätzt«,

schimpfte Bocuse, der, weil er in Fahrt war, wieder einmal vergaß, mit französischem Akzent zu sprechen, was er normalerweise immer tat, weil es ihn interessanter machte, wie er fand. »Schlösser waren auch mal nichts weiter als kalte, stinkende Neubauten. Und die Küchen in französischen Schlössern waren so endlos weit weg vom Speisesaal, dass immer schon alles kalt war, wenn man es servierte. Deswegen haben französische Köche die Soße erfunden, als wärmende Decke obendrauf.« Er machte eine weit ausholende Geste, denn kalt war es in seinem Bistro auch. Außerdem roch es immer noch basisch nach Farbe.

Sunil nickte höflich. »Sie sind kein glücklicher Mann«, wagte er zu sagen.

»Ach, aber Sie schon oder was?« Bocuse guckte böse.

»Ja, ich bin ein Goldkind. Denn ich habe die Gabe, in allem etwas Positives zu sehen.« Das las Sunil nun nicht ab, das memorierte er aus dem Abreißkalender der Wohnheimgemeinschaftsküche.

Bocuse hätte sich übergeben mögen. Glückliche Menschen nervten tierisch.

»Klaus! Pernod! Zwei!«

»Danke, ich trinke keinen Alkohol«, wehrte Sunil ab.

»Die sind beide für mich. Ich brauche das jetzt«, erklärte Bocuse. Für ihn war die französisch-indische Freundschaft beendet.

Klaus ging ins Hinterzimmer, wo sich – nur für den »Patron« – der Vorrat an gutem Pernod befand. Als er zurückkam, hielt er ein gerahmtes Foto in der Hand. »Schau, was ich gefunden habe. Deinen Engländer. War zwischen Herd und Spüle gerutscht.«

Die Lippen von Bocuse begannen zu erzittern. Eine Welle der Emotion übermannte ihn. Jamie Oliver. Das war es! Jetzt war ihm auf einen Schlag klar, was ihm die letzten Tage gefehlt hatte. Sein über alles geliebter, hochverehrter Jamie Oliver. Das war ein Zeichen: Jamie und er, wieder vereint.

»Klaus! Lokalrunde!«

Bei dem Wort »Lokalrunde« wurde Klempner Arndt schlagartig wach.

Klaus zapfte noch drei Pils (zwei für die Mädels, eins für Arndt), goss Sunil Apfelschorle nach, setzte Bocuse zwei Pernod vor und genehmigte sich selbst noch eine Buttermilch.

Bocuse nagelte Jamie Olivers Porträt voller Verzückung über die Eingangstür, gab anschließend noch zwei Lokalrunden aus, und dann wurde es doch noch so lustig, dass sie bis in die frühen Morgenstunden lauthals *Frère Jacques* und *Je ne regrette rien* schmetterten, die einzigen Lieder, zu denen alle außer Bocuse den Text kannten.

Mitternacht

Das Licht am Ende des Tunnels sind die Scheinwerfer eines herannahenden Zuges.

Seifferheld machte sich die größten Vorwürfe.

Er hätte irgendetwas tun müssen. Warum hatte er nur an Rani Chopra gezweifelt? Sie hatte sich das alles nicht nur aus Liebe eingebildet. Hätte er von Anfang an mit der Faust auf den Tisch gehauen, dann hätte man dem Kulturattaché vielleicht doch mehr Schutz angedeihen lassen, und die Entführung hätte verhindert werden können.

Ach Quatsch, wieso machte er sich etwas vor: So wichtig war er nicht mehr – war er noch nie gewesen –, als dass er den Gang der Geschichte, will heißen das Prozedere bei der Polizei, zu beeinflussen vermocht hätte.

Nun war es ohnehin zu spät.

Was Seifferheld schon am späten Nachmittag erfahren hatte, war der Öffentlichkeit später in der *Tagesschau* und in *Heute* (oder eine Viertelstunde früher auf *Spiegel online*) bekanntgegeben worden. Die Welt hatte mit Entrüstung reagiert. Geändert hatte das nichts.

Die Faktenlage blieb, wie sie war.

Seifferhelds Meinung nach hatten sich die Entführer zum Zeitpunkt der Videoaufnahmen mit ihrem Opfer noch in Schwäbisch Hall befunden. Zu schnell hatten die Sicherheitsmaßnahmen gegriffen, waren Streifenwagen und Polizeihubschrauber vor Ort gewesen. Wären die Täter über Land gefahren oder auf die Autobahn geflohen, hätte man sie entdeckt. Außerdem musste jemand Rani im Vorhinein beobachtet haben. Jemand, der gesehen hatte, wo sie den USB-Stick versteckt hatte, und der ihn an sich brachte; jemand, der sie aus dem Weg räumte, bevor sie zu einem Risiko wurde. Kurzum, jemand, der sich in Schwäbisch Hall auskannte.

Das alles hatte er natürlich auch dem Leiter der Ermittlungen am Telefon mitgeteilt, aber der hatte ihn erst abgewimmelt und dann abgewürgt. Auch dass der Finger vor einem Revier in Schwäbisch Hall aus einem fahrenden Auto geworfen worden war (also, nicht der Finger sich, sondern eine mit Klebestreifen umwickelte Zigarrenschachtel, in der sich der Finger befunden hatte), war als nebensächlich eingeordnet worden.

Das BKA hielt Rani Chopra für einen absoluten Nebenschauplatz. Man konzentrierte sich auf Berlin als Ausgangspunkt. Die Entführer hätten zwar in Schwäbisch Hall zugeschlagen, so sagte man Seifferheld, aber ihr Hauptquartier sei zweifelsohne in einer Großstadt, wo sie unbeobachtet agieren konnten.

Seifferheld lag im Bett und grummelte frustriert.

»Mein Brummbär«, raunte eine melodische Frauenstimme an seiner Seite.

MaC lag in seinen Armen. »Ich kann heute Nacht nicht allein sein«, hatte sie gesagt. Und das, obwohl sie das Video gar nicht in voller Länge gesehen hatte, so wie er, sondern nur den Teil der Aufnahme, der zur Veröffentlichung freigegeben worden war – nicht viel mehr als ein Standbild vom Kopf des Kulturattachés, bevor er erschossen wurde.

Ehrlich gesagt war Seifferheld froh über MaCs Anwesenheit, ganz ohne Hintergedanken, denn auch er wollte nicht allein sein.

Die Sinnlosigkeit der Gewalt machte ihn hin und wieder immer noch sprachlos. Selbst nach dreißig Jahren bei der Mordkommission.

»Wenn seine Familie gezahlt hätte, wäre er jetzt noch am Leben«, flüsterte MaC.

»Oder diese Schweine hätten ihn so oder so erschossen und wären dafür auch noch um fünf Millionen Dollar reicher«, hielt Seifferheld dagegen.

MaC kuschelte sich tief in seine Armbeuge. »Du hast wahrscheinlich recht. Solche Überlegungen sind leider müßig.«

Im Haus war es ruhig. Karina und Fela junior übernachteten bei Papa Fela, und Irmgard war schon früh schlafen gegangen. Glaubte Seifferheld, aber in Wirklichkeit saß sie mit verschränkten Armen und zerfurchter Stirn vor ihrem Laptop und wartete darauf, dass ihr Mann sich aus Afrika meldete.

MaC und Seifferheld lagen noch lange wach und sahen durch das offene Schlafzimmerfenster auf den Mond.

Irgendwann erhob sich Onis, der auf dem Bettvorleger gelegen hatte, gähnte, streckte sich und trabte dann nach unten.

Er kam lange, sehr lange nicht wieder.

**Wenn man schon etwas Verbotenes tut,
sollte man es wenigstens genießen.**

Es war brechend voll. Schwitzende Leiber, die sich auf der Tanzfläche wild verrenkten. Fast schon erotisches Stöhnen mischte sich mit heiseren Jazzklängen. Die Luft kochte. Beine stampften. Hände klatschten.

Traditional Night im *Carnivore Jazzclub* in Nairobi. Mama Temba und ihre Combo spielten, wie an jedem zweiten Wochenende, auf.

Rhythmische Klänge. Die Trommel gab den Takt vor. Die Hände an der Trommel waren weiß. Sie gehörten zu einem Mann, den man früher einmal als Pfarrer Helmerich Hölderlein gekannt hatte. Dieser Pfarrer existierte nicht mehr.

Wie eine Raupe hatte er sich aus seinem Kokon geschält, und sein wahres Wesen hatte sich schmetterlingsgleich entfaltet. Wäre er tatsächlich ein Schmetterling, so wäre er ein ... also, Hölderlein kannte sich mit Schmetterlingen nicht aus und konnte im Prinzip nur den Zitronenfalter und den Admiral zweifelsfrei identifizieren, aber er wusste, dass es sich bei ihm um ein ausnehmend exotisches Exemplar handeln musste. Er war mutiert, von einem schüchternen, ängstlichen Mann Gottes zu einem furchtlosen Zauberer an der Trommel.

»Ndiyo!«, rief er mit heiserer Stimme, »jaaaa!«, und trommelte wie ein Berserker.

Die anderen Musiker konnten mit seinem Tempo kaum mithalten. Nicht weil es ihnen zu schnell war. Es war zu unregelmäßig. Und zu atonal.

Mama Temba schob den Unterkiefer kämpferisch nach vorne.

Der Bleichkopf war das genaue Gegenteil von einem Naturtalent. Wie konnte man auf eine Trommel nur so dermaßen falsch einschlagen? Ging das überhaupt? Der Mann hatte nicht nur absolut keine Musik im Blut, er war wie ein schwarzes Loch, das die guten Töne in sich aufsaugte und verschwinden ließ und nur die falschen Töne, die einem Gänsehaut verursachten, erklingen ließ.

Das war's jetzt, beschloss Mama Temba.

Nie wieder Open Drum Night!

Die drei Tage des Condor

Aus dem Polizeibericht

Wer summt denn da?

Bei einer Honigverkostung der Landfrauen Rosengarten-Uttenhofen auf dem Teurershof haben in einer regelrechten Blitzinvasion schätzungsweise 20 000 Wespen den Saal okkupiert, dessen Fenster wegen der großen Hitze geöffnet waren. Die herbeigerufenen Ordnungshüter verständigten einen Kammerjäger, der die Tiere mit einem Nebel betäubte und anschließend aus dem Saal entfernte. Der Verkostungshonig musste entsorgt werden. Die Landfrauen blieben ungestochen.

Erstens kommt es anders, zweitens als man denkt.

Egal, wie sehr man jemanden liebte, jeder Mensch nervte. Irgendwann, irgendwie.

Wenn MaC bei Siggi übernachtete, war das zwar paradiesisch, aber in jedem Paradies gab es einen Apfelbaum, dessen Früchte man tunlichst nicht pflücken sollte, weil sonst der Ärger losging.

Der Apfelbaum im Paradies von Siggi und MaC hieß Frühstück.

Seifferheld stand gerne sehr früh auf, schrieb seinen Polizeibericht, trank in Ruhe ein Glas Most und aß eine Brezel mit Honig oder Wurst, bevor er dann mit Onis eine Runde durch den Stadtpark drehte. Das war sein heiliges Morgenritual.

MaC dagegen war kein Morgenmensch, fühlte sich aber aufgrund frühkindlich-familiärer Prägungen durch ihre Mutter dazu verpflichtet, ebenfalls früh aufzustehen, um ihrem Lebenspartner Gesellschaft zu leisten. Weil sie aber nun einmal ein Nachtmensch war, saß sie mit sehr kleinen Augen am Küchentisch und brauchte zum Wachwerden Kaffee – viel Kaffee – sowie das *Morgenmagazin* der öffentlich-rechtlichen Sender.

Wenn Seifferheld in seinen geheiligten Morgenstunden etwas nicht brauchen konnte, dann das Dauergeplapper aus der Glotze über Dinge, die ihn deprimierten oder nicht interessierten oder beides. Zumal MaC ohnehin nicht auf den Bildschirm schaute, sondern Frauenmagazine durchblätterte, meistens die *Vogue*. Warum dann also das Ganze?

Am Morgen nach der Ermordung des indischen Kulturattachés – und nach insgesamt drei Tagen, die schon keine Alltagstage mehr gewesen waren – hatte Seifferheld gerade den Polizeibericht an das *Haller Tagblatt* gesendet und dabei große Lust auf eine Honigbrezel bekommen, als MaC verschlafen und grußlos in die Küche getaumelt kam und sofort den Kleinbildfernseher einschaltete.

»... noch keine heiße Spur zu den Tätern ...« Man sah Luftaufnahmen von Schwäbisch Hall.

MaC werkelte an der Kaffeemaschine. Sie trug nur ein Bigshirt. Mit nichts darunter, wie Seifferheld wusste. Was man auch sehen konnte, wenn sie sich, wie jetzt, vorbeugte, um die Kaffeesahne aus dem Kühlschrank zu nehmen.

»Allmächtiger!«, gellte eine Frauenstimme. Nein, nicht Olga, die kasachische Nicht-Putzfrau. Es war Irmgard, die in diesem Moment, bereits fertig gerichtet, in die Küche trat. »Sodom und Gomorrha! Gibt es in diesem Haus keinen Anstand mehr?«

Seifferheld und Onis zuckten zusammen, MaC richtete sich in aller Seelenruhe auf, drehte sich um und sah Irmi aus verklebten Augen an.

Im Film würde in einem solchen Moment Morricone-Musik einsetzen. Irgendetwas High-Noon-mäßiges, das einem Gänsehaut bescherte und Schauer über den Rücken jagte, weil man wusste, dass es gleich ein Duell geben und einer der beiden Westernhelden in den Staub beißen würde. Natürlich nicht der, dem man das Happy-End mit der blonden Heldin wünschte.

Auf der einen Seite stand MaC mit der Kaffeesahne in der Hand, bewaffnungstechnisch eindeutig im Vorteil. Auf der anderen Seite Irmgard, unbewaffnet, aber angezogen und daher moralisch im Recht.

Die Augen von Seifferheld und Onis huschten hin und her.

Früher hätte Seifferheld eingreifen, schlichten wollen, hätte sich aber nicht getraut, weil er wusste, dass sich die Kontrahentinnen dann zusammentun und sich gegen ihn verbinden würden und dass er als vermeintlich starkes Geschlecht keine Chance gegen die zwei zornigen Frauen gehabt hätte. Mittlerweile wollte Seifferheld schon lange nicht mehr eingreifen, weil er es viel unterhaltsamer fand, den Frauen beim Streiten zuzusehen. Er lehnte sich auf dem Thonet-Küchenstuhl zurück und setzte sein Mostglas an die

Lippen. Wie gern hätte er jetzt mit jemandem gewettet, welche der beiden Frauen gewinnen würde.

Aber es gab kein Duell.

Es lag nur etwa dreißig Sekunden lang elektrisch aufgeladene Spannung in der Luft, dann plötzlich löste sich das unsichtbare Knistern auf.

Irmgard war nämlich noch vom alten Schrot und Korn. Das hier war nicht mehr ihr Heim. Ihr Heim war bei ihrem Gatten. Hier hingegen hatte MaC – als Konkubine ihres Bruders – nun das Sagen.

Also schüttelte Irmgard nur missbilligend den Kopf, ließ ihren Blick noch einmal dezidiert kritisch über MaC gleiten und schritt dann an ihr vorbei zum noch geöffneten Kühlschrank.

»Wirklich, ihr fresst wie die Scheunendrescher. Der Kühlschrank ist ja schon wieder so gut wie leer. Ich habe doch gestern erst eingekauft«, nörgelte Irmgard, die ihrem Ärger irgendwie Luft machen musste, weil sie sonst aufgrund innerer Überhitzung durchgeschmort wäre.

»Ich bin auf Diät und habe hier nichts gegessen«, brummte MaC, nicht böse, nur eben immer noch im Halbschlaf. Sie war die Siegerin des Duells, wie sie sehr wohl wusste, und konnte es sich daher erlauben, sich versöhnlich zu geben.

»Da, der Brotschrank, auch leer!«, schimpfte Irmgard. »Was soll ich jetzt bitte schön frühstücken?«

»Das wird Karina gewesen sein, bevor sie gestern gegangen ist. Felas Kühlschrank ist ja immer leer, da hat sie bestimmt ein paar Sachen mitgenommen«, meinte Seifferheld schlichtend. Er selbst hatte seit gestern auch nichts gegessen, weil ihn seine Hosen zwackten.

Insgeheim glaubte er, dass seine Schwester maßlos übertrieb. Vermutlich hatte sie gerade mal einen viertel Laib Weizenbrot und etwas Gelbwurst erstanden. Das verspachtelte seine Nichte Karina lässig im Vorbeigehen. Sie war jung, hatte einen enorm aktiven Stoffwechsel und aß deshalb für zehn, selbst wenn sie nicht stillte. Und derzeit stillte sie ja.

»Ich bin hier nicht das Heinzelmännchen, das euch im Futter hält«, beschwerte sich Irmgard.

»Wenn du uns im Futter halten würdest, dann nur, um uns wie die Hexe der Gebrüder Grimm irgendwann zu verspeisen«, erklärte MaC. Die Phase der Versöhnlichkeit hatte nicht lange vorgehalten. Wäre ja auch zu schön gewesen.

»Und das aus dem Mund einer halb Nackten. Wo doch Kinder im Haus sind«, empörte sich Irmgard.

»Kinder? Etwa Fela junior? Der ist nicht da. Außerdem kennt ein Neugeborenes noch keine Scham. Und ich frage mich mittlerweile ernsthaft, ob Helmerich wirklich die Afrikaner missionieren will ... Viel wahrscheinlicher ist doch, dass er vor deinem Gekeife auf einen anderen Kontinent geflohen ist.«

Irmgard war kurz sprachlos. Dann bedachte sie MaC mit einem extrem unterkühlten Blick.

Die Welt wusste es noch nicht, aber das Problem der Erderwärmung war gelöst: Eine neue Eiszeit zog auf. Und Irmgard Seifferheld-Hölderlein war ihr Nukleus.

MaC zuckte nur mit den Schultern, wobei ihr Bigshirt neckisch nach oben rutschte.

Clarence, der schielende Löwe, lebt!

In Afrika ticken die Uhren anders.

Was Dr. Oima während ihres Studiums in Deutschland am meisten vermisst hatte, war die afrikanische Gelassenheit, dieses »Laisser-faire«, dieses »Living-la-vida-locker«, dieses sich Treibenlassen im Strom des Lebens. Der afrikanischen Seele waren Hektik, Stress und Penibeltum fremd.

Bis vor ganz kurzem zumindest.

Bis Helmerich Hölderlein über Afrika hereingebrochen war.

Sie war lange genug locker gewesen, dachte Dr. Oima. Jetzt musste eine feste Hand her.

Die Kranken und ihre Familien, das Personal und deren Familien, ja sogar die Dorfbewohner hatten eine Petition verfasst, unterschrieben (Zweiundzwanzig Blatt Papier mit Unterschriften) und bei ihr als Leiterin des Krankenhauses eingereicht. Und sie alle hatten nur einen Wunsch: Helmerich Hölderlein musste weg!

»Jetzt weiß ich endlich, warum ich als kleiner Junge so begeistert *Daktari* geschaut habe«, freute sich Hölderlein, der ihr gegenüber in dem kleinen Büro saß und Akten ordnete. An diesem Morgen war ein Container mit Verbandsmaterial, Medikamenten und einem Zahnarztstuhl im Buschkrankenhaus eingetroffen, und es galt, noch einiges an Dokumenten zu kopieren und abzuheften, bevor er wieder trommeln und neue Schlagabfolgen lernen konnte. »Afrika ist meine wahre Heimat. Hier schlägt mein Herz.«

Dr. Oima lächelte unverbindlich.

»Ich werde hierbleiben und den Menschen helfen. Ich

werde Moskitonetze, Zahnbürsten und Kondome verteilen und über HIV, Pilze und Malaria aufklären. Was immer anfällt. Und ich werde trommeln, trommeln, trommeln!«

Er wirbelte auf seinem Stuhl zu der kleinen Trommel herum, die er seit neuestem immer mit sich führte, und stimmte ein kurzes, atonales Solo an.

»Ruhe!«, brüllte jemand aus dem Nebenzimmer rechts, aber er brüllte es auf Swahili und deshalb hielt Hölderlein es für einen Anfeuerungsruf und trommelte noch leidenschaftlicher und lauter.

Dr. Oima wartete ab.

Aus dem Nebenzimmer links schlug jemand gegen die Wand, was Hölderlein als Aufforderung verstand, mit seinem erzürnten Nachbarn im Takt zu trommeln.

»Afrikas Blut fließt durch meine Adern«, rief er über das hinweg, was wohl die Melodie sein sollte. »Ich lasse meine Irmgard nachkommen. Wir werden unseren Lebensabend hier verbringen. Ich spüre, der Herr will mich hierhaben!«

Der Herr vielleicht, aber die Menschen nicht, und die Tiere auch nicht, dachte Dr. Oima. Seit Helmerich trommelte, hatte man in der Umgebung des Krankenhauses kein Wildtier mehr gesichtet.

Dr. Oima wusste nicht, was schlimmer war. Seine anfänglichen Schwefelgaswolken oder die infernalische, absolut und völlig unmusikalische Trommelei, in die er jetzt alle paar Minuten ausbrach.

Was ihm an Können fehlte, machte er durch Krafteinsatz wett. Dr. Oimas Vorfahren hatten sich früher mit Buschtrommeln von Dorf zu Dorf verständigt. So gesehen war Pfarrer Hölderlein eine Breitbandverbindung, die man, wenn der Wind entsprechend stand, quer durch die Provinz Nyanza über den Victoriasee hinweg bis nach Uganda hören konnte. Nein, sie übertrieb nicht, sie hatte diesbezüglich schon einen sehr ärgerlichen Telefonanruf erhalten.

»Herr Pfarrer«, sagte sie, als er eine kurze Trommelpause einlegte, um sich den Schweiß von der Stirn zu wischen, »Herr Pfarrer, vielleicht möchte Ihre Frau gar nicht nach Afrika ziehen? Alte Bäume sollte man ohnehin nicht verpflanzen, nicht wahr?«

Hölderlein focht das nicht weiter an. »Der Platz der Frau ist an der Seite ihres Mannes, meine Irmi weiß das.«

Dr. Oima seufzte. Sie hatte es im Guten versucht, aber es half alles nichts. »Herr Pfarrer, Sie müssen noch sehr viel üben, wenn Sie ein guter Trommler werden wollen.«

Hölderlein strahlte. Ihm war das Ausmaß seiner Unfähigkeit an Percussioninstrumenten jedweder Art nicht bewusst, er wähnte sich als talentierten Anfänger. Wie schon der Buddha sagte: Der Hörende hört eben immer nur das, was der Hörende zu hören bereit ist. Ihm dünkte, dass er mit etwas Übung ein veritabler Ringo Starr werden konnte. »Das weiß ich. Deswegen übe ich ja Tag und Nacht an der Trommel.«

Auch das war keine Übertreibung, was sämtliche Buschkrankenhäusler nach drei durchwachten Nächten lebhaft bezeugen konnten.

»Sehr lobenswert, Herr Pfarrer, aber ich muss Ihnen leider sagen, dass Sie hier bei uns nicht weiter üben können.« Dr. Oima stand auf und strich sich ihren strahlend weißen Kittel glatt. »Ich möchte Sie bitten, vorzeitig wieder abzureisen. Wie soll ich es ausdrücken? Ich fürchte, die Chemie stimmt nicht. Unsere beiden Bischöfe habe ich schon verständigt.«

Sie brachte es nicht über sich, ihm in die Augen zu schauen, und registrierte folglich seine Reaktion nur aus den Augenwinkeln. Seine mageren Arme sanken seitlich herab, seine Augen wurden tellergroß und ... ach herrje, waren das etwa Tränen?

Lüge, lüge was das Zeug hält, rief es in Dr. Oima, und Dr. Oima, die sonst nie log, plapperte: »Es tut mir so leid, aber wir sind ein sehr rückständiger Zipfel der Erde (von wegen, hier besaß jeder Erwachsene mindestens ein Handy, die meisten zwei), wir wissen nichts von der Welt (nur das, was man aus den über siebenhundert Sendern aus allen Kontinenten erfuhr, die jeder Haushalt per Satellit empfing), die Menschen hier haben immer noch Angst vor den weißen Kolonialisten (weswegen auch alle, die es sich leisten konnten, ihre Kinder nach Europa und Amerika zum Studium schickten und der Provinzrat gerade eine Großbaustelle für ein gewaltiges Ferienanlagenprojekt speziell für englische und deutsche Touristen abgesegnet hatte) ... wie kann ich es Ihnen nur leichtermachen?« Dr. Oima schaute jetzt mindestens so gequält wie Hölderlein.

Hölderlein sah aus dem Fenster in die Nacht. Fast eine Woche war er hier ein und aus gegangen. Hatte die Menschen kennengelernt. Hatte an ihrem Leben teilgenommen. Hatte ihre Lebensfreude in sich aufgesaugt. Er liebte die Menschen hier, und sie liebten ihn.

»Die Leute hier haben mich gebeten, Ihnen auszurichten, wie dankbar sie Ihnen für Ihren selbstlosen Einsatz sind, aber sie möchten, dass Sie wieder nach Hause zurückkehren, wo Ihre liebende Frau schon sehnsüchtig auf Sie wartet.«

Den genauen Wortlaut der Petition – *Schick den weißen Stinker, der Lärm macht, wenn er nicht stinkt, in die Wüste! Und zwar pronto!* – ließ sie besser unerwähnt.

Hölderleins Schultern sackten nach unten.

Dr. Oima brach es fast das Herz. Aber nur fast. Sie brauchte endlich wieder ihre Nachtruhe. Außerdem hatte eine kurze Überprüfung gezeigt, dass Hölderlein unfähig war, das Archiv zu ordnen, im Gegenteil, er legte alles falsch ab und brachte auch das noch in Unordnung, was von seinen Vorgängern korrekt einsortiert worden war. Der Mann musste weg. Je eher, desto besser.

»Die Wege des Herrn sind unergründlich«, sagte Dr. Oima und bedeutete dem Bruder von Schwester Mary durch die offene Tür hindurch, er solle schon mal das Gepäck des Pfarrers holen, das Schwester Mary trotz Doppelschicht bereits gepackt hatte.

»Amen«, flüsterte Hölderlein.

»Sehen Sie es doch so: Vielleicht will der Herr, dass Sie den Geist Afrikas in Ihre Heimat tragen«, flötete Dr. Oima. Sie dachte ganz kurz daran, welchen Fluch sie über die Deutschen brachte, wenn sie Hölderlein mit seiner Trommel nach Hause entließ, aber es war ihr egal: besser die als sie.

»Ja genau!«, strahlte Hölderlein plötzlich auf. Er nahm seine Trommel in beide Arme. »Ich kehre nach Hause zurück und werde im Namen des Herrn trommelnd durch Deutschland ziehen!«

Amen, dachte Dr. Oima und sprach ein kurzes Gebet für ihre alten Studienfreunde in Heidelberg ...

**Ich kann nicht kochen.
Der Rauchmelder ist mein Küchenwecker.
(Carol Siskind)**

Es war wieder Kuscheln angesagt.

Doch ja, es gab so Tage, an denen man die Welt besser aushielt, wenn man einen anderen Menschen im Arm hatte.

Allerdings war es aber ein jugendfreies, öffentliches Kuscheln mit Zuschauern im *Chez Klaus*.

Zwischen vielen anderen Gästen sahen sich MaC und Siggi das erste Entführungsvideo an, bei dem der Kulturattaché als frisch Gekidnappter noch eine äußerst gute Figur gemacht und zuversichtlich in die Kamera geschaut hatte.

Für die Anwesenden war das aber keine schöne Aufgabe, denn sie wussten ja jetzt, dass die Entführung nicht gut enden würde, das machte den Anblick des Inders umso tragischer.

Der Chefredakteur hatte MaC damit beauftragt, über diese ebenso spektakuläre wie tragische Entführung in Schwäbisch Hall zu berichten. Nicht aus Sicht der Weltpresse, denn die hatte sich bereits mächtig ins Zeug gelegt. Der *Spiegel* hatte den Fall als Aufhänger für einen Bericht über die politisch-kulturelle Beziehung zwischen Deutschland und Indien genützt, die *Bunte* berichtete über den Glamour megareicher Inder, die ihre Hauselefanten angeblich von Prada und Armani einkleiden ließen, die *Zeit* interviewte einen indischen Philosophen zum Thema »Gewalt und Gewaltlosigkeit«, und die BILD brachte eine Übersicht aktueller Bollywoodproduktionen mit vielen Fotos von spärlich bekleideten, weiblichen Hauptdarstellerinnen.

Nein, das war es nicht, was MaCs Chefredakteur vorschwebte, sondern vielmehr ein Beitrag über die Betroffenheit der Haller Bürger. »Dem Volk aufs Maul schauen« lauteten seine exakten Worte. Er wollte Eindrücke, Betroffenheitsbekundungen, Entsetzen, ungeschminkte Kommentare.

Zu diesem Zweck wurde das Video von der Entführung im frisch eröffneten *Chez Klaus* gezeigt. Natürlich nicht das zweite Video von der Ermordung, nur das erste, wie Mohandra Johar gefesselt auf dem Stuhl saß und seine Familie und seine Regierung bat, ihn mit einem Millionenbetrag auszulösen.

Er wirkte so unglaublich sicher, dass man ihn auslösen würde. Nicht der Hauch eines Zweifels umgab ihn. Tragisch, einfach unfassbar tragisch.

MaC war zwar im Dienst, aber dennoch schmiegte sie sich zärtlich in Seifferhelds Arm. Was die Anwesenden an Kommentaren von sich gaben, konnte sie auch in der Kuschelhaltung mitschreiben.

Weil Klaus als reicher Erbe und Mäzen des Bistros eine riesige Anzeigenkampagne gestartet hatte – genauer gesagt zwei Anzeigen im *Haller Tagblatt* und eine Anzeige im kostenlosen *Wochenblatt* –, saßen nicht nur Bocuse, Klaus und Seifferheld im Bistro, sondern auch zwei kahlgeschorene Männer im Karohemd-Partnerlook, die man auf dem Wochenmarkt öfters sah und die immer Händchen hielten, dann noch Bauer zwo, der dienstfrei hatte, sowie Olga, die nicht-putzende Putzfrau der Seifferhelds, und ein ihnen allen fremder Rentner.

»Gott, sein sich furchtbar«, seufzte Olga und sog geräuschvoll Cola durch ihren Strohhalm. »So eine hübsche, junge Mann.«

»Entsetzlich«, sagte einer der beiden Partnerlookjungs. »Sind das echte Zegna-Schuhe?«

MaC schrieb eifrig mit.
Pling machte es hinter der Theke.
»Klaus! Baguette! Mikrowelle!«, rief Bocuse, der Pernod trinkend mitten unter seinen Gästen saß. Er habe »Rücken«, hatte er Klaus zur Eröffnung gesagt und ihm die Schürze gereicht. Seitdem hatte Bocuse keinen Finger mehr im Bistro gerührt.

Klaus – für den immer das Motto »Päuschen mit Kläuschen« gegolten und der als sorglos reicher Erbe in seinem ganzen Leben noch keinen einzigen Tag gearbeitet hatte – stellte sich der Herausforderung. Mit Bravour!

So fischte er auch jetzt das Fertigbaguette mit spitzen Fingern aus der Mikrowelle, schnitt es in bissfreundliche Quer-, Längs- und Schräghappen und servierte es den Gästen auf Papptellern. Richtiges Geschirr gab es noch nicht. Und auch kein richtiges Baguette. Doch das Express-Baguette des Herstellers mit dem Beinahe-Eskimonamen war laut Bocuse »total nah am französischen Original, sowohl in der Optik als auch im Geschmack.« Er selbst aß es allerdings nicht.

Klaus ging mit der Kanne durch das Bistro und schenkte den anwesenden Kaffeetrinkern ihr Lieblingsheißgetränk nach. Das war zwar mehr amerikanisch als französisch, aber es gab derzeit mangels Masse nur Kaffee, Cola, Pils und noch eine letzte Flasche Pernod (die hatte Bocuse im Alleingang schon so gut wie geleert und damit der goldenen Regel entsprochen, dass der Wirt selbst immer sein bester Kunde ist).

»Das hätte es zu meiner Zeit nicht gegeben!«, wetterte der Rentner. Da er mitten unter ihnen saß und kräftig grölen konnte, war es ja streng genommen immer noch »seine Zeit«, aber das schien er anders zu sehen.

»Boar, heiß«, sagte Bauer zwo und pustete so heftig auf seinen Baguettehappen, dass eine Salamischeibe in hohem Bogen in sein Colaglas flog. Bauer zwo focht das nicht weiter an. Er fischte die Salami aus dem Glas, legte sie so, wie sie war, also colafeucht, wieder auf das Baguette, biss hinein und meinte fröhlich mit vollem Mund: »Schon viel kühler. Das mach ich jetzt immer so.«

Auf dem Bildschirm, über den beim Vorbesitzer immer Bundesligaspiele zu flimmern pflegten, bat der Kulturattaché gerade um die Millionensumme.

»Das ist gar nicht lippensynchron«, beschwerte sich Bauer zwo mit vollem Mund.

Hm.

Das stimmte. Der Ton hinkte dem Bild hinterher.

Seifferheld nahm seinen Arm von MaCs Schulter und richtete sich auf. Das Video war in exzellenter High-Definition-Qualität aufgenommen worden. Er wusste von seinen Ex-Kollegen, dass man die Standbilder enorm vergrößern konnte und dennoch jedes Detail gestochen scharf sah und nicht völlig verpixelt. Wieso hatte man sich bei so viel exklusiver Technik die Mühe gemacht, eine zweite Tonspur über die erste zu legen? Waren bei der Originalaufnahme Hintergrundgeräusche zu hören, die den Aufenthaltsort der Entführer verraten würden?

Seifferheld nahm sich vor, dem nachzugehen.

Wer nicht gerne denkt, sollte wenigstens von Zeit zu Zeit seine Vorurteile neu gruppieren.

Gesine Bauer galt als Eisenfresserin. Knallhart. Gnadenlos. Als Seifferheld und MaC in das Sekretariat von Mord zwo traten, riss die Polizeichefin ihrer Sekretärin gerade den Telefonhörer aus der Hand und bellte in Clint-Eastwood-Manier in die Sprechmuschel: »Muss ich Ihnen das erst noch buchstabieren? Sie werden das exakt nach meinen Anweisungen erledigen, und zwar sofort! Verstanden?«

Wahrscheinlich forderte sie gerade brisante Laborergebnisse oder den Dienstplan für die nächsten zwanzig Jahre ein. Frau Bauer bedeutete ihnen mit der Hand, sich zu setzen. »Außerdem verlange ich Fehlerfreiheit, haben Sie mich gehört? Fehlerfreiheit! Ich fasse zusammen: Sie liefern also umgehend einen italienischen Bauernsalat. Das Dressing extra. Und einen großen Bananenmilchshake. Ohne Honig und vor allem ohne dieses völlig verquarkte Aloe-Vera-Zeugs! Milch und Banane, fertig. Und legen Sie gefälligst ein Erfrischungstuch bei. In spätestens dreißig Minuten will ich alles auf meinem Schreibtisch haben. Die Uhr läuft!« Sie knallte den Hörer auf die Gabel und wandte sich Seifferheld und MaC zu. »Diese Lieferdienste«, sagte sie und schüttelte den Kopf. »Doch nun zu Ihnen, Frau Cramlowski.«

MaC fühlte sich in ihrer Gegenwart immer wie eine Grundschülerin im Büro der Direktorin. Sie hakte sich in Siggis Arm ein.

»Sie werden doch journalistische Verantwortung walten lassen?« Polizeichefin Bauer sah MaC streng an. Es hatte

Seifferheld einige Überredungskunst gekostet, damit sie Marianne erlaubte, auch das zweite Video anzusehen.

»Journalistische Verantwortung, ich verlasse mich darauf«, wiederholte Frau Bauer, während sich die eigentlich sonst so taffe MaC die Hände knetete, als sei sie beim Abschreiben ertappt worden. Frau Bauer hatte etwas Maggie-Thatcher-haftes an sich, so dass man immer das Gefühl hatte, sie würde gleich einen neuerlichen Kabeljaukrieg oder die endgültige Befreiung der Falklandinseln anordnen.

Sie befanden sich zu viert im Sekretariat von Mord zwo, um sich das zweite Video anzusehen. Frau Dengler, die Sekretärin, kochte Kaffee für alle. Seifferheld und MaC saßen auf den Besucherstühlen, fleckige Polsterrelikte aus dem vorigen Jahrhundert. Frau Bauer thronte auf dem Schreibtisch, die Fernbedienung für das Videogerät in der Rechten. Sie fürchtete offensichtlich, dass MaC eine reißerische »Ich war dabei, als das Blut spritzte«-Reportage schreiben könnte. Auch wenn das *Haller Tagblatt* für derartige Berichterstattung nun wirklich nicht bekannt war. Aber es gab ja immer ein erstes Mal.

»Natürlich. Diskretion. Versteht sich.« MaC nickte.

Dass sie in diesem Moment ihre Kleinmädchenmiene ablegte und plötzlich furchtbar böse aus der Wäsche schaute, lag nicht an den doppelt gemoppelten Ermahnungen der Polizeichefin, sondern an deren Sekretärin Frau Dengler, die eigentlich ein Fräulein Dengler war, ein tief ausgeschnittenes Blümchenkleid trug und ihrem Siggi gerade Kaffee einschenkte. *Ihrem* Siggi. Fürsorglich und sehr weit nach vorn gebeugt. Auf diese Weise konnte er vermutlich bis zu ihrem Bauchnabel schauen. Vor einiger Zeit hatte es einmal ein dummes Missverständnis gegeben – MaC hatte Siggi auf Frau Dengler liegend in seinem Schlafzimmer überrascht. Beide voll bekleidet und glaubhaft versichernd, dass es nicht so war, wie es aussah, aber dennoch ... MaC war eine heißblütige Österreicherin und nicht geneigt, diese Frau Dengler jemals in ihr Poesiealbum schreiben zu lassen. Bildlich gesprochen.

»Kaffee?«, wandte sich Frau Dengler freundlich an sie. Diese falsche Schlange!

MaC brachte es gerade noch fertig, das »Von *Ihnen* nicht!« herunterzuschlucken, das ihr auf der Zunge lag, und stattdessen einfach nur den Kopf zu schütteln. Dafür drückte sie das Blut aus Seifferhelds Hand. Er ahnte die Zusammenhänge, sagte nichts und presste wie ein Indianer, der keinen Schmerz kennt, die Lippen zusammen.

Frau Bauer schaltete das Fernsehgerät ein.

Das Video flimmerte über den Bildschirm. Eine künstlich verzerrte Stimme verkündete blechern: »Sie haben sich das Folgende selbst zuzuschreiben. Wir haben Sie gewarnt.« Gleich darauf fiel ein Schuss, woraufhin der sehr überrascht dreinblickende Kulturattaché auf seinem Stuhl zusammensackte.

Es war eine fast völlig unblutige Angelegenheit, wie MaC konstatierte, denn der Schuss hatte den Attaché offenbar mitten ins Herz getroffen. Mohandra Johar war sofort tot. Nur ein winziger Blutfleck tauchte auf seinem weißen Hemd auf.

MaC ließ Siggis Hand los und legte den Kopf schräg. Irgendwas stimmte da nicht ... Die anderen beachtete sie nicht weiter.

Frau Dengler nützte die Gelegenheit und zog eine Jutetasche aus ihrer untersten Schreibtischschublade, auf der die Flagge Tibets aufgestickt war. »Schauen Sie«, flüsterte sie Seifferheld zu. »Hab ich selbst gestickt. Dank Ihnen!«

Frau Bauer guckte streng. »Pst.«

Frau Dengler räumte die Tasche wieder weg, strahlte Seifferheld aber bis über beide Ohren an.

Seifferheld wappnete sich für einen verbalen Keulenschlag seiner Herzensdame, aber es kam nichts.

Es kam etwas ganz anderes.

»Sind denn niemandem die Schuhe aufgefallen?«, stellte Marianne als Frage in den Raum.

Frau Bauer spulte das Video zurück. »Die Schuhe?«

MaC wies mit dem Finger auf das Standbild, das jetzt zu sehen war. Im Gegensatz zum ersten Video der Entführer sah man den Kulturattaché nun im Ganzkörperformat. »Er trägt edle Fratelli-Vanni-Slipper aus geflochtenem Glattleder.«

Jeder andere hätte einfach von braunen Lederschuhen gesprochen. Nicht Marianne Cramlowski. Seit ihrem 14. Lebensjahr war sie *Vogue*-Abonnentin. Im Vergleich zu ihr kam Carrie Bradshaw aus dem Land der Ahnungslosen.

Ahnungslos, so schauten jetzt auch die restlichen Anwesenden. Für Seifferheld waren Schuhe ein reines Gehwerkzeug, er konnte gerade noch Halbschuhe von Sandalen unterscheiden. Frau Dengler schaute Männern nie auf die Füße, immer nur in die Augen und auf die Hände. Und Frau Bauer hatte zwar einen geschulten Blick für Details, aber der Name Fratelli Vanni war ihr gänzlich fremd. Für sie klang das allenfalls nach einem Produzenten von Frascati-

Weinen, die sie so gern zu ihrer Lieblingspizza *Quattro Stagioni* trank.

»Was wollen Sie damit sagen, Frau Cramlowski?«, fragte die Polizeichefin. »Für mich sieht der Mann auf beiden Bändern absolut identisch aus.« Sie legte das erste Video nach der Entführung ein. Dieselbe dunkle Haartolle, die ein wenig zu weit ins Gesicht fiel. Derselbe edle Anzug mit dem weißen Einstecktuch. Und auf die Entfernung schienen es auch dieselben dunkelbraunen Schuhe zu sein. Frau Bauer beugte sich näher an den Bildschirm heran. Nun ja ...

MaC sprang auf.

»Ich habe den Kulturattaché noch im Rathaus gesehen, nur ein paar Minuten bevor er entführt wurde. Da trug er andere Schuhe nämlich rahmengenähte, englische Kalbswildlederbrogues von Shipton & Heneage.«

Für alle bis auf MaC war das ein wenig so, als würde jemand bei *Wetten, dass ...?* behaupten, er könne tausend eineiige Zwillinge anhand der Form ihrer linken Ohren unterscheiden, und das bei flackerndem Kerzenschein oder wahlweise dichtem Nebel.

Als sensible Frau spürte MaC natürlich die Ungläubigkeit der anderen und schaltete auf stur. »Ich kenne mich mit Herrenschuhen aus!«

Das konnte Seifferheld nur bestätigen. Wie oft hatte sie ihn förmlich genötigt, sich schickeres Schuhwerk zuzulegen. Dabei fand er seine strapazierfähigen Vollrindlederschuhe in Antik-Optik von *Tchibo* total trendig.

Es herrschte Stille.

»Ja, versteht denn hier niemand?«, rief MaC hoch erregt und stampfte mit dem Fuß auf. »Kein Mensch auf der Welt zieht seinem Entführungsopfer andere Schuhe an, die dann auch noch perfekt passen! Der Mann im Video, das ist nicht der Kulturattaché! Der Tote ist nicht Mohandra Johar!«

Im Eilzug zur ewigen Verdammnis

Vor Gericht würde ihr jeder psychologische Gutachter attestieren, dass es sich bei ihrer Tat um eine »akute, stressbedingte Psychose« gehandelt habe, eine »isolierte, atypische Episode«. Etwas Derartiges würde nie, nie wieder geschehen. Woraufhin man ihr mildernde Umstände und nur mehr eine Bewährungsstrafe aufbrummen würde.

So zumindest dachte sich das Susanne Seifferheld.

Sie lauerte Silke Genschwein gegenüber dem Massagezentrum auf. Die Genschwein ging jeden Mittag zum Bäcker im nahe gelegenen Supermarkt und aß dort ein Körnerbrötchen mit Bio-Käse. Das hatte Olaf ihr einmal erzählt.

Olaf würde von alldem hier nichts mitbekommen, er war im Altersheim Gänsheide im Massageeinsatz.

Ola-Sanne schlief im Sportbuggy den Schlaf der frisch Gestillten.

Susanne holte tief Luft.

Die mach ich platt, dachte es in ihr. *Platt wie eine Flunder. Die kann man von nun an unter einer Tür durchschieben. Und es bleibt noch Luft.*

Im Rausch ihrer Hormone war Susanne Seifferheld nicht mehr sie selbst. Die kühle, vernunftbegabte Bausparkassenmanagerin gab es nicht mehr, nur noch eine Urgewalt namens Weib.

So einem Urweib versuchte man nicht, den Mann wegzunehmen. Und schon gar nicht durch feige, unlautere Mittel und der Bezichtigung häuslicher Gewalt!

Susanne schnaubte.

Ihren Kampfschrei hatte sie der Werbung entliehen: »Bamboocha!« Was eigentlich »Iss das Leben mit dem großen Löffel« heißen sollte, in ihrem Fall aber »Es kann nur eine geben, und das bin ich!« bedeutete. (Falls der *Highlander* einen Kampfschrei besessen haben sollte, so hatte sie ihn vergessen.)

Susanne geriet förmlich ins Hecheln. Es war ein begeistertes Hecheln. Wie bei Wachtelhund Wukki, wenn es in den Wald zur Jagd ging.

Sie hatte sich keinen Plan überlegt, ihr war einfach klar, dass es heute geschehen musste. Diese dumme Tusse, diese niederträchtige Anzeigen-Stellerin, diese Silke Genschwein würde sie mit bloßen Händen auseinandernehmen, sie mit den Handkanten vierteilen, ach was, FILETIEREN.

Susanne hüpfte von einem Bein aufs andere.

Anfangs noch vor lauter überschüssiger Energie, dann aber, weil sie mal musste. Seit der Geburt hatte sie ständig Durst und trank literweise Wasser und Kräutertee. Auch heute hatte sie eine 1,5 Liter Thermoskanne mit Saft mitgenommen, die sie inzwischen längstens geleert hatte.

So ein Saft war ja quasi ein Hochgeschwindigkeitsreisender: Er bahnte sich seinen Weg durch den Körper, gab mal kurz Mineralstoffe und Vitamine in den Blutkreislauf und Verdauungstrakt ab, stattete noch rasch der Niere einen Besuch ab und wollte dann – zack! – weiterwandern. Damit der Mensch nicht ständig tropfte und leckte, hatte die Natur ihn mit einer Blase ausgestattet, aber so eine Blase zeichnete sich unter anderem dadurch aus, dass sie ein individuell unterschiedliches Fassungsvermögen hatte. Das Fassungsvermögen von Susannes Blase lag weit über dem Durchschnittsbereich für eine Frau ihrer Statur und ihres Alters. Doch seit sie so viel trank, verbrachte sie mehr Zeit auf Toiletten als jeder Koksschnüffler. Und wenn sie pinkelte, war jedes Rennpferd ein Waisenkind gegen sie. Zweifellos hatte sie nicht nur eine Riesenblase, sie besaß auch noch eine extra Zusatzblase.

Und in diesem Moment verlangten beide Blasen, geleert zu werden. Sie verlangten es nachdrücklich.

Mist!

Susanne hielt es nicht länger aus. Sie joggte mit dem Sportbuggy in Richtung Kocher, um sich hinter einem der Büsche zu erleichtern.

Kaum war sie weg, trat – ganz Murphys Zufallsgesetz folgend – Silke Genschwein aus dem Massagezentrum. Sie hatte den Rest des Tages frei.

Als Susanne von ihrer illegalen Blasenentleerungssitzung im städtischen Grün zurückkam – mit Brennnesselrötungsstellen am Po, aber um gefühlte drei Liter leichter –, wartete sie bis zum Anbruch der Dunkelheit vergeblich.

Silke Genschwein wusste es nicht und würde es auch nie erfahren, aber ihr Leben von diesem Tag an verdankte sie einer übervollen Blase.

Mitternacht

Die Menschheit hält sich Tiere aus drei Gründen: um sie zu essen, sich mit ihnen zu kleiden oder sie zu streicheln. Kein Wunder, dass sich der Gewerkschaftsgedanke in Haustierkreisen immer mehr ausbreitet.

»Otto ist gesichtet worden. Willst du mithelfen, ihn wieder einzufangen?«

Karina wäre beinahe hintenübergekippt, als ihr Handy so spät noch klingelte. Sie saß mit Baby Fela auf dem Bett und hörte Mozart.

Mozart war ja angeblich gut für Babys. Ließ irgendwelche Synapsen im Gehirn wachsen oder so ähnlich. Jedenfalls wurde man klüger, wenn man als Baby Mozart hörte. Tante Irmgard hatte ihr zwar widersprochen und gemeint, das funktioniere nur bei Ungeborenen im Mutterleib und wenn die Kleinen erst einmal geschlüpft wären, sei es zu spät, aber was interessierten sie die Worte einer kinderlosen Greisin?

»Gesichtet worden? Otto? Mein Otto?«

Otto war ein Kamerunziegenbock, den Karina seinerzeit einem Wanderzirkus abgekauft hatte, um mit ihm für den *Theaterring* Werbung zu machen. Als Marketenderin mit Ziegenbock wollte sie werbewirksam durch die Stadt laufen und Flyer für die neuesten Bühnenproduktionen verteilen. Leider Gottes hatte sich Otto als äußerst ausreißefreudiger Bock erwiesen. Schon mehrmals hatte er sich in Begleitung einer Zibbe – immer einer jeweils anderen Zibbe, typisch Mann – von dem Hof in Gnadental abgesetzt, auf dem er seinen Lebensabend verbringen sollte. Zuletzt vor fünf Monaten.

»Die Besitzerin des Gnadenhofes hat ihn und seine momentane Zibbe entdeckt«, berichtete Fela. »Offenbar in Begleitung von zwei kleinen Ziegen. Otto hat eine Familie gegründet! Er wurde in einem Waldstück gesichtet und soll jetzt eingefangen werden. Mit Kind und Kegel. Ich mache Fotos für die Zeitung. Willst du mitkommen?«

»Ich kann doch unseren Kleinen nicht allein lassen«, murrte Karina. Irgendwie wuchs in ihr das Gefühl, dass das Leben an ihr vorbeizog, seit sie Mutter war.

»Musst du ja nicht. Wir nehmen ihn mit.«

»Auf eine Ziegenbockjagd?«

»Ist ja kein Löwe, der uns zerfleischen könnte. Du schnallst dir den Fratz einfach um den Bauch, und los geht's. Ich bin in fünf Minuten oben an der Wendeplatte und hole euch ab.« Fela legte auf.

Wenn er sie bat, ihn auf einem Abenteuer zu begleiten, dann war wirklich alles wieder gut zwischen ihnen.

Karina seufzte wohlig. Sie brachte den *Figaro* oder den *Vogelhändler* zum Schweigen, wer immer da eben gerade sang. Sie hatte sich die Gesamtausgabe von Mozarts Werken für 9 Euro 99 beim Discounter gekauft und las nicht erst groß, welche der über zwanzig CDs sie in den Player schob.

Dann schnupperte sie an Fela Juniors Windel – ging noch – und packte sich und den Kleinen warm ein.

Auf zur Großwildjagd!

Was dich nicht umbringt, wird es wieder versuchen ...

Die Zeiten harmonischen Kuschelns waren vorüber. MaC saß mit verschränkten Armen neben ihm im Bett und empörte sich.

»Und ich sage dir, das war er nicht!«

Seifferheld atmete tief aus. MaC hatte sich da eindeutig in etwas verrannt. »Schatz, du hast den Siegelring an seinem abgetrennten Finger doch gesehen.«

Das hatte sie nicht, nur das Foto des Siegelrings, aber für sprachliche Spitzfindigkeiten war jetzt nicht der richtige Zeitpunkt.

»Das will doch überhaupt gar nichts heißen!« MaC pustete sich eine ihrer herrlichen Locken aus der Stirn. Siggi hätte sie jetzt gern geküsst, den Duft ihrer Haare eingeatmet (Pfirsichshampoo) und sich dann einfach treiben lassen, aber MaC war definitiv nicht in romantischer Stimmung.

»Kommt es dir denn überhaupt nicht komisch vor, dass der Mann in den Videos andere Schuhe trägt als in echt?«

Seifferheld sah zur Zimmerdecke hoch. Stuckblumen, die sich girlandenartig in den Ecken schlängelten. »Mein Gott, ja, eine Ungereimtheit. Mehr aber auch nicht.« Ein Mann war tot, wie konnte man sich da an seinen Schuhen festbeißen? Ehrlich, Seifferheld verstand die Frauen nicht.

»Ich sage dir, da stimmt etwas nicht!« Wenn MaC redete, dann gern mit Unterstützung der Hände. Bei entsprechender Erregung konnten diese Hände durchaus auch einmal kräftig durch die Luft fahren. Und da Hände keine Augen hatten, konnten sie mitunter den jeweiligen Gesprächspartner treffen. In diesem Moment trafen sie Seifferheld, und zwar mitten auf den Solarplexus. Er schnappte nach Luft.

MaC entging das. Oder sie ignorierte es, je nachdem. »Irgendetwas ist da faul. Du wirst es sehen!«

Seifferheld war in die Röchelatmung übergegangen. Seine Marianne hatte einen knallharten Hieb am Leib.

Zwischen zwei Keuchern schüttelte er den Kopf. »Ein Mann wurde entführt und getötet. Die Schuhe spielen dabei keine Rolle. Warum sollten sie auch? Dann hat man ihm eben andere Schuhe angezogen. Was soll's. Dahinter etwas zu vermuten ist doch hanebüchen. Das Leben ist kein Hollywoodthriller!«

Keiner von beiden, weder MaC noch Seifferheld, bemerkte, wie Onis kräftig gähnte, sich erhob, nochmals gähnte, dann seinen rosa Teddy ins Maul nahm und das Schlafzimmer verließ.

Die Stufen knarzten unter seinen Pfoten, er war ja kein Hundeleichtgewicht, aber niemand schien davon Notiz zu nehmen.

Seifferheld und MaC gingen ganz in ihrem Disput auf. Karina und ihr Spross waren auf Ziegenjagd, und Irmgard zog mit den »Bouletten« um die Häuser. Und das ziemlich erbost.

Was bildete sich dieser Hölderlein eigentlich ein? Sich tagelang tot zu stellen? Männer konnten eine Zeitlang alle Frauen zum Narren halten und manche Frauen sogar die ganze Zeit, aber niemals dieselbe Frau die ganze Zeit auf dieselbe Art und Weise. Es hatte sich ausgenarrt!

Da Irmgard eine Frau der Tat war, hatte sie sich beim Anwalt einen Termin geben lassen. Sie würde die Scheidung einreichen, jawohl. Mit dem falschen Mann zusammenzuleben war erheblich einsamer, als mit gar keinem Mann zusammenzuleben. Nachdem sie ihr Leben auf diese Weise wieder in die eigene Hand genommen hatte, war sie frei, mit ihren neuen Boule-Freundinnen einen trinken zu gehen.

Onis knarzte also unentdeckt nach unten.

Ein Hund und sein Teddy auf dem Weg in die Tiefe, um sich furchtlos der Monsterkrake am Meeresboden zu stellen.

Oder um vor der Vorratskammer in Position zu gehen. Es musste doch wieder ein Zipfel Wurst für ihn abfallen, wäre doch gelacht!

**Ich würde mich zu Tode langweilen,
wenn ich immer der gleiche Mensch wäre.
(Karl Lagerfeld)**

»Spielen Sie nicht den Helden!«, brüllte der Polizist. »In Deckung!«

Doch Fela kannte keine Angst. Er fühlte sich ganz leicht an, siegesgewiss, mutig. Seine Frau und sein Kind saßen auf dem Ast einer Blutbuche, sie waren in Sicherheit.

Die beiden Gesetzeshüter hatten hinter ihrem Streifenwagen Schutz gesucht.

Nein, nicht aus Feigheit. Aber wenn sie Otto nicht erschießen wollten, blieb ihnen nur der geordnete Rückzug. Der Kamerunbock war ein gefährliches Geschoss auf vier Beinen. Den Förster hatte er schon umgenietet. Blutend und stöhnend lag der Mann hinter der Buche. Immerhin war Otto ein Gentleman unter den Ziegenböcken und spielte fair. Wenn einer am Boden lag, trat er nicht noch einmal nach.

Oh, die Beamten hätten den Bock zu gern erschossen! Aber der Fotograf des *Haller Tagblatts* hätte das im Bild festgehalten, und wenn die Behörde eines nicht brauchen konnte, dann Gewalt gegen Tiere. Gewalt gegen menschliche Straftäter, jederzeit. Gern auch übertriebene Gewalt. Aber niemals gegen ein Tier. Schon gar nicht gegen ein Tier, das süß aussah. Und Otto sah verdammt süß aus. Sein verwegenes Ziegenbärtchen erinnerte an Johnny Depp als Käpt'n Jack Sparrow.

Wie viele psychopathische Serientäter besaß auch Otto eine Physiognomie, die harmlos wirkte. Die (wenn man sie nicht näher kannte, weil man noch nie mit ihnen in Berührung gekommen war) fast niedlich zu nennenden Hörner, der wache Blick der dunklen Augen, das seidig schwarze Fell ... Ja, bei ahnungslosen Betrachtern löste er einen unwiderstehlichen Streicheldrang aus. Aber kaum fuhr man seine Hand aus, biss er zu. Und wie er biss. Der Förster konnte froh sein, wenn es den Chirurgen des Diakoniekrankenhauses gelang, seinen baumelnden Daumen wieder funktionstüchtig anzunähen.

»Weg von dem Bock!«, brüllte einer der Polizisten.

Doch Fela dachte gar nicht daran. Seine Frau und sein Sohn sollten sehen, dass in ihm das Herz eines Kriegers schlummerte. Vor seinem inneren Auge sah er sich selbst als Massai, der kühn einen tollwütigen Löwen niederstreckte. Na gut, er war kein Massai, und seine Vorfahren waren, soweit die menschliche Erinnerung zurückreichte, Musiker beziehungsweise Verwaltungsbeamte gewesen, aber dennoch ...

Fela war nicht unvorbereitet gekommen. Er hatte ein Ass im Ärmel, an das die Polizisten nicht gedacht hatten.

Während Otto die Augen zu schmalen Kampfschlitzen schloss, den Kopf senkte und wie ein Stier mit den Hufen scharrte, zog Fela lächelnd einen Salzleckstein aus seiner Hosentasche.

»Hier, lecker, lecker«, sagte er lockend zu Otto.

Otto öffnete die Augen wieder auf Normalweite, seine Zunge fuhr erwartungsvoll heraus. Er gab ein kurzes Meckern von sich, das Fela als »Hmm, welch kulinarische Köstlichkeit« interpretierte.

Fälschlicherweise, wie leider gesagt werden muss.

Keine zwei Sekunden später segelte Fela in hohem Bogen durch die Luft. Mit übermenschlicher Geistesgegenwart hielt er die teure Kamera an seine Brust gepresst, damit sie keinen Schaden nahm. Leider hatte er dadurch keine Hand mehr frei, um den Sturz abzufedern.

Äußerst unsanft landete er auf dem Schotterweg neben der Wiese. Jeder einzelne Stein bohrte sich tief in sein Fleisch. Er hatte das Gefühl, auf dem Nagelbett eines Fakirs gelandet zu sein.

Otto schnappte sich den Salzleckstein und lief davon, hinein in den finsteren Wald.

Von fern hörte man schon die Sirene des Krankenwagens, den die Polizisten verständigt hatten.

Und man hörte noch etwas anderes. Karina, *seine* Karina, die Mutter seines kleinen, gelben Sohnes. Schrie sie verzweifelt seinen Namen, nicht wissend, ob er lebte oder tot war?

Flehte sie die himmlischen Mächte lautstark um Beistand für ihren Lebensgefährten an?

Nein, sie lachte.
Sie grölte vor Lachen, klopfte sich auf die Schenkel und kiekste und kreischte und amüsierte sich köstlich.
Fela junior verpennte das Ganze.

Der Tag der toten Ente

Aus dem Polizeibericht

Der Angriff der Killergartenzwerge
In den späten Abendstunden des vergangenen Donnerstages warf eine Frau auf der Dachterrasse eines Hauses in der Mauerstraße im Streit zwei Balkonzierfiguren (Gartenzwerg Heinz der Glückliche, Glanzlack auf Gips, mit Schubkarre, 30 Zentimeter, sowie Exhibitionistengartenzwerg Jungfernschreck, 35 Zentimeter, unverwüstlicher Hartgummi) nach ihrem Ehemann. Die rot bezipfelmützten Zwerge verfehlten den Gatten, rauschten über die Brüstung, segelten quer über die Mauerstraße, wobei sie nur knapp einen Passanten verfehlten, und fielen in den Kocher, wo sie unseligerweise auf einem gründelnden Erpel zu landen kamen. Der Passant kam mit dem Schrecken davon, Erpel und Gartenzwerge nicht.

> **Ein Pfeil kehrt immer nur dann zurück zum Schützen, wenn er in einem wütenden Hintern steckt.**

Laut Werbung gibt es »Siebenunddreißig Arten von Kopfschmerz, die man selbst behandeln kann«. Der Durchschnittsschädel kannte allerdings nur zehn Schmerzvarianten: den pochenden Kopfschmerz links, den pochenden Kopfschmerz rechts, den Kopfschmerz beim Anblick von Prinz Frederick von Anhalt auf der Mattscheibe, den Kopfschmerz beim Lesen eines Briefes vom Finanzamt, den Kopfschmerz nach einer Begegnung der dritten Art mit einer unvermutet auftauchenden Tür, den Kopfschmerz nach zu viel Sudoku, den Kopfschmerz nach zu viel Obstler, den Kopfschmerz im Autobahnstau oder verspäteten ICE, den Doppelkopfschmerz und den prämenstruellen Kopfschmerz, der auch bei Männern vorkommt, da aber anders heißt.

Seifferheld litt an diesem Morgen an einem namenlosen Schmerz, der sich stechend bemerkbar machte, und zwar direkt hinter der Stirn.

Irgendetwas stimmte an dieser ganzen Entführungskiste nicht, und nein, es waren nicht nur die Schuhe. Es war alles viel zu glattgelaufen: Entführung, verweigerte Lösegeldzahlung, Ermordung.

Warum, um nur mal eine Frage herauszugreifen, hatte sich Rani Chopra ausgerechnet für das Goethe-Institut in Schwäbisch Hall entschieden, wo sie als Partygirl doch jemand war, der in einer Großstadt viel eher aufblühte?

Warum hatten die Entführer keine Fristverlängerung eingeräumt, sondern ihr Opfer gleich erschossen? War denen das Geld egal?

Außerdem störte es Seifferheld, dass es nach Zigarettenrauch roch. Dieser Fela! Wie oft hatte er ihn nun schon gebeten, im Haus nicht zu rauchen. Aber immerhin schienen sich die Kinder versöhnt zu haben.

Das Morgenlicht kroch verstohlen durch die Jalousien. Seifferheld hievte sich trotz Schmerzen aus dem Bett, pieselte, warf sich seinen karierten Morgenmantel über und ging hinunter in die Küche.

MaC kam kurz darauf hinterhergeschlappt. Es hieß ja,

wer morgens zerknittert aufwachte, hätte tagsüber mehr Gelegenheit, sich zu entfalten. Aber schöner machte einen das nicht. Nicht einmal MaC, obwohl Seifferheld sie prinzipiell natürlich in jedem Aggregatzustand wunderbar fand, aber auch der Liebende hatte ja schließlich Augen im Kopf.

MaC ging schweren Schrittes zur Kaffeemaschine, nahm die dampfende Kanne heraus, fragte: »Von Irmi?«, und als Seifferheld verneinend den Kopf schüttelte, goss sie sich großzügig ein.

»Geht's dir nicht gut?«, erkundigte sie sich nach den ersten, belebenden Schlucken. So waren die Frauen: Auch wenn erst zehn Prozent ihres Hirns einsatzfähig waren, das Herz war immer im Einsatz, und Mariannes Herz spürte, dass ihr Liebster Kummer hatte und Schmerzen litt.

»Hmpf«, machte Seifferheld. Er redete nicht gern über seine Gefühle. Auch nicht gern über seinen Kopfschmerz. Oder darüber, dass er an sich und der Welt zweifelte. Im Grunde sah er sich als den großen Schweiger. Als den John Wayne der Vorruhestandsexkommissare.

MaC zuckte ob des »Hmpf« mit den Schultern und ging zur Küchentheke, auf der sich der Kleinbildfernseher befand. Wenn sie ihn jetzt einschaltete, würde sein Kopf vor Schmerz explodieren, da war sich Seifferheld sicher. Wenn er aber etwas zu ihr sagte, wäre sie beleidigt. Würde er in seinem Zustand imstande sein, mit einer beleidigten Leberwurst klarzukommen?

Sie streckte schon die Hand aus, und er öffnete den Mund, da ...

... klingelte es an der Haustür.

Seifferheld ging aufmachen.

Es war Frau Söback vom SWR mit einem großen Pappkarton. Wie der junge Frühling schwebte sie ihm voraus in die Küche: ein Traum in Pastellfarben, dazu der zarte Duft nach einem Blumenparfüm. Man (vor allem: Mann) hatte das Gefühl, die Sonne gehe auf.

MaC war zwar – nach der Grundsatzdiskussion von neulich mit Irmgard über angemessene Bekleidung am Frühstückstisch – korrekt bekleidet und sogar ausgehfertig geschminkt, aber aufgrund der frühen Uhrzeit war der Gesamteindruck ihrer Person der völliger Zerknitterung. Wären sie und Frau Söback Vierbeiner der Gattung Canis, dann wäre MaC ein zerknautschter Shar-Pei-Faltenhund und Frau Söback ein liebreizender Whippet.

Da half es auch nicht, dass Onis, kaum dass er ihrer ansichtig wurde, den rosa Teddy fallen ließ und auf Frau Söback zulief, sich auf die Hinterpfoten stellte und sie mit der Hingabe eines Pornostars ableckte. Wenn er gekonnt hätte, er hätte ihr auch noch einen Knutschfleck verpasst. Onis vergaß niemals eine gute Ohrkraulingsession. Ja, Liebe lag in der Luft.

MaC durchbohrte währenddessen ihren Siggi mit Blicken. *Was macht die denn hier?*, verlangten ihre Blicke zu wissen, und: *Noch dazu um diese Uhrzeit, quasi zu nachtschlafender Zeit!*

Siggi ignorierte die imaginären, aber dennoch schmerzhaften Blickdolche. »Dürfen wir Ihnen eine Tasse Kaffee anbieten?«, fragte er höflich.

Frau Söback schüttelte Onis lächelnd ab und stellte den Pappkarton auf die Theke. »Sehr gern. Schwarz, bitte.«

»Auch etwas zu essen?«

»Gern, sehr freundlich.«

MaC verschränkte die Arme. Wenn Siegfried diese Person tränken und verköstigen wollte, durfte er das, bitte schön, selbst tun, sie würde keinen Finger rühren.

Zumal sie auch gar nicht kochen konnte. Überhaupt gar kein bisschen. Nicht einmal Rührei. Sie hatte sich früh für ein konsequentes »Nein« zum Kochen entschieden und wich auch mit zunehmendem Alter nicht davon ab, weil sie fand, dass der Mensch ein paar unverrückbare Haltungen brauchte, die seinem Alltag Stabilität verliehen. Sie war keine Kochende. Sie war und blieb eine Bekochte.

Frau Söback klopfte auf den Karton. »Raten Sie, was das ist?«, juchzte sie.

Seifferheld humpelte zur Kaffeemaschine. »Protestschreiben entgeisterter Hörer, die sich fragen, was ich im Radio verloren habe?«

Frau Söback lachte auf.

Glockenhell, dachte Siegfried.

Wie eine Kreissäge, dachte MaC.

Onis dachte gar nichts, so hübsch und schnuffig er auch war, sein Hirn besaß die Größe einer Erbse und lief nicht im Dauerbetrieb, sondern immer nur geschätzte zwei Minuten pro angefallener Stunde.

»Aber nein, Herr Seifferheld. Das ist begeisterte Fanpost! Wir haben noch nie so viele Zuschriften nach nur einer Sendung bekommen. Und da sind die Mails noch gar nicht dabei! Die Menschen sind hingerissen von Ihnen!«

MaC gab ein undefinierbares Geräusch von sich.

Seifferheld freute sich. Diebisch.

»Die meisten Briefe stammen natürlich von Frauen«, sagte Frau Söback.

War ja klar, dachte MaC.

»Aber es sind auch ein paar Männer dabei, die sich durch Ihr mutiges Outing bestätigt fühlen und sich mehr davon wünschen.«

Seifferheld winkte verschämt ab, verschüttete dabei etwas Kaffee und wischte Tasse und Theke rasch wieder trocken. Aus den Augenwinkeln sah er, wie MaC vor Zorn förmlich zu qualmen schien. Er holte tief Luft. Was würde John Wayne an seiner Stelle tun?

Frau Söback plauderte unterdessen unbeschwert weiter. »Ich habe gestern in der Redaktionskonferenz angeregt, Sie mit ein paar Werbemaßnahmen noch größer herauszubringen«, flötete sie. »Ich dachte da an Plakate. Ihr Gesicht auf allen Bussen des Nahverkehrs. Flyer mit Ihrem Konterfei zum Auslegen in allen Handarbeits- und Kurzwarengeschäften der umliegenden Landkreise. Und natürlich Autogrammkarten, auf denen man Sie sticken sieht.«

Na toll, dachte MaC, *da passiert finstere Weltpolitik in Schwäbisch Hall, die Zukunft Indiens wird hier im Hohenlohischen abgeschlachtet, aber dieses intellektuelle Leichtgewicht, diese Hohlköpfin, denkt nur daran, wie sie meinen Siggi noch mehr an die Frau bringen kann.*

In dem Eintopf aus Gründen, warum sie immer wieder mit dem Gedanken spielte, Seifferheld zu verlassen, war die Eifersucht die Fleischeinlage.

»Großartig«, rief Seifferheld, trotz des neuerlichen Dolches in seinem Rücken.

»Nicht wahr?«, rief auch Frau Söback, die keinen Radar für unsichtbare Dolche besaß.

Onis stemmte sich mit den Vorderpfoten an der Theke ab

und jaulte schwanzwedelnd seine Lebensfreude in die Welt hinaus.

Drei von vieren glücklich, eigentlich kein schlechter Schnitt. Wenn man nicht ausgerechnet die Vierte war.

Heidewitzka – einmal Verbrecher, immer Verbrecher!

»Schneller!«, befahl Seifferheld.

»Mehr kann ich aus der Kiste nicht herausholen«, beschwerte sich Olaf.

»Wuff«, machte Onis auf dem eigentlich nicht existenten Rücksitz von Olafs koreanischem Kleinwagen.

Drei Männer auf einer Mission. Sie bretterten mit heißen siebzig Sachen über die L1045.

Seifferheld hatte Olaf wieder einmal unter dem Vorwand zu sich gerufen, eine Notmassage zu benötigen. In Wirklichkeit brauchte er jemand, der ihn nach Bad Mergentheim chauffierte. Um etwas zu erledigen. Und möglichst viele Kilometer zwischen sich und die wütende Marianne zu bringen.

Olaf fühlte sich sehr an eine Episode aus dem Vorjahr erinnert, als Seifferheld ihn als Fluchtwagenfahrer missbraucht hatte, um die Hütte eines Verdächtigen im Mainhardter Wald auszukundschaften. Noch Tage danach hatte der zartbesaitete Olaf unter Zitterkrämpfen und Alpdrücken gelitten. Seit er damals in der vierten Klasse beim Abschreiben erwischt worden war – eine traumatische Erfahrung! –, hatte er nie wieder etwas Illegales verbrochen. Nicht bis Ex-Kommissar Seifferheld sein Schwiegervater wurde.

»Wir machen doch nichts Strafbares?«, fragte Olaf jetzt.

»Nein, wir wollen uns nur mit jemandem unterhalten.«

Seifferheld hatte sich, nach der Frühstücksepisode, mit seinem Hund in den Park zurückgezogen. Nur ganz kurz hatte er überlegt, ob er seine Fanpost mitnehmen sollte, aber das fand er dann doch zu peinlich. Stattdessen hatte er sich auf seiner Stammbank niedergelassen und nachgedacht. Und plötzlich war ihm eine Idee gekommen, warum Rani Chopra nicht in einer der großen Metropolen Deutsch lernte. Weil sie in der Nähe von jemand sein wollte, der ihr wichtig war und der sich ebenfalls in oder bei Schwäbisch Hall aufhielt, das war die einzig plausible Erklärung. Ihr Lover konnte es nicht sein. Mohandra Johar hatte sich die letzten Wochen zweifelsfrei auf Reisen beziehungsweise in Indien befunden. Blieb also nur ihr Vater.

Drei Anrufe später war alles klar.

Gegen Mittag saß er Rajeesh Chopra gegenüber, dem Vater von Rani, einem hochgewachsenen Inder im lässigen Adidas-Freizeitdress. Sie hatten an einem der Tische auf dem Marktplatz mit Blick auf die Mergentheimer Altstadtkulisse Platz genommen. Ein Kellner brachte ihnen lauwarmes Bier in heißen Gläsern, die direkt aus der Spülmaschine zu kommen schienen.

Olaf lungerte am Nebentisch mit einem Comic-Heft herum, Onis lag mit seinem rosa Teddy unter dem Tisch und schlief.

»Sie sind nicht der Erste, der nach mir sucht«, erklärte Chopra in einwandfreiem Deutsch. »Die Polizei war auch schon bei mir, weil ich angeblich entführt worden sein soll.«

»Was Sie nicht wurden.« Seifferheld nickte gewichtig. Hatte er es doch immer schon geahnt!

»Aber nein. Ich kure hier im Heilbad. Vor einiger Zeit bin ich in der Botschaft sehr unglücklich gestürzt und musste mehrmals am Fuß operiert werden. Jetzt erhole ich mich hier.« Chopra setzte sein Glas an die Lippen und versuchte, das Bier kalt zu pusten. »Ich sehe, Sie haben auch eine Gehhilfe. Ich würde mich gern mit Ihnen über die Vor- und Nachteile verschiedener Produkte unterhalten.«

»Ein anderes Mal vielleicht.« Seifferheld beschloss, nicht lange um den heißen Brei herumzureden. »Ihre Tochter kam auf meine Freundin und mich zu, weil sie – aufgrund eines Gesprächsprotokolls, das Sie ihr angeblich zugespielt haben – davon ausging, dass Mohandra Johar entführt werden sollte.«

»Meine Tochter ist ein verrücktes Huhn.« Mittlerweile zierte ein Schaumbart den Echtbart von Rajeesh Chopra.

»Wie darf ich das verstehen?«

»Wie ich es gesagt habe. Sie ist völlig ausgeflippt. Liegt allein an ihrer Mutter. Die war richtig durchgeknallt. Meine Mutter hatte recht, ich hätte Sigrun niemals heiraten dürfen.« Chopra blickte versonnen.

Seifferheld merkte, dass der Inder zwar alle Fragen beantwortete, die man ihm stellte, aber nicht unbedingt inhaltsnah.

»Dann haben Sie Ihrer Tochter keinen USB-Stick mit hochbrisantem Inhalt zugespielt?«

Chopra sah auf. »Aber nein. Wie sollte ich auch an hochbrisantes Material kommen?«

»Sie meinen, weil Sie nur der Hausmeister sind?«

»Leiter des Facility Managements«, korrigierte Chopra mit strengem Blick.

Seifferheld überlegte. Vielleicht hatten Mohandra Johar oder die Leute in seinem Umfeld Kenntnis von den Entführungsplänen erhalten, wollten damit aber aus irgendeinem Grund nicht selbst an die Öffentlichkeit gehen und schoben stattdessen Rani vor, die behaupten sollte, ihr Vater habe da etwas mit angehört. Mein Gott, ging es noch komplizierter?

»Machen Sie sich gar keine Sorgen um die Sicherheit Ihrer Tochter?«, fragte Seifferheld.

Chopras Bart bestand zunehmend mehr aus weißem Bierschaum und immer weniger aus dunklen Barthaaren. Er wurde dem Weihnachtsmann immer ähnlicher.

»Wieso sollte ich?« Chopra schaute erstaunt.

Seifferheld verschlug es kurzzeitig die Sprache. Wusste der Mann etwa nicht Bescheid?

»Nun ... Ihre Tochter wurde entführt.«

»WAS?« Chopra sprang auf. »Man hat meine Tochter entführt?«

Die Gäste an den anderen Tischen drehten sich zu ihnen um. Onis öffnete ein Auge.

Großer Gott. Dabei hatte Seifferheld früher einmal in seiner Abteilung als der einfühlsame Diplomat gegolten. An diesen Punkt der Unterhaltung hätte er sich auch vorsichtiger herantasten können. »Es tut mir so leid, Herr Chopra. Schon vor einigen Tagen. Ich dachte, das wüssten Sie.«

Kein Wunder, dass der Mann eine solche Ruhe ausgestrahlt hatte. Er war ahnungslos gewesen.

»Vor einigen Tagen?«

Seifferheld nickte. »Am selben Tag, als man den Kulturattaché entführt hat. Nur wenige Stunden zuvor. Man vermutet daher einen Zusammenhang.«

Chopra setzte sich wieder und tupfte sich mit der Serviette den Schaum vom Bart. Ein sehr wohlerzogener Mann mit exzellenten Manieren, man merkte, dass er aus einem guten Stall kam.

»Wenn das so ist, dann ist ja alles in Ordnung«, sagte er.

Seifferheld stutzte.

»Meine Tochter ruft mich jeden zweiten Tag an. So auch gestern Abend. Sie ist vollkommen okay. Bei dem Entführungsopfer muss es sich um eine andere Frau handeln.«

Konnte das sein? War Rani gar nicht Rani?

»Haben Sie ein Foto von Ihrer Tochter?«

Chopra zog eine Studioaufnahme aus seiner Geldbörse. Kein Zweifel möglich, es war ein und dieselbe Frau. Identisch.

»Doch, das ist die Rani Chopra, die wir kennengelernt haben. Ich habe mit eigenen Augen gesehen, wie sie entführt wurde. Sie kann nicht in Ordnung sein, das ist unmöglich.«

»Nichts ist unmöglich«, zitierte Chopra einen japanischen Autohersteller. Er verschränkte die kräftigen Arme. »Meine Rani ist eine Drama Queen. Als der Familienrat entschieden hat, dass aus ihr und Mohandra niemals ein Paar werden dürfe, hat sie sich furchtbar aufgeregt. Sie werden sehen, das ist nur wieder eine ihrer theatralischen Einlagen, mit denen sie ihren Willen durchsetzen will. Sie haben ja keine Ahnung, wie mühsam so eine quirlige Tochter sein kann.«

Seifferhelds Tochter Susanne war (bis zu ihren postnataldepressiven Ausfällen) immer ein Ausbund an Vernunft gewesen, sogar als Pubertierende. Aber Seifferheld hatte ja noch seine Nichte Karina, die sich schon mal so gut wie nackt und mit roter Farbe beschmiert auf Schwäbisch Haller Plätze gelegt hatte, um gegen die Massentierhaltung zu protestieren.

»O doch, ich ahne es. Dann hat Rani sich also gestern bei Ihnen gemeldet und es ging ihr nach eigener Aussage gut?«

Chopra nickte nachdenklich. »Seltsam, eigentlich. Ich hätte gedacht, dass sie die schlimme Sache mit Mohandra stärker mitnimmt.« Die Ermordung des Kulturattachés hatte sich bis in die Mergentheimer Reha-Kliniken herumgesprochen. Chopra schaute betroffen. »Ein guter Mann«, sagte er. »Cricketspieler«, ergänzte er, als ob das alles erklärte.

»Hat sie vor seiner Ermordung bei Ihnen angerufen?«

»Nein, danach. Sie klang mitgenommen, aber gefasst. Nun ja, ich habe ja immer gesagt, dass die beiden nur verknallt und nicht wirklich verliebt waren.« Chopra fuhr sich mit der Rechten über den Bart. »Rani wird sich wieder erholen. Sie wird sich mit dem Gedanken abfinden, dass sie eine einfache Frau ist, wird einen guten, verlässlichen Mann heiraten und viele Kinder bekommen. Ich habe auch schon einen aussichtsreichen Kandidaten im Auge. Aus meiner Heimatstadt. Hat ebenfalls in England studiert. Arbeitet jetzt in Paris, in einem Museum. Sehr ordentlicher junger Mann.« Chopras Blick wurde rührselig.

Seifferheld bezweifelte, ob er seine Tochter wirklich so gut kannte, wie er glaubte. Er schien seine eigenen Vorstellungen von Ranis Zukunft zu haben und sah nur sein Bild einer guten Zukunft für sein Kind, was ihn blind machte für die Wirklichkeit.

Chopra räusperte sich. »Wenn Sie mich jetzt entschuldigen würden? Ich habe einen Massagetermin.«

Die drei Männer und der Hund erhoben sich.

Onis drückte dem Inder zum Abschied seinen riesigen Hundeschädel in den Schritt, wie er es bei Leuten, die er gut riechen konnte, immer zu tun pflegte. Für Seifferheld war dies »das Siegel der Echtheit«, die Bestätigung der untrüglichen Hundenase, dass es sich bei Rajeesh Chopra um einen guten Menschen handelte.

Olaf drückte Chopra seine Visitenkarte in die Hand. »Falls Sie mal nach Schwäbisch Hall kommen und dort massiert werden wollen. Ich mach Kasse und privat.«

> **Im Flugzeug ist es wie im Knast,
> mit der zusätzlichen Option, dass man abstürzen kann.
> (Samuel Johnson)**

Wer Angst vorm Fliegen hat, kennt die beiden Stadien: Erst fürchtet man, dass man sterben könnte, dann fürchtet man, dass man nicht stirbt und die Qual kein Ende findet.

Die Passagiere des KLM-Fliegers befanden sich bereits kurz nach dem Start in Phase zwei. Da hatten sie aber noch einen halben Tag im selben Flugzeug vor sich.

Es wurden Stimmen laut, die verlangten, die Maschine zu kapern – wie schwer konnte es schon sein, ein Passagierflugzeug zu fliegen, John Travolta hatte es ja auch gelernt? – und dann Pfarrer Helmerich Hölderlein an einen Fallschirm zu schnallen und ihn in zehn Kilometer Flughöhe einfach abzuwerfen. (Das war noch die humane Version. Andere Passagiere verlangten vom mitfliegenden Air Marshall, Hölderlein einfach zu erschießen. Sie würden hinterher auch beschwören, dass der Pfarrer sich selbstmordattentäterisch verhalten habe ...)

Die Stewardessen teilten Gratis-Alkoholika in einer Menge und in einem Tempo aus, wie sonst nur die Bonbonwerfer ihre Kamellen auf dem Kölner Rosenmontagsumzug. Schon die Kapitäne alter Segelschiffe wussten, dass sich Meutereien nur verhindern ließen, wenn man die Seeleute ausreichend mit Rum versorgte.

An Helmerich Hölderlein ging das alles vorbei. Er schwebte in anderen Sphären. Seine afrikanischen Trommeln befanden sich natürlich im Frachtraum, aber Hände, die einmal den Rausch des Trommelns kennengelernt hatten, konnten nie wieder reglos bleiben. Folglich klopfte er einen Rhythmus – in dem leider nur *er* einen Rhythmus erkannte – auf die Armlehne, das Fenster, das Tablett, seine Knie, kurzum auf alles, was sich auch nur im Entferntesten als Trommelfläche eignete.

Dazu summte er.

Wo die restlichen Passagiere das höllische Hämmern dämonischer Trommelfellfolterknechte vernahmen und dazu ein unmenschliches Jaulen, das ihnen ausnahmslos die Nackenhaare aufstellte, weil es klang, als ob man kleine Tiere quälte – süßen Hoppelhäschen die Löffel abknipste oder ein Streifenhörnchen lebend in einen Mixer warf und pürierte –, da hörte Helmerich Hölderlein im Summen zu seinen Klopfgeräuschen das alte Spiritual *Nobody knows the trouble I'm in / Nobody knows but Jesus.*

Wie die Blues Brothers war er im Auftrag des Herrn unterwegs. Anders als die Blues Brothers hatte er einen Reizdarm, der sich – mit Schmackes! – aus seiner afrikanischen Sommerfrische zurückgemeldet hatte. Vornehmlich in der Duftnote Schwefel.

Gäbe es eine Möglichkeit, austretende Gase einzufärben, nehmen wir einmal an, im Farbton Gurkengrün, so wäre nicht nur der gesamte Innenraum der KLM-Maschine grün, nein, auch die Kondensstreifen des Flugzeuges würden in kräftigem Grün leuchten. Die überflogenen nordafrikanischen Länder würden Giftgasalarm geben.

Ja, Helmerich Hölderlein besaß da eine ganz besondere Gabe, nur leider wusste die Menschheit sie nicht zu würdigen.

Hätten die anderen Passagiere geahnt, dass Helmerich im Auftrag des Herrn unterwegs war, sie wären – so es sich denn um Christen handelte – kollektiv aus ihren jeweiligen Kirchen ausgetreten. Sie wussten es aber nicht, und so konzentrierte sich ihr Zorn allein auf Hölderlein.

Der Herr, in dessen Auftrag Hölderlein sich unterwegs sah, musste sehr viel Humor haben ...

Jedes Publikum kriegt die Vorstellung, die es verdient.
(Curt Goetz)

An diesem Tag spielte Karina die Leiche mit offenen Augen.

Damit sie Fela sehen konnte, der mit ihrem gemeinsamen Wonneproppen im Schoß in der ersten Reihe saß und stolz wie Bolle wirkte. Er war jetzt in bester afrikanischer Tradition ein Familienmann mit weißer Frau und gelbem Kind. Hin und wieder schoss er ein Foto von der leblosen Karina auf der Bühne des Theaterkellers. Als Erinnerung. Wenn sie erst einmal richtig verheiratet wären, würde sie sich um die anderen Kinder kümmern müssen, die sie noch kriegen würden. Fela war auf die Farbpalette gespannt: Noch mehr in Gelb? Oder doch irgendwas zwischen Schwarz und Weiß? Er wollte einen ganzen Stall voller Kinder, um jede einzelne Farbnuance ausprobieren zu können!

Fela junior verschlief wie üblich alles.

Karina lächelte beim Anblick ihrer beiden Männer. So sehr, dass El Presidente ihr einen sanften Tritt versetzte und zischelte: »Sei gefälligst tot, du bist eine Leiche!«

Aber Karina konnte nicht anders. Die Zukunft lag wie ein herrlicher Mosaikboden vor ihr, den man erst einmal mit den Augen genießen musste, bevor man sich mit ersten, tastenden Schritten daraufwagte.

Karina hatte beschlossen, Schauspielerin zu werden. Sie wollte die Vielschichtigkeit der Figuren ergründen, die sie spielte, das Disparate an den Charakteren, die Eigenarten. Sie hatte immer gern »gespielt«, und es reizte sie, mit den Kollegen und dem Regisseur Stücke auszuloten und zu ergründen und dieses Ausloten und Ergründen für ein Publikum sichtbar zu machen.

Ihre Familienplanung war mit Fela junior ohnehin abgeschlossen, mehr Zwerge wollte sie nicht werfen, sie war ja keine Legehenne.

Während El Presidente als Colonel und Tayfun Ünsel als Frau des Colonels über der Leiche beratschlagten, was denn nun zu tun sei, sahen sich Leiche Karina und Fela senior liebevoll in die Augen.

Beide wähnten sich im Glück.

Womöglich war das ja auch die Definition von Liebesglück: Selbsttäuschung mangels Kommunikation.

Das würden Karina und Fela auch noch lernen.

Aber nicht heute.

So dappisch wie ein Lutscher bappisch

Irmgard kochte.

Nein, nicht bildlich. Tatsächlich. Sie stand am Herd.

Wie immer goss sie reichlich Thai-Marinade über alles, was sich nicht wehrte: Selbst gemixt aus Ingwer, Knoblauch, Zitronengras, Koriander und Thai-Chilis (scharf!) in Hoisin-Soße.

Seifferheld tröstete sich mit dem Gedanken, dass man ein gutes Stück Fleisch vom Bœuf de Hohenlohe mit nichts verhunzen konnte, auch nicht mit Irmgards Thai-Marinade.

MaC hatte nach tagelangen Diäten einfach nur gewaltigen Appetit und wenn sie nicht aß, was Irmgard auf den Tisch brachte, würde sie elend verhungern. Das war die Strafe dafür, dass sie nie kochen gelernt hatte. Allein aufgrund ihres Hungers hatte sie sich in eine Art Waffenstillstand ergeben und hielt es notgedrungen im selben Raum wie Irmgard aus, obwohl es sie immer noch wütend machte, wenn Siggis Schwester auch nur Luft holte.

Onis lag unter dem Tisch und kaute an seinem rosa Teddy. Er würde wieder als Letzter zu fressen kriegen, wie immer. Ob er eine Petition beim Tierschutzbund einreichen sollte?

»Bevor ich eben die Redaktion verließ, kam aus dem Pressediensticker noch die neueste Entwicklung im Mordfall Johar. Seine Familie hat bestätigt, dass seine Privatkonten leer geräumt wurden. Immerhin weit über 2 Millionen Englische Pfund«, erzählte MaC.

Seifferheld schürzte die Lippen. »Man wird ihn unter Druck gesetzt haben, damit er die Zugangscodes zu seinem Konto verrät, bevor man ihn ermordet hat.«

MaC schüttelte den Kopf. »Siggi, man hat ihm einen Finger abgetrennt. Das ist kein Druck, das ist Folter. Natürlich hat er ihnen alles verraten, was sie wissen wollten. Gott weiß, was sie ihm noch angetan haben.« Vor dem offenen Fenster zirpte eine Grille. MaC nahm einen großen Schluck Rotwein. »Ich mag mir das gar nicht vorstellen.«

»Ich finde, du trinkst zu viel. Wenn du ein Alkoholproblem hast, solltest du dich dem stellen«, erklärte Irmgard, die am Herd stand und Öl in der Pfanne erhitzte. Sie schien es zur Wand zu sagen, weil sie sich nicht umdrehte, aber MaC fühlte sich sofort angesprochen.

»Wie bitte?« MaC stellte den Rotwein ab. »Das ist mein erstes Glas, und dabei wird es bleiben!«

Seifferheld seufzte. Konnten die beiden nicht wenigstens ein Abendessen lang Waffenruhe halten? Schlimmer als im Mittleren Osten.

»Ich rede nicht von jetzt, sondern von überhaupt.« Irmgard kehrte ihnen immer noch den Rücken zu und schien sich mit der Pfanne zu unterhalten. »Als ich nach Helmerichs Abreise hier eingezogen bin, habe ich eine Kiste *Samtrot Spätlese* vom Weingut Jürgen Ellwanger in den Vorratsschrank gestellt, und die ist jetzt leer.« Ellwangers *Samtrot* war sowohl Irmgards als auch MaCs Lieblingswein, und man hätte denken können, über so einer Gemeinsamkeit ließe sich Frieden schließen, aber nein, die beiden gönnten sich gegenseitig keinen Schluck.

»Aber das ist doch schon ein paar Tage her und ...«, fing Seifferheld schlichtend an.

»Eine ganze Kiste in weniger als einer Woche?« Irmgard sah über ihre Schulter und spitzte süffisant die Lippen.

»Entschuldigt mal, ich habe hier in den letzten Tagen allerhöchstens eine halbe Flasche getrunken und nicht mehr! Ich schleiche mich nachts nicht heimlich in die Vorratskammer, um mir die Hucke vollzusaufen!« Wenn MaC sich echauffierte, dann richtig. Ihre Wangen glühten, und ihre Augen schossen Blitze durch die Küche.

Seifferheld war geneigt, sich zu ducken. Irmgard hingegen schreckte das nicht.

»Siggi mag keinen Rotwein, nur Most und Bier, Karina trinkt nicht, weil sie noch stillt, und ich bin's nicht gewesen. Die Indizienlage ist eindeutig«, erläuterte sie logisch-sachlich-kühl.

MaC sprang auf. »Das ist doch die Höhe! Siegfried, würdest du deiner Schwester bitte versichern, dass ich es nicht gewesen bin? Sonst hättest du das ja wohl an meinem Atem gerochen!«

Seifferheld wünschte sich eine altmodische Tarnkappe. Oder eine klingonische Tarnvorrichtung. Oder irgendetwas anderes, das ihn unsichtbar machen konnte.

MaC erklärte mit fester Stimme: »Ich bin das nicht gewesen.«

»Ja, schon gut«, säuselte Irmgard. Der Hohn troff nur so aus ihren Worten.

MaC wiederholte brüllend: »Ich bin das nicht gewesen!«

»Sie ist es wirklich nicht gewesen. Ich war das«, meldete sich eine näselnde Männerstimme aus Richtung Küchentür.

Seifferhelds, MaCs und Irmgards Unterkiefer klappten synchron nach unten.

MaC ließ ihr Rotweinglas fallen. Seifferheld röchelte. Irmgard sagte: »Großer Gott!«

Im Türrahmen stand ... an dieser Stelle wäre ein Trommelwirbel recht dienlich gewesen ... im Türrahmen stand: die Leiche.

Mohandra Johar.

**Ein wahrer Freund ist einer, der dich von vorn ersticht.
(Oscar Wilde)**

Willkommen zurück nach der Werbepause.

Da stand er also, Mohandra Johar, höchst lebendig.

»Ich könnte jetzt auch einen Schluck vertragen«, sagte er. »Schenken Sie mir ein!«

»Du trinkst zu viel«, ertönte da eine Frauenstimme. Sie schien von jenseits des Flures zu kommen, von der Tür, die zu der leerstehenden Souterrainwohnung führte.

Seifferheld ging schlagartig ein Licht auf. Seine Frauen brauchten dafür noch einen Moment.

»Rani, du konntest deinen Entführern entkommen«, rief MaC und wollte begeistert auf die Inderin zulaufen, die sich nun ebenfalls in der Seifferheldschen Küche materialisierte, blieb aber abrupt stehen, als sie die Waffe in Ranis Hand sah. Eine Beretta. Oder eine Walther. Oder was auch immer, MaC kannte sich mit Waffen nicht aus. Ihr war nur klar, dass es sich nicht um eine harmlose Wasserpistole handelte.

Und dann geschah das Unfassbare: Hinter Rani tauchte ...

... Mohandra Johar in der Tür auf.

Zum zweiten Mal.

Mit einer Zigarette lässig im Mundwinkel.

Auch Mohandra zwei war bewaffnet. »Keiner rührt sich!«, befahl er. Auf Deutsch.

Irmgard, MaC und Seifferheld starrten Mohandra Johar und Rani fassungslos an.

Irmgard, die den Stiel ihrer Pfanne umklammert hatte, schien zu überlegen, ob sie das heiße Fett über die drei Inder schütten sollte, unterließ es dann aber doch lieber. Die Entfernung zur Tür war zu groß, und sie durfte jetzt noch nicht erschossen werden und sterben, nicht bevor sie ihrem Helmerich die Leviten gelesen hatte.

Rani sah wie immer wunderschön aus. Hennaranken schlangen sich um ihre Hände und Unterarme. Um ihren Fußknöchel trug sie ein Kettchen mit bimmelnden Tempelglöckchen.

Onis kam unter dem Tisch hervor. Er war hin- und hergerissen. In den letzten Nächten hatte er Rani und die fremden Männer immerzu aus der Kellerwohnung kommen sehen. Sie hatten ihn gekrault und mit Leckereien aus der Vorratskammer verwöhnt, weswegen er bei ihrem Anblick automatisch zu sabbern anfing. Gern wäre er auf sie zugelaufen und hätte sie zur Begrüßung abgeleckt. Aber er spürte deutlich, dass sein Herrchen vor den beiden auf der Hut war, ja, er roch sogar Angst, und wenn es hier gleich einen Rudelkampf geben sollte, würde er natürlich seinem Alpha-Rüden Loyalität erweisen. Auch wenn der ihm nachts nie Saitenwürstle zu fressen gab.

Weil die einsame Zelle, die er sein Gehirn nannte, mit der Entscheidung, was er denn nun tun solle, völlig überfordert war, tat Onis erst mal gar nichts, sondern streckte sich auf dem Fliesenboden aus, legte den Kopf zwischen die Vorderpfoten und ließ den Blick von Mensch zu Mensch wandern. Man würde ihm schon irgendwann sagen, was er zu tun hatte.

MaC und Seifferheld fassten sich an den Händen.

»Die vergangenen Tage in Ihrer Souterrainwohnung waren wirklich sehr angenehm«, sagte Rani. »Wie ich immer zu sagen pflege, man muss jede Chance nützen, die sich einem bietet, und als ich Ihre Souterrainwohnung entdeckte, wusste ich sofort, dass sie für uns als Hauptquartier während der heißen Phase der absolute Glücksgriff sein würde.«

Sie ging auf den Tisch zu und goss sich mit der freien Hand den Rest des Rotweins ein. »Danke auch dafür«, sagte sie und prostete in die Runde. »Ein wirklich leckerer Tropfen.«

»Und ich?« Der erste Mohandra guckte enttäuscht.

»Rani, Sie waren die ganze Zeit hier im Haus?« MaC konnte es nicht glauben.

»Irgendwo mussten wir ja unterkommen. Wir haben uns sehr amüsiert, als wir hörten, dass die Polizei uns schon in Frankreich oder Übersee vermutete.«

In der Souterrainwohnung gab es kein Fernsehen, nur ein Radio.

»Dann haben *Sie* also unsere Vorräte geplündert?« Irmgard klang vorwurfsvoll. Als sei Mundraub schlimmer als das, was sich unter ihren Füßen ereignet haben musste.

»Lasst uns die Typen hier fesseln und dann verschwinden«, sagte der unbewaffnete Mohandra.

Rani sah ihn nur verächtlich an.

»Das muss Johars Zwillingsbruder sein«, schlussfolgerte MaC.

»O bitte, dieser ... Mensch ... ist doch nicht mit mir verwandt!« Der echte Mohandra Johar spuckte aus. In der Küche! Irmgard schnaubte. Seifferheld warf seiner Schwester einen warnenden Blick zu.

»Kumar ist einfach nur ein Doppelgänger. Jeder Mensch hat einen, davon bin ich überzeugt. Und als Rani meinem Doppelgänger über den Weg lief, wurde unser Plan geboren. Er ist Schauspieler. Das kam uns zusätzlich gelegen.«

»Sie haben ihm vorher sicher nicht mitgeteilt, dass Sie ihm den Finger abhacken würden«, sagte Seifferheld.

Mohandra eins ließ die Schultern hängen und sah aus, als habe er mit seinem Schicksal abgeschlossen.

»Unsinn, ihm wurde gar nichts abgehackt. Kumars Bruder ist Arzt in einem Londoner Klinikum. Er hat den Finger einem toten Organspender abgenommen, und Kumar hat ihn in einer Kühlbox mitgebracht.«

»Deswegen die zweite Tonsur. Alles an Ihrem Doppelgänger war eine perfekte Kopie von Ihnen, nur die Stimme passte nicht.« Seifferheld nickte. Der falsche Mohandra näselte mit Fistelstimme, der echte Mohandra hatte eine volltönende Bassstimme. »Der Mord war gar kein Mord, sondern eine Inszenierung mit Theaterblut. Und das alles hat hier bei uns im Haus stattgefunden?«, fragte Seifferheld.

Rani lächelte spöttisch. »Ja. Ärgerlich, nicht wahr? Dass Sie nichts mitbekommen haben. Dabei sind Sie doch angeblich so ein guter Ermittler. Ach ja, es war eine sehr gute Idee, diese Sache in Schwäbisch Hall durchzuziehen. Unter lauter Provinzeiern.«

Irmgard hüpfte.

»Wie konnten Sie das tun, Rani?« MaC fühlte sich von der jungen Inderin persönlich hintergangen.

Rani zuckte die Achseln. »Wir hatten echt auf etwas Lösegeld gehofft, aber Mohandras Familie sitzt wie festgeleimt auf ihrem Geld. Zu blöd.«

»Hauptsache, wir sind ab jetzt zusammen, Liebes«, sagte Mohandra.

»Die Entführung war Ihre Idee, Rani, nicht wahr?« Seifferheld musste ihr Nicken gar nicht erst abwarten. Er hatte immer schon gewusst, dass der einzige Geschäftszweig, bei dem die Mehrzahl der leitenden Positionen von Frauen besetzt wurde, die Ehe war.

»Aber warum der Doppelgänger?«, fragte MaC. »Warum habt ihr nicht einfach den echten Johar vor die Kamera gesetzt? Wenn sowieso nur Theaterblut zum Einsatz gekommen ist, war die ganze Sache ja ungefährlich. Und ihr hättet euch die Mühe mit dem Doppelgänger sparen können. Ganz zu schweigen von der Gefahr, dass der Schwindel auffliegt.«

Rani und Mohandra warfen sich einen Blick zu.

Seifferheld spekulierte weiter. »Um von nun an in Frieden leben zu können, muss der Fall Johar abgeschlossen werden. Und das wird er nur, wenn man eine Leiche findet, nicht wahr?«

Alle sahen zu Kumar.

Kumar näselte: »Hä?«

»Rani, Mohandra, Sie beide sind doch keine Mörder! Machen Sie sich nicht unglücklich!«

»Wieso Mörder?«, fragte Kumar.

»Damit kommen Sie niemals durch«, warnte Seifferheld.

»Unser Plan ist narrensicher. Von dem Finger kann man keine brauchbare DNS-Analyse machen, den haben wir in Bleiche getränkt. Und die Leiche von Kumar verbrennen wir bis zur Unkenntlichkeit.« Mohandra schluckte schwer. Kumar auch.

MaC schüttelte ungläubig den Kopf. Das Gefühl, das einen zu solchen Taten trieb, konnte unmöglich Liebe sein.

»Sorry, wir müssen sauber aus der Sache raus. Deshalb brauchen wir auch keine Mitwisser. Ich fürchte, wir werden Sie alle erschießen müssen«, erklärte Rani, etwas zittrig, aber fest entschlossen.

»Wie bitte?«, ereiferte sich Irmgard. »Wieso das denn?«

Sie nahm die ganze Angelegenheit sehr persönlich. Und wohl nicht zu Unrecht.

»Für Sie heißt es jetzt ›arrivederci‹. Schade, dass Sie nicht an die Wiedergeburt glauben. Das wäre jetzt ganz bestimmt tröstlich für Sie.« Rani presste die Lippen aufeinander. »Erschieße sie«, sagte sie zu ihrem Partner.

»Das müssen Sie nicht tun, Herr Johar!«, rief MaC rasch dazwischen. »Also gut, Sie haben eine Entführung vorgetäuscht, aber Ihre Familie hat doch Einfluss, die paukt Sie da raus!«

»Rani und ich haben in Las Vegas geheiratet. Aber meine Familie wird uns niemals ihren Segen geben. Nur deshalb haben wir doch in einem Akt der Verzweiflung versucht, Geld für einen Neuanfang aus dem Familienvermögen zu erpressen. Wir können ohne einander nicht sein. Eher sterben wir.« Er hob die Hand mit der Waffe.

»Herr Johar, tun Sie das nicht. Vier Tote würden ewig auf Ihrem Gewissen lasten. Es gibt immer einen Weg. Sie haben eine Frau, die Sie liebt, das ist doch eine schöne Basis, auf der sich etwas aufbauen lässt.«

»O ja, gnädige Frau, sich etwas aufzubauen ist gut, aber es ist doch so viel besser, wenn einem das Gute einfach so in den Schoß fällt.« Mohandra sammelte sich. Man spürte, wie Entschlossenheit in ihm keimte. »Sobald man meine Leiche findet ...« Er sah Kumar an. »... werden fünf Millionen US-Dollar an meine Witwe ausbezahlt. Rani wird erklären, dass sie ihren Entführern entkommen konnte, und das Geld einsacken. Und dann werden wir beide in dem Komfort, den wir gewöhnt sind, ein herrliches Eheleben führen können. Wir dachten da an Tahiti.«

»Wie jetzt?«, sagte Kumar erneut. Er klang sehr nach einem Schauspieler ohne Text, der versehentlich im falschen Stück gelandet war.

Mohandra schnipste seine Fluppe quer durch die Küche.

»Ich muss doch sehr bitten!«, sagte Irmgard streng. Wenn schon sterben, dann doch bitte in einer sauberen Küche.

»Erschieß die Alte zuerst«, sagte Rani zu ihrem Mohandra und wandte den Blick ab, weil sie kein Blut sehen konnte.

Mohandra Johar zögerte noch kurz. Schwerkrimineller zu sein ist ja irgendwo auch Übungssache, und ihm fehlte noch die Routine.

»Onis, fass!«, rief Seifferheld geistesgegenwärtig in Mohandras Zögern hinein, obwohl er nicht daran glaubte, dass sein bester Freund auch nur den Kopf heben würde.

Doch da hatte er sich geirrt: Als er seinen Namen hörte, hob Onis durchaus den Kopf.

Mehr allerdings auch nicht.

Aber dieser Bruchteil einer Sekunde, in dem Rani und Mohandra auf den Hovawart schauten, unsicher, ob sich der Schmusehund nicht doch urplötzlich in eine Kampfmaschine verwandeln würde, reichte Seifferheld, um seine Gehhilfe hochzureißen, durch die Luft zu schwingen und

Johar damit die Waffe aus der Hand zu schlagen. Noch im Fallen löste sich ein Schuss, aber wegen des Schalldämpfers hörte man kaum etwas, sondern sah nur, wie die Glasscheibe des Backofens in tausend Teile zersprang.

»MaC, Irmi, Kumar, duckt euch!«, rief Seifferheld und katapultierte sich mit aller Kraft todesmutig nach vorn.

Die Gesetze der Physik und der Wahrscheinlichkeit besagten, dass er nicht schnell genug sein würde, um zu Rani zu gelangen, bevor sie abdrücken konnte.

Und weil dies ein geordnetes Universum mit wenig Luft für Spielraum war, sollten die Gesetze der Physik und der Wahrscheinlichkeit recht behalten: Noch während er sich nach vorn auf die Inderin warf, hörte er den schalldämpferlosen Schuss, spürte den Einschlag und wurde nach hinten gerissen.

Auf den Knall hin brach an der Haustür zum Seifferheldgebäude ein Tumult aus.

»Polizei, aufmachen!«, brüllte jemand.

»HILFE!«, gellte Irmgard.

Onis sprang auf und bellte wie verrückt. In diesem Moment wurde die Haustür auch schon aufgebrochen, und man hörte schwere Schritte im Flur.

Rani wollte erneut schießen, aber da hatte MaC schon die *Samtrot*-Flasche gepackt. Bis ans Ende ihres Lebens – und dieses Ende war Gott sei Dank an diesem Tag noch nicht gekommen – würde es ihr peinlich sein, dass sie die Inderin mit der Flasche nicht kurzerhand erschlug, sondern die Flasche einfach wie ein Mädchen auf sie zuwarf.

Ein angeborener, ununterdrückbarer Reflex in Rani sorgte dafür, dass sie der Flasche auswich, und so veränderte sich die Flugbahn der zweiten Kugel aus ihrer Waffe derart, dass die dänische Deckenlampe zerbarst und nicht der Kopf einer der Anwesenden.

Rani fluchte.

Johar angelte nach seiner Waffe.

Zeitgleich packte Irmgard in einer fließenden, geschmeidigen Bewegung und sehr viel schneller, als man es dem alten Mädchen zugetraut hätte, den Stiel der Bratpfanne und riss sie in die Luft. Dabei ergoss sich das siedend heiße Öl auf den rechten Fuß von Mohandra Johar, der daraufhin begann, wie Rumpelstilzchen auf einem Bein durch die Küche zu hüpfen. Seine nächste Kugel prallte an der Pfanne ab.

Noch bevor Rani den Finger am Abzug erneut krümmen konnte, wurde sie von PO Viehoff überwältigt und in Handschellen gelegt. PO Roll machte dasselbe mit Mohandra Johar, der wie am Spieß schrie und nach einem Arzt verlangte.

Onis bellte sich heiser.

»Siegfried!«, schluchzte MaC und warf über ihren am Boden liegenden Geliebten. »Du darfst nicht sterben, hörst du, ich brauche dich. Ich liebe dich, Siegfried!«

»Siegfried, sag was!«, befahl Irmgard.

Roll wählte die Notrufnummer. »Kollege angeschossen«, sagte er nur, mehr nicht, denn er wusste, dass aufgrund dieser Meldung binnen Minuten alles hier sein würde, was Schwäbisch Hall an Rettungskräften aufzubieten hatte.

»Siegfried!« MaC bettete ihren Kopf auf der Brust ihres Geliebten. »O Siegfried.«

»Marianne«, hauchte er mit versiegender Kraft.

Dann wurde es dunkel um ihn.

Judgement Day
alias: Epilog

Es fing schlecht an, ließ in der Mitte etwas nach, und über den Schluss schweigen wir besser, aber sonst: toll!
(Black Adder)

Das Erste, was Siegfried Seifferheld sah, war ein helles Licht am Ende eines langen Tunnels. Und dann Gesichter ... bekannte Gesichter. Verstorbene Familienmitglieder, die ihn abholen kamen? Er spürte tiefen Frieden.

Plötzlich fuhr ihm ein stechender Schmerz in die Hüfte, und es war vorbei mit dem Frieden.

»Er ist aufgewacht!«

Das war die Stimme von Marianne. Seiner Marianne. Trotz der Schmerzen lächelte Seifferheld.

»Es ist so hell«, stammelte er.

»Bauer zwo, hören Sie auf, mit Ihrem Taschenlampen-App herumzuspielen, und schalten Sie Ihr iPhone aus, sofort!«

Auch diese Stimme kannte Seifferheld. Sie gehörte der Polizeichefin Gesine Bauer.

Es wurde schlagartig Nacht.

»So, Herr Seifferheld, haben Sie sich also mal wieder anschießen lassen, wie?«, bellte seine Ex-Chefin. Hinter geschlossenen Lidern meinte Seifferheld zu sehen, wie sie die Hände auf die Hüften stemmte und den Kopf schüttelte.

Sie meinte es gut, aber sie hatte etwas an sich, das andere Menschen – vor allem ihre Mitarbeiter – dazu brachte, sich in ihrer Gegenwart wie Skifahrer zu bewegen, die von der Piste abgekommen und auf einen lawinengefährdeten Abhang geraten waren.

»Dunkel«, stöhnte er.

»Mach die Augen auf, Liebster«, riet MaC.

Er schlug die Augen auf.

»Willkommen im Leben«, sagte Gesine Bauer und sah auf ihre Armbanduhr. »Ich muss weiter. Pressekonferenz.«

»Wie lange ... lag ich ... im Koma?«, wollte Seifferheld mit schwacher Stimme wissen.

»Was für ein Koma? Sie sind ein bisschen unglücklich mit dem Hinterkopf aufgekommen und waren nicht einmal eine halbe Stunde ohnmächtig, mehr nicht.« Gesine Bauer runzelte die Stirn. Sie wandte sich an den Arzt. »Was haben Sie dem denn gegeben, Dr. Wong? Der ist ja völlig neben sich.«

Der Mediziner sah auf sein Klemmbrett. »Äh ... es wäre denkbar, dass die Dosis etwas hoch ausgefallen ist«, sächselte er. »Es gab da eine klitzekleine Verwechslung der Krankenakten, die Dosierung war möglicherweise für einen etwas kräftiger gebauten Mann ausgerichtet, aber ... äh ... das macht nichts, wir wollen doch lieber auf Nummer sicher gehen, so spürt er den Schmerz wenigstens nicht.«

Seifferheld spürte den Schmerz, und wie. Er stöhnte.

»Es ist nur eine kleine Fleischwunde, Sie müssen sich da gar keine Sorgen machen, ist quasi auf dem Weg ins Diak schon verheilt«, bekräftigte Dr. Wong und nickte Seifferheld zu. »Allerdings scheinen Sie unglücklich auf Ihre vorbelastete Hüfte gefallen zu sein, das könnte möglicherweise eine ausgedehnte Physiotherapie nötig machen.«

»Wir haben einen Physiotherapeuten in der Familie«, sagte MaC.

»Bestens«, warf Gesine Bauer ein. »Sagen Sie mal, Seifferheld, wie konnte sich dieses Verbrechertrio bei Ihnen im Keller einnisten, ohne dass Sie etwas gemerkt haben?«

Eine äußerst peinliche Frage, die er sich noch lange Zeit selbst stellen würde.

Seifferheld, der mittlerweile wieder klar im Kopf war, sich aber einem Verhör durch seine Ex-Chefin entziehen wollte, ließ etwas Spucke aus seinem Mundwinkel laufen und stöhnte verwirrt: »Wo bin ich?«

»Hm«, machte Frau Bauer, die ihre Pappenheimer kannte. »Ich komme wieder«, drohte sie, und aus ihrem Mund klang das tausendmal Furcht einflößender als aus dem von Arni Schwarzenegger. Dann wandte sie sich an ihren Assistenten. »Los geht's, Bauer zwo, stellen wir uns der Pressemeute.«

»Seifferheld«, sinnierte Dr. Wong. »Seifferheld. Helfen Sie mir bitte auf die Sprünge: Wo habe ich diesen Namen schon einmal gehört?«

Zickezacke Hundekacke

»O Gott, Onkel Siggi, du hast uns vielleicht einen Schreck eingejagt!«

Karina, die sich Baby Fela dieses Mal auf den Rücken geschnallt hatte, warf sich quer über ihren Onkel. Seine Hüfte jaulte auf, aber Seifferheld ignorierte den Schmerz und nahm seine Nichte gerührt in den Arm. »Keine Sorge, Liebelein, alles wird gut.«

»Da wäre ich mir nicht so sicher.« Jemand räusperte sich an der Tür. Es war Polizeiobermeister Roll.

PO Viehoff war unten im Streifenwagen geblieben, er wollte sich nach Möglichkeit in diesem Leben keiner Seifferheld-Frau mehr bis auf weniger als fünfhundert Meter nähern.

»Mein Gott, Roll«, sagte Seifferheld, der den Kollegen von der Streife noch aus der Zeit kannte, als Anzugträger und Uniformierte bei der Polizei noch zusammen kegelten. »Danke noch mal für Ihr lebensrettendes Eingreifen! Was für eine punktgenaue Landung. Sie sind im absolut richtigen Moment gekommen. Deus ex Machina!« Mühsam richtete Seifferheld sich auf. »Woher wussten Sie denn ...?«

»Purer Zufall.« Roll nahm Karina ins Visier. »Wir wollten die junge Dame hier mit aufs Revier nehmen. Und als wir vor der Haustür standen, hörten wir einen Schuss.«

»Was? Mich? Wieso?« Karina wurde blass.

Seifferhelds Erfahrung nach gab es immer einen Grund, warum Karina verhört werden sollte.

»Tja, eine Karina Seifferheld wurde vor drei Jahren beim Parolensprühen an eine Ministeriumswand in Stuttgart aufgegriffen. Von der Sprühparole wurde ein Foto gemacht, und dieselbe Handschrift fand sich jetzt hier im Kocherquartier wieder.« Roll schürzte die Lippen. »Das sieht nicht gut für Sie aus, Frau Seifferheld.«

»Es verletzt den Datenschutz, wenn Handschriftenproben archiviert werden«, müpfte Karina auf.

»Man hat auch Hundekot sichergestellt ...«, fuhr Roll fort. »Dazu beigefarbene Hundehaare.«

»Kind, du hast Onis mit zum Sprühen genommen?« Seifferheld klang jetzt einen Tick ungnädig.

Karina schmollte.

Baby Fela auf ihrem Rücken krähte fröhlich.

Da ging die Tür auf. »Ich störe nicht lange, ich wollte nur fragen, ob Sie noch mehr Schmerzmittel benötigen, Herr Seifferheld?«, rief Dr. Wong. Dann sah er Karina. Und Fela junior. Und schlug sich mit der flachen Hand an die Stirn.

»Seifferheld! Aber natürlich! Schwarz und Weiß ergibt Gelb!«

Letztlich bekommt jeder von uns genau das, was er verdient, aber nur die Erfolgreichen geben das zu.
(Georges Simenon)

»Ach Papa, was machst du nur für Sachen!«

Susanne Seifferheld stand kopfschüttelnd neben seinem Bett. Sie trug zum ersten Mal seit der Geburt wieder ein Kostüm und hochhackige Schuhe.

Olaf, mit Ola-Sanne auf dem Arm, schüttelte ebenfalls den Kopf. »Blöde Sache, das mit der Hüfte. Ich denke, von nun an werden wir uns wieder öfter sehen müssen.«

»Ich bin bereit. Wann immer du es einrichten kannst, Olaf.«

»Er kann es jetzt rund um die Uhr einrichten, nicht wahr, Schatz?« Susanne tätschelte ihrem Mann die Schulter. »Olaf hat seine Stelle im Reha-Zentrum gekündigt. Wo ich doch jetzt wieder Zehn-Stunden-Schichten in der Bausparkasse schiebe, fanden wir es besser, wenn er zu Hause bleibt und sich um unsere Tochter kümmert. Kleinkinder brauchen rund um die Uhr einen Ansprechpartner, wenn sie sich optimal entwickeln sollen. Und der eigene Vater ist doch viel geeigneter als eine fremde Bezahlkraft.«

Seifferheld freute sich. »Olaf, das finde ich toll.«

Nur unter Folter hätte er zugegeben, dass er sich nicht für Ola-Sanne freute, sondern weil er jetzt endlich wieder seinen hauseigenen Masseur zur Verfügung stehen hatte. Nach außen hin mimte er den modernen Großvater. »Du setzt ein Zeichen. Familienarbeit für Männer, das ist die Zukunft.«

»Ja, ich fand es auch an der Zeit, die üblichen Rollenmuster aufzubrechen. Wir leben in einem neuen Jahrtausend!« Olaf nickte gewichtig.

Aber natürlich war die Kündigung die rein einseitige Entscheidung von Susanne gewesen, die nicht wollte, dass ihr Olaf jemals wieder in Kontakt mit Silke Genschwein kam. Überhaupt war das Thema Silke Genschwein für sie noch lange nicht erledigt.

Seifferheld kannte seine Tochter und wusste, wie der Hase gelaufen sein musste. Doch nahm er mit Freude zur Kenntnis, dass Olaf keine Veilchen und keine Blutergüsse mehr hatte.

»Ich soll schon morgen entlassen werden«, sagte er zu seinem Schwiegersohn. »Wir sehen uns?«

»Wir sehen uns!« Olaf trug Ola-Sanne in den Flur.

Susanne beugte sich noch einmal über ihren Vater.

Seifferheld war gerührt. Es musste sie sehr erschüttern, ihn wieder in einem Krankenbett zu sehen. »Meine Kleine ...«, sagte er und wollte sie in den Arm nehmen.

»Jetzt nicht, Paps«, flüsterte Susanne. »Hör mal, du kennst

dich doch aus: Wie viel kriege ich als unbescholtene Ersttäterin aufgebrummt, wenn ich eine petzende Proletenmaus grün und blau prügele? Komme ich da mit Bewährung davon?«

Pflicht ist Pflicht, und Schnaps ist Schnaps

»Ich sitze hier bei Siegfried Seifferheld, dem Mann der Stunde! Herr Seifferheld, eben noch haben Sie dem abgebrühtesten Verbrecherpaar seit Bonnie und Clyde Paroli geboten und jetzt sitzen Sie schon wieder über Ihrer Stickarbeit. Wie fühlen Sie sich dabei?«

Frau Söback hielt ihm das Mikrofon vor den Mund.

Die Wahrheit? Er fühlte sich scheiße, seine Hüfte brannte wie Feuer, und er wollte nur noch schlafen. Ihm war nicht nach einem Interview zumute gewesen. Aber Frau Söback hatte sich nicht abwimmeln lassen. »Herr Seifferheld, Sie arbeiten jetzt fürs Radio. *The show must go on*«, hatte sie gesagt, Dr. Wong aus dem Krankenzimmer geworfen und sich auf Seifferhelds Bett gepflanzt.

»Ich sitze doch gar nicht über einer Stickarbeit«, hielt er dagegen.

»Für unsere Hörer und Hörerinnen ist das aber ein schönes Bild, das ihnen Mut macht, nach schlimmen Ereignissen wieder zurück ins Leben zu finden«, erwiderte Frau Söback. »Antworten Sie bitte nur auf meine Fragen, dann muss ich hinterher nicht so viel schneiden.«

»Aber ...«, fing Seifferheld erneut an.

Frau Söback, die ihm seiner Meinung nach längst nicht genug Mitgefühl entgegenbrachte, schaltete das Aufnahmegerät aus und schaute gereizt. »Herr Seifferheld, Sie müssen jetzt ganz Profi sein. Es ist Ihnen doch ernst mit Ihrer Aufgabe als Stick-Kolumnisten fürs Radio, oder etwa nicht?«

Seifferheld nickte ergeben.

Frau Söback strahlte. »Na also, habe ich Sie doch richtig eingeschätzt! Dann los, fangen wir noch mal an.« Sie räusperte sich und drückte die Aufnahmetaste.

»Herr Seifferheld, erzählen Sie unseren Hörerinnen und Hörern, wie es ist, wenn die Hand, an der noch das Blut eines Mörders klebt, zu Nadel und Faden greift ...«

Seifferheld seufzte.

**Et es, wie et es, et kütt, wie et kütt,
und et hätt noch immer joot jejange.**

»Aber meine Herren, so geht das nicht, Sie überfordern den Patienten!«, rief Dr. Wong.

Die Jungs von der ehemaligen VHS-Männerkochkursgruppe waren geschlossen aufmarschiert, nur Klaus fehlte. Dafür war der junge Sunil Gupta mit von der Partie, um Seifferheld zum Abschied seine soeben veröffentlichte, erste CD mit italienischen Arien zu schenken, bevor er als Tenor an die Stuttgarter Oper ging.

Bocuse hatte sein Foto von Jamie Oliver mitgebracht. Es war nicht ganz klar, ob er glaubte, dass es heilende Kräfte besaß. Aber die Geste rührte Seifferheld.

»Mensch, Siggi, du hast uns vielleicht einen Schrecken eingejagt«, sagte Klempner Arndt.

Eduard, Gotthelf und Schmälzle nickten.

»Alles halb so wild«, wehrte Seifferheld ab. »Wo ist Klaus?«
»Einer muss doch im Bistro bleiben«, erklärte Bocuse.

Bocuse, der immer noch im Loft von Klaus pennte, fühlte sich als Patron von *Chez Klaus* pudelwohl. Was in nicht unerheblichem Maße daran lag, dass Klaus die ganze Arbeit erledigte und er sich – auf einem der Barhocker sitzend, Pernod schlürfend, mit den Gästen plaudernd – einen schönen Lenz machte.

»Läuft euer Bistro denn gut?« Seifferheld staunte.

»Mais oui, mehr als gut!« Bocuse freute sich. »Heute haben wir eine geschlossene Gesellschaft. Ich glaube, es sind Rotarier. Oder Freimaurer. Oder so.«

Bei den sogenannten »Freimaurern« handelte es sich in Wirklichkeit um die »Gay Pride«-Gruppe, Sektion Schwäbisch Hall, aber he, das war ja im Grunde ohnehin alles austauschbar: Männerbund blieb Männerbund.

»Hättest du uns bei der Renovierung vom Bistro geholfen, dann wäre dir vielleicht die Kugel erspart geblieben«, spekulierte Wanderführerautor Schmälzle mitleidlos.

Seifferheld wollte etwas entgegnen, aber in diesem Augenblick ging das Geballere von Klempner Arndts Bereitschaftshandy los.

Sunil wurde bleich, Dr. Wong warf sich zitternd unter das Krankenbett von Seifferheld. Eine Krankenschwester im Flur ließ vor Schreck scheppernd ihr Tablett voller Wackelpuddingbecher fallen. Der Sicherheitsdienst des Diakoniekrankenhauses kam mit gezückten Waffen angelaufen.

Kurzum, alles war wie immer, wenn er mit den Jungs zusammen war.

Seifferheld lächelte.

Bedenke, dass auch ein Tritt in den Hintern einen Schritt vorwärts bedeuten kann.

»Soll man dir jetzt gratulieren oder dich bemitleiden?«

Auch der Stammtisch Mord zwo kam geschlossen angerückt. Seifferheld war enorm gerührt. Dombrowski von der Sitte hatte sogar extra in einer Tupperdose Kutteln mitgebracht.

»Das hätte jedem passieren können!«, hielt Seifferheld dagegen.

»Was genau? Dass ein abgebrühtes Entführerpärchen sich im eigenen Keller einquartiert, dort tagelang unentdeckt lebt, den Vorratsraum plündert, und keiner merkt's?« Bärenmarkenbär Wurster griente. »Oder dass du dich selbstlos zum Schutz deines Harems einer tödlichen Kugel in den Weg geworfen hast?«

»Beides.« Seifferheld nickte.

Van der Weyden schlug ihm auf die Schulter. »Hast du schon alles sehr gut gemacht, Siggi.«

»Was ist mit den Indern?«

»Wurden nach Berlin überstellt und werden höchstwahrscheinlich an ihr Heimatland ausgeliefert. Johar sagt nur, dass er ohne seinen Anwalt nichts sagt, und die Chopra heult über ihre verlorene Chance, wie seinerzeit Wallis Simpson und der abgedankte Edward stinkreich durch die Welt zu jetsetten. Nur dieser Kumar scheint glücklich. Offenbar soll Johars Leben verfilmt werden, mit ihm in der Hauptrolle.«

»In der BILD stand, es war ein Verbrechen aus Liebe. Zwei Herzen, die aus gesellschaftlichen Gründen nicht zueinanderfinden dürfen und sich deswegen an allen rächen wollen.«

»Quark«, meinte Wurster, dem Romantik fremd war. »Der Johar sollte enterbt werden, weil er mit der falschen Frau zugange war, und da mussten sie sich schnell noch was einfallen lassen, um nicht ohne Kohle dazustehen.«

Seifferheld ließ sich schwer auf das Krankenhauskissen sinken. »Was ist nur aus der Welt geworden?«

Seine Ex-Kollegen schauten grimmig und nickten bedächtig.

Nur Bauer zwo nicht.

»Sag, Siggi, kann ich deinen Wackelpudding haben?«, fragte er und streckte gierig verlangend den Arm aus, wobei seine lila Ledermontur quietschte. »Den isst du doch sowieso nicht mehr. Und Grün ist meine Lieblingsfarbe!«

Drum for Fun – featuring Helmerich Hölderlein

»Befiehl du deine Wege / und was dein Herze kränkt / der allertreusten Pflege / des, der den Himmel lenkt! / Der Wolken, Luft und Winden / gibt Wege, Lauf und Bahn / der wird auch Wege finden / da dein Fuß gehen kann.«

Es war Seifferhelds Lieblingschoral, fast vierhundert Jahre alt und immer noch aktuell. Die Worte eines solchen Chorals waren auch genau das, was man an seinem Krankenbett von einem Pfarrer zu hören erwartete.

Nur vielleicht nicht auf einer Djembe-Trommel getrommelt ...

Und nicht so atonal, dissonant, unmusikalisch, misstönend!

Seifferheld war fassungslos und guckte ungläubig. Dass man Töne so weiträumig verfehlen konnte, war ihm bis zu diesem Augenblick fremd gewesen.

Irmgard guckte spitz.

Sie hatte das deutliche Gefühl, dass die Liebe nichts anderes war als ein Seiltanz von Amateuren ohne Balancierstange und Netz. Und sie war abgestürzt. Alle Knochen taten ihr weh.

Sie hatte einen grundanständigen, wertebewussten Pfarrer geheiratet – und ja, auch langweilig, aber langweilig war gut, bei langweilig wusste man immer, woran man war –, doch dann tauchte ihr Mann für eine Woche auf dem Schwarzen Kontinent unter, ohne auch nur einen Mucks von sich zu geben, und wie er dann wieder zurückkam, war er ein völlig anderer. Ein Musiker! Ja, was glaubte er denn? Dass sie zu seinem Groupie mutieren würde?

Dr. Wong steckte den Kopf durch die Tür. »Entschuldigung, aber die anderen Patienten ...«

Helmerich sprang auf. »Natürlich, wie unsensibel von mir. Siegfried, du entschuldigst mich doch, oder? Ich muss den Menschen die frohe Botschaft unseres Herrn und Erlösers trommeln. Sie verlangen nach mir!«

Mit wehenden Schütterhaaren stürmte er aus dem Krankenzimmer.

Dr. Wong folgte ihm: »Äh ... also nein ... es verhält sich etwas anders ...«

Zurück blieben Seifferheld und seine Schwester.

»Kommst du klar?«, fragte er sie.

Irmgard zwang sich zu einem Lächeln. »Wird schon gehen. Ich hoffe, es ist nur eine Phase. Im Zweifel kette ich ihn zu Hause fest.« Sie atmete tief aus. Von fern hörte man hektisches Trommeln. »Und du? Ist es sehr schlimm?«

Seifferheld überlegte. Sein Stolz war angekratzt und seine Hüfte wieder einmal lädiert, aber sonst ... nein, sonst war es nicht schlimm. Alle lebten noch. Das war gut. »Ich freue mich auf zu Hause und auf ...«

Auf MaC, hatte er sagen wollen, weil er wusste, dass sie wieder fest bei ihm einziehen wollte und auch gerade dabei war, ihre Hummel-Figuren wieder in seinem Wohnzimmer aufzustellen, aber da ging die Tür auf, und die Frauen der Schwäbisch Haller Stickgruppe ergossen sich ins Krankenzimmer.

Sie brachten ihm Obst und Blumen und Comburgmöndchen aus der Konditorei *Hammel* und neue Stickvorlagen, und sie gurrten und säuselten und strichen ihm fürsorglich über Kopf und Oberarme. Seifferheld wusste plötzlich, wieso es seinem Rüden Onis bisweilen danach war, katzengleich wohlig zu schnurren ...

MaC, wer war gleich noch mal MaC?

Irmgard schüttelte den Kopf, presste ihre Handtasche wie einen Schild vor sich und verließ das Krankenzimmer ihres Bruders.

Männer!

Aus dem Polizeibericht

Bockiger Bock
Der polizeibekannte Kamerunbock Otto konnte am gestrigen Abend in Begleitung einer Zibbe und zweier Ziegenkinder in Michelfeld gestellt werden. Es gelang herbeigerufenen Streifenbeamten, den als gewaltbereit berüchtigten Bock auf ein Gartengrundstück zu locken, wo sie ihn mit einem Lasso einzufangen vermochten. Zuvor beschädigte der Bock allerdings noch den Streifenwagen unter Zuhilfenahme seiner Hörner und biss einen der Beamten in die linke Wade. Die Wade musste mit elf Stichen genäht werden. An dem Auto entstand ein Sachschaden von 2500 Euro. Die Zibbe und die Ziegenkinder ließen sich widerstandslos festnehmen.